我们为什么无聊

Why Are we Bored

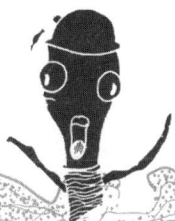

魏思孝 著

百花洲文艺出版社
BAIHUAZHOU LITERATURE AND ART PRESS

图书在版编目（CIP）数据

我们为什么无聊 / 魏思孝著. –– 南昌：百花洲文
艺出版社，2018.11
ISBN 978-7-5500-3024-4

Ⅰ.①我… Ⅱ.①魏… Ⅲ.①长篇小说 – 中国 – 当代
Ⅳ.①I247.5

中国版本图书馆CIP数据核字(2018)第220539号

我们为什么无聊

魏思孝 著

出 版 人	姚雪雪	
责任编辑	胡青松	
书籍设计	方 方	
制 作	张诗思	
出版发行	百花洲文艺出版社	
社 址	南昌市红谷滩新区世贸路898号博能中心一期A座20楼	
邮 编	330038	
经 销	全国新华书店	
印 刷	南昌市红星印刷有限公司	
开 本	710mm×1000mm 1/32	印张 9.375
版 次	2018年11月第1版第1次印刷	
字 数	150千字	
书 号	ISBN 978-7-5500-3024-4	
定 价	36.00元	

赣版权登字 05-2018-403

邮购联系 0791-86895108
网 址 http://www.bhzwy.com
图书若有印装错误，影响阅读，可向承印厂联系调换。

目 录

第一章 一次简单的逃亡

1. 耳朵

王蛊把一个家伙的耳朵割了下来。

带血的耳朵就摆在我的面前，仔细看的话，那块耳朵上面还有些绒毛。我用手碰了碰那块耳朵，质地柔软。从这块已经脱离主人的耳朵形状上来看，王蛊在割的时候很紧张，以至于没有完整地割下来，应该还有一小块耳垂残留在主人身上。王蛊没对我说他当时很紧张，他只说自己要割这个耳朵可不是心血来潮，已经筹划了好几天。

我一手拿着镜子，一手拿这块耳朵往自己头上比照了一下，断定这是个左耳。王蛊是在晚上八点多割下的这个耳朵，现在是凌晨两点多，耳朵已经脱离主人六个小时，也就是说再过十八个小时，这个耳朵将无法进行移植。

我劝说王蛊赶紧把这个耳朵送还回去。

现在是夏季，虫蝇很多，食物尚且容易变质何况是人的耳朵。我看着放在桌子上的耳朵心想，周围的细菌一定正在向它聚拢，过不了多久这块耳朵就会成为细菌滋生的基地。

王蛊说他不会把耳朵送还回去，他说："我的目的就是让他少个耳朵。"王蛊为什么要把耳朵拿给我看？用他的话来讲是顺路。可我不这么认为，我认为他来我这里是为了避风头。设身处地想一下，如果你的一只耳朵被人割掉拿走了，肯定会心急如焚想方设法把耳朵找回来，好移植在脑袋上。所以说，现在外面肯定有一帮人寻找王蛊，就像找失散多年的亲生儿子。

我拿着耳朵端详了一会，便放进冰箱里，希望能最大限度地保存它。在这期间我要做的事情是让王蛊开口告诉我耳朵的主人是谁。我坐在王蛊的面前说："说出来吧。"

"不说。"

"我是为你好。"

"为我好我也不说。"

"你什么时候这么有原则了？"

"过了二十四小时我就把耳朵送回去，让他留作纪念。"王蛊说他可以向我讲述一下割耳朵的过程，我本来是不想听的，可是三更半夜身边也没有女人，闲来无事听一下也无妨。王蛊拿着把刀，尾随在一个人的后面，当走进一个无人的胡同里，他眼疾手快赶了上去一只手拽住耳朵然后手起刀落，耳朵就到手了。整个过程大概就几秒钟，失去耳朵的家伙惨叫了一声，只看见王蛊逃跑时的背影。需要补充说明一下，在割耳朵之前双方还进行了交谈，至于交谈的内容，在后面会有交代。割完耳朵后，王蛊心绪难平便喝酒压惊。事后王蛊说他没打算把这事告诉任何人，无奈酒后吐真言不仅把事情告诉了我，还把耳朵给我看。这也是为什么，后来王蛊非拉着我一起逃亡。归根结底，他还是不相信我。

王蛊睡着了，可我睡不着。冰箱里放着一个耳朵，我坐立不安想尽快知道这个耳朵的主人是谁，可又没什么办法，唯一知道耳朵主人的家伙正在睡觉。我在想要不要报警，很明显王蛊触犯了法律应该受到法律的制裁，蓄意伤人，把人的耳朵给割掉了，再不把耳朵送还回去的话，那家伙就成残疾人了，虽然国家对待残疾人有一系列的优惠政策。可我这时候要是把王蛊给供出去的话，估计下一个少个耳朵的就该是我了。

这天晚上我失眠了，这在我的人生中十分罕见。熟悉我的人都知道，我是一个嗜睡的人。一般人失眠有两种情况：一是周围的环境嘈杂，二是心里有事。这两点我全部符合，王蛊躺在我的身旁打呼噜的声音震耳欲聋，让我不仅心烦意乱还特别的不平衡。丫真是没心没肺，发生了这么大的事情还能睡着。我一边想着冰箱里的耳朵一边嫉恨着身边的王蛊，不能入睡。

介绍一下王蛊其人。很明显他是一个什么事情都能干出来的主，所谓乱世出枭雄，怎奈现在是和平年代，王蛊空有一腔热血，只是一个放高利贷的青年。我和王蛊认识七八年了，他是一个不择手段的人。我不是信口开河，是有凭证的。

上高中的时候，王蛊喜欢一个女生，半夜三更溜进女生宿舍挟持女生跑出学校，回到家中。王蛊的父母常年在外，家里空无一人。王蛊把女生推到床上想和对方发生性关系，可是对方不太同意，尽管其多番挑逗也无济于事。王蛊想霸王硬上弓，可一想到这是强奸，就没行动。列位不要以为王蛊有所忌惮，他没犯强奸罪不是因为他心地善良而是突然发现床上的这个女生实际上没想象中的那般美丽。王蛊一想，为了这个女生犯强奸罪有点不值得，就作罢了。

王蛊是个不学无术的人，为了翘课他装病去医务室输液，打葡萄糖。后来输液错误，王蛊的性命差点丢掉。这算是医疗事故，不过也是王蛊自找的，没病装病，冬天正是流感高发期，护士把别人的药物注射进他的身体内。经过激素注射，王蛊才捡回来一条命。从这之后，王蛊的身体就像是发酵的面团，膨胀，膨胀，成了一个胖子。以前王蛊是个瓜子脸，现在成了倒瓜子脸。胖子也不是没有好处的，起码王蛊的奶子大了不少，比一般的成熟女性都大。王蛊善于运用自己的身体优势，在喝酒的时候，他经常和人打赌，说自己的牙能咬住奶头，通过这个手段，很多人都栽了。

第二天王蛊醒来后，我对他说："你气也该消了，告诉我那耳朵是谁的。"

"什么耳朵？"

我从冰箱里取出那只耳朵放在王蛊面前，他大惊失色："这是谁的耳朵？"

"我还问你呢。"我说，"昨晚你拿来的。"

"我想想。"王蛊揉着脑袋说，"我操，昨晚我喝多了。"

王蛊在屋里走来走去，嘴里喊道，我怎么真把他耳朵给割下来了？这事闹大了。

我看着他惊慌失措的形态说："昨晚你可镇定得很。"

"你怎么不提醒我？"

"怎么没提醒你？我就差给你下跪了，你死活都不告诉我这耳朵是谁的。"

"你应该给我下跪的。"

"现在你也明白过来了，那就把耳朵送还回去吧。"

我本以为悔悟后的王蛊会赞成把耳朵送回去，他说耳朵的主人肯定已经报警了，现在回去是自投罗网，看来我还是太低估他，他根本没这个打算。不是不想送还回去而是不能送回去，王蛊说自己不能自投罗网。我毛遂自荐，说："我帮你送回去。"

"不行。"王蛊说，"我不能让你羊入虎口。"

我有些感动地说："没事，为了哥儿们赴汤蹈火是我分内之事。"

"不是。"

"顾不了这么多。"我说，"我可以为你两肋插刀。"

王蛊事后对我说，他那时候不让我单枪匹马去送还耳朵不是担心我的安危，而是怕我出卖了他。他说我去送还耳朵和他去自首没什么本质上的区别，根据他对我的了解，我是禁不住严刑拷打一定会把他供出来。听了王蛊的解释，我很恼火。

我说："我有这么不讲义气吗？"

"有。"

那只耳朵我们是这样处理的：装进垃圾袋扔掉了。

耳朵的主人是男1，我对他不是很了解，全部都是王蛊告诉我的。

酒醒之后的王蛊一直焦躁不安，他在想下一步该怎么办，自首肯定是不行的，不自首的话就剩下逃亡这条路了。

"要不我们逃亡吧？"

我说："逃去哪？"

"随便。"

"你这也太不严谨了。"

王蛊说："反正也无事可做，在家待着也怪没意思的。"

"那我也不能逃亡呀。"

王蛊说我必须跟他一起去逃亡不然的话他只能杀人灭口。

我向王蛊提出了一个方案，可以逃亡，等警察悬赏抓捕他的时候，我去告发。这样的话，我就可以得到赏金，然后再和王蛊平分掉。我说王蛊早晚会被逮到的，还不如让我去告发他，这样一举两得。半天，王蛊冒出一句话："不义之财，不拿也罢。"

如果要用个词语来形容王蛊的话，肯定不会是心狠手辣，虽然他割掉了男1的耳朵。根据我对他的了解，他既然割了男1的耳朵，这只能说明男1的左耳朵确实不合适继续在他脑袋上待着了。其实王蛊是童心未泯的一个人，他只是一时兴起想玩一个猫捉老鼠的游戏。大概你也看出来了，王蛊还是一个不计后果的人。老鼠被猫抓住会被生生地咬死，警察抓住我们虽然不会弄死我们，这不是因为警察不愿弄死我们，是因为我们还没有资格被弄死，我们会失去很长一段时间的自由。人类和老鼠的区别是，对性命和自由的态度不同。相比较而言，老鼠看重的是性命，而人类更看重的是自由。

收拾了一下行李，我们就踏上了逃亡的路。我说去车站坐车，王蛊不同意，他相信通缉自己的告示已经满天飞。我们背着行李坐在街边的小花园里在想下一步去哪里。王蛊说："不能去车站。"

"那就走小路吧。"我说，"安全。"

"你身上带着钱吗？"

"带钱做什么？"

"你不带点盘缠就逃亡？"

我说："是你要逃亡，我陪着你，你应该带钱的。"

"我兜里就剩几十块钱了。"

这事也不能怪王蛊，逃亡也是他临时做的决定，即兴之作。按照王蛊往常的作息，在我家睡醒之后，他会直接去位于东四路上的一家理财工作室，处理日常的事务。说是理财工作室其实就是放高利贷，王蛊就是这个工作室的老板。

王蛊让我回家去拿钱，可我没干，凭什么让我回家拿钱？我是陪他去逃亡的各项支出应该由他负责的。王蛊说不是自己不想出钱，是现在的情况不允许自己出钱。他说："我肯定被监控了，手机、银行卡什么的都不能用，我周围的人也一定都被控制了，除了你我不能跟任何人联系。"

"你现在谨慎了。"我说，"割人家耳朵的时候你怎么没想这么多呢？"

"我不是喝酒了嘛。"

王蛊说："现在最主要的是搞点钱。"

"我是真没钱。"

王蛊决定让我去他的工作室拿点钱。在我和王蛊逃亡的第一天，整个时间都浪费在从公园到理财工作室的这段路上。我携王蛊的口谕来到工作室里，只有文员小梁在里面。我见过她几次，比我小几岁，脑袋有点毛病，说好听点叫做事情有原则，说不好听就是有点一根筋。王蛊放心把工作室交给小梁就因为她有原则。

小梁正坐在办公桌后面办公，看见我进来抬了一下头："王哥还没来。"

"我知道。"

"知道他不在你还来？"小梁说，"你傻呀？"

我说："王蛊让我来拿点钱。"

"他自己怎么不来？"

"他不方便。"

"早上警察来找过他。"小梁说，"他是不是犯什么事了？"

"没。"

"那他怎么不亲自来取钱？"

我一时无语，过了会我对小梁说："我告诉你个事，你可别到处乱说。"

"你还是别说了，我心里藏不住事。"

"那我出个谜语，你自己猜。"

"成。"

"一、王蛊犯事了；二、王蛊没犯事。"我说，"你猜哪个对。"

"他真犯事了？"小梁瞪着眼看着我。

我点头。

"严重不？"

"都惊动警方了，你说呢？"

"杀人了？"

"没那么严重。"我说，"你可别到处乱讲。"

小梁点头说："嗯。"然后继续趴在桌子上整理贷款材料。

我说："他不方便让我取点钱。"

"不成。"小梁说，"有规定，外人不能随便取钱。"

"是王蛊派我来的，不是外人。"

"那也不行，没有王总亲自同意，钱谁也不许动。"

"这谁定的规矩？"

"王蛊。"

小梁看我焦急的样子说："要不你让王哥亲自给我打个电话？"

"他不方便。"

"那我就没办法了。"

我走回公园，王蛊还藏在花丛中。我把情况告诉王蛊，他说等风头过去了我就把她给辞退了。我说这也不能怪小梁，规定是你定的，她只是按规定执行而已。我说："你要是心有不甘抽自己几个嘴巴子就成。"

王蛊给我写了个纸条："你拿着这个纸条给她看，她就会给你钱。"

我拿好纸条起身要走。

王蛊在我背后说："你走快点，快要下班了。"

来到工作室，我把纸条递给小梁，说："拿钱吧。"

"这纸条是谁的？"

"看看笔迹。"我说，"王蛊写的。"

"那也不成。"

"怎么就不行了？"

"规定。"小梁说，"他亲自来才行。"

"你怎么就这么死脑筋呢？"

"真出事了我可承担不起。"

"你要不给我钱我可抢了。"

"你敢。"

"我怎么不敢？"我一手抓住小梁的胳膊把她往外拽。小梁另一只手死死地抓住桌子的一角，说："你果然是来抢钱的，你再不住手我可就报警了。"

"你敢。"

"我怎么不敢？"小梁拿出手机按出号码，把手机屏幕递给我看。

我慌忙地松开手说："有话好好说。"

"你赶紧走，不然我真报警，我可不是和你开玩笑。"

我灰头土脸地从工作室走出来，外面的阳光已经黯淡下来。血红的夕阳挂在西边的天空中，我看了看手表，已经四点多了。傍晚的天气有些闷热难耐，低空下的热浪吹拂着我，我的身体出了一层的汗珠，黏住了衣服。

"钱拿来了吗？"

"她不给。"我说，"要你亲自去拿才行。"

"你说我应该亲自去吗？"

王蛊决定亲自回工作室拿钱。等我们背着行李来到工作室门前的时候，发现已经关门了，银白色的卷帘门放了下来。看到此景，行李从我们的背上滑落下来，我们面面相觑，无可奈何。

2. 放火

男1是王蛊的朋友，不过现在已经不是。王蛊狐朋狗友比较多。男1是个屌丝青年，有天他在大街上碰见了王蛊。在知道男1无事可做后，王蛊拿出一堆旅行社的宣传单。旅行社是王蛊的一个表姐开的，开业没多长时间刚买断了一条老年人去长江三峡欢度七夕节的旅游线路，正是招业务员拉生意的关键时刻。因为王蛊的古道热肠，男1从一个屌丝青年成了一个业务员。

男1骑着摩托车拿着旅行社的宣传单开始大街小巷地跑业务，刚开始他没找到诀窍，到居民区里挨家挨户地寻找退休的老头老太太，很明显，大家都把他当成坑蒙拐骗的坏小子了，没等他开口说话就被拒之门外了。有时候也会碰到几个对旅游感兴趣的老头老太太，但是问题还是出现了，面对老人事无巨细的提问，男1发现自己完全没有办法把旅游线路这事情详细地解释清楚，起先他还很有耐心地逐个讲解，但那些老头明显脑子都不太好使，不是记忆力退化就是眼花耳聋，一句话重复十几遍也没什么用。三天的时间，男1的名片和旅行社的宣传单已经散发出去了一大半，但毫无起色。

一天，男1在一个小区跑业务的时候碰见了王蛊。当时王蛊站在一个居民楼的下面正向二楼的一个窗户里扔砖头，玻璃被打碎之后，王蛊又点燃一个汽油瓶扔了进去，呼，二楼窗户里冒出了火焰。王蛊扭头要走，看见男1站在不远处盯着自己。王蛊二话不说跳上男1的摩托车。

王蛊问："你刚才在那小区干吗呢？"

"跑业务，旅行社。"

男1问："你呢？"

"放火要账。"王蛊然后拿出手机拨通了119，"新苑小区着火了。"

王蛊放火是因为有人借了高利贷，还款的时间到了未还款。而且借款的当事人躲起来了，王蛊依据身份证复印件找到了他的家庭住址，就要给他点颜色看看，不要觉得高利贷是慈善事业。

第二天男1再次经过这个小区的时候，在公路上出现了一条横幅，上面写的大概的意思是，悬赏两万元寻找昨天的纵火犯。消息在这个县城迅速地传播开来，不仅在大街小巷的电线杆和墙壁上都贴满了悬赏通告，电台上也在轮番地播放。报纸上出现了一条名为《家中起火七旬老人住院，悬赏两万捉拿纵火犯》的新闻。

王蛊意识到自己的处境比较危险，这都是自己咎由自取。都怪自己粗心大意了，王蛊放火本身是没问题，问题出在他把放火的对象搞错了，他的目标本来是东边的房子的，可他放火烧的是西边的房子。王蛊是能分清楚左右的，都怪那个小区的布局太过怪异，王蛊在里面走了一圈就分不出东西南北了。现在被烧的那个老头进了医院生死未卜，王蛊赶紧找了一个在县中心医院当护士的朋友打听消息。半夜的时候他接到电话，人没生命危险只是身体局部被烧伤。

知道人没死之后，王蛊开始想到底是谁出卖了自己，毫无疑问，男1是最大的嫌疑人。没错，王蛊心想一定是男1为了悬赏自己的两万块钱而出卖了自己的。接下来的事情就顺理成章了，王蛊拿着匕首出门，直到晚上才找到男1，然后用匕首把他的左耳朵割了下来。

男1说不是他出卖的王蛊，肯定是另有其人。

王蛊问："其他人怎么知道我放火的事情？"

男1说："是我告诉他的。"

"他妈的。"王蛊说，"说破天还是你告发了我。"

如果王蛊被警方抓获的话，他将面临两项指控：一、蓄意伤人；二、纵火。王蛊说他对这看得很淡，反正已经这样了，多一条和少一条也没多大的关系。不过王蛊对那个被自己放火烧伤的老大爷还是表现出了一点愧疚，无缘无故把人家的房子给烧了，做得确实有点过分了。为了消除王蛊的愧疚感，我有个计划告诉了他。

计划是这样的：我们先去找男1，从他那里要回两万块钱，然后再把这钱送到医院去，最后王蛊去自首。

王蛊看着我说："那我们不逃亡了。"

"本来我是想和你去逃亡的。"我说，"那是因为我以为你就割了人家一个耳朵，谁曾想你还放火了。"

最终我们也没去把那两万块钱拿回来，因为男1的耳朵被我们把垃圾给扔掉了。王蛊说如果我再从男1那里把钱拿回来就有点不厚道了，你先是把人家的耳朵割掉了，现在又跟人家要钱，于情于理也说不过去。如果那只耳朵还在的话，一切就截然不同了。

现在一切都来不及了，只剩下逃亡这条路了。第二天早上王蛊冒着被抓的危险，从理财工作室那里拿了几千块钱。我们不能走大路只能走乡间小路，大概走了四五十公里的路，来到临近的小县城里，找到一家旅馆住了下来。因为不知道要逃亡到什么时候，钱要省着花，一天十块钱买了一张床铺，和七八个人住在一个房间里。

3.小旅馆

其实你也看出来了，我对逃亡的兴趣并不大。如果不是看到王蛊的处境这般艰难，我才不会陪他来到这个鬼地方。我必须要说一下，我们下榻的这个小旅馆简直是糟糕透顶。这个县城长途车站的对面有很多小旅馆，我们就选择了其中之一住了下来。本来我们准备坐长途车去外地的，但王蛊认为去外地不安全，还是离家近点比较好。我不这样认为，逃亡当然是越远越安全了。

王蛊说："我们就是出来放松一下，过几天我们就回去了。"

"那你还不如去自首呢。"

"不一样。"王蛊说，"我可不是存心逃避法律的制裁。"王蛊想的是要给警队一个锻炼队伍的机会，提高警察追捕嫌疑犯的能力。这样来说的话，王蛊是个深明大义的人，可是把我扯进这件事情里总让我感觉怪怪的，所以在这期间我的情绪都不是很好。

旅馆的房间里都没有空调，风扇只有一个，悬挂在房间中央的半空中。因为我们来得比较晚，靠近风扇的床铺都已经有人了。和我们同住的都是外地来打工的人，皮肤黝黑，满口南方口音。房间里气味难闻，一股脚臭味，空气流通不便，闷热和臭味混合在一起，真是让人失望透顶。王蛊的心态比我好很多，他买了一大堆的报纸和杂志，躺在床上开始看报纸消磨时光。

"看报纸吗？"

"不看。"

"看看吧，很好看的。"

"不看。"

"虽然你是大学生，可你也要学习，充实自己的知识。"

"我没你这么好的雅兴。"

我一丝不挂地躺在床上，身上的汗珠层出不穷地从表皮下渗透出来。王蛊跷着二郎腿在床上悠闲地浏览着报纸。不是我养尊处优或者是不能适应这住宿环境，主要是我和王蛊心态不同。耳朵是他割的火是他放的，警察抓的是他而不是我，要逃亡也是他，我清清白白的一个人，大学放暑假本来可以在家里待两个月的时间，可现在我来到这个破地方，不能随便出去，只能守着王蛊。真是太不公平。

从第一天开始我就问王蛊，我们要在这住多久。

"看情况吧。"王蛊说，"少则几天多则半个月。"

"咱能换个好点的旅馆住吗？"

"你想住多好的？"

"起码是标准间，有空调和电视吧。"

"你知足吧，这地方就不错了。"王蛊说，"要是进了看守所可没这的住宿条件好。"

"搞了半天，你是来这里提前适应看守所的环境呀。"

"也不全是。"

"你可真行。"

"戒骄戒躁。"王蛊说，"习惯就好了。"

我说："是你要被抓，凭什么让我陪你在这受罪？"

"我们是哥儿们呀，讲点义气好不好？"

"那你换个好点的旅馆住。"

"自己找去。"

"那你给我钱，我单独出去住。"

"不给。"

"你给不给？"

"不给。"

尽管王蛊不愿意为了我换一个好点的住宿环境，但最终我们还是从这个破旅馆里走掉了。不是王蛊想从这里离开，毕竟我们在旅馆住了也就不到一个星期的时间，但实在没什么办法，旅馆的老板娘要赶我们走。一天早上起来的，整个房间只剩下我们两个人。空荡荡的房间，别无他人。之前在这里住的那批南方人也都走光了一个也不剩，他们的行李也不见了，连同不见的还有我和王蛊的行李。

我们被偷了，行李全没了，包括王蛊的几千块钱。

我们去找旅馆的老板娘说理。这个肥胖的中年妇女没搭理我们，说责任在我们身上，因为我们没照看好自己的行李。我追问那批南方人去哪了，她说一大早就拿着行李退房走掉了。

王蛊说："我好几千块钱都丢了，你赔。"

"又不是我拿的。"老板娘说，"你找那些南方人要去。"

"中国这么大，我上哪去找？"

"废话少说，报警吧。"老板娘说，"让警察处理。"

旅馆的老板娘当然没有报警，不是她不想报，而是被王蛊阻止了。既然我们身无分文当然不能继续在这个旅馆住下去了，没办法，我们只好打道回府了。我有点欣喜，不是为王蛊丢钱这件事，而是为他丢钱所产生的后果而欣喜。我终于逃离了这个旅馆。

现在我们走在太阳底下，经受着阳光的暴晒，前方的路遥遥无期，如果不走错路的话，大约还有三十多公里的路等着我们。王蛊垂头丧气地走着，估计他怎么也没想到这么快就踏上回去的路程。

王蛊说："你是不是早盼望着今天了？"

"没想到来得这么快。"

"钱是不是你的拿的？"

"我是想过要拿的。"我说，"可惜晚了一步。"

"做人不要太优柔寡断。"

我们筋疲力尽地走在路上，看着路的尽头，一缕一缕的空气像是烟雾一样升腾着飘向天空。那是蒸汽，由于天气过热而引起的，如同大地被人点燃一般。王蛊做了一个重大的决定，返回县城。

4.黄大英

法院开庭审判王蛊的时候，我在场。市法院的审判庭内，我坐在观众席中看着王蛊被穿着制服的人从一个门里押出来。王蛊穿着便装，身后站着两个人高马大的人。在法官念判词之前，王蛊冲我眨了一下眼睛。他肯定是冲我眨眼睛的，因为只有我一个人坐在下面。

法官还在翻看着手中的材料，王蛊背后的那两个穿制服的家伙八风不动地站着，那个女的应该是记录员，坐在一台电脑前面。加上我，整个审判庭内只有我们六个人。我幻想自己是在一个剧场内看演出，演员已经入场但还没开始演出，我作为唯一的观众把目光定格在这个女记录员的身上。从我的角度望去，可以看到这个女记录员下身穿着白色的裙子，她的腿有点粗，白白的。

开庭。法官手里拿着一个小锤敲了一下桌子，紧接着我站起来，然后坐下。法官拿着材料开始朗读，声音不大，但我能听到。在漫长的朗读过程中，我把注意力放在王蛊的身上，他的表情很淡定不时和我进行眼神的交流。

对于法官的朗读我们都没有多大的兴趣，事情的经过我都知道，烂熟于心。我和王蛊都在等待判决的结果。

"判决结果，"法官念道，"如下。"

我张开耳朵注意着"王蛊"这两个字的出现。"王蛊，判处有期徒刑两年。"听到这里我拿出手机准备拨打电话，紧接着法官又说，"缓期两年执行。"我又把手机放回口袋。

我不清楚事后王蛊有没有去找过男1，不过这已经不重要了。用王蛊的话说："只要两年之内不犯事就进不了监狱。"有一点让王蛊所困扰的是，他的理财工作室被勒令关闭了。王蛊的学历是高中，也没有一技之长，除了放高利贷也不知道该做些什么。何况现在，他还在缓刑期间，不能违反任何的法律法规不然就直接蹲监狱了。被束手束脚的王蛊，成了一个屌丝青年。

如你所知，法院审判王蛊的时候，只有我一个人在旁听。其实除我之外还应该有个女的在场，不过这个女的已经回了老家。王蛊之前有个女朋友叫黄大英，后来分手了。分手的事情我最清楚，在纵火之前王蛊就已经从他们一起租的房子里搬出来了。是我帮王蛊搬的家，房子是个一居室，在一个医院的后面，有点类似于职工宿舍。搬家那天黄大英在房子里面，把门反锁，我们怎么喊她也不开门。没办法王蛊就找来锤子把门给砸烂了。房间里乱作一团，被子衣服什么的扔在地上，黄大英披头散发地蹲在角落里，眼睛直勾勾地盯着王蛊。我看情形不对头，就站在门口没动。王蛊说："甭管她，搬东西。"

我拿着个行李箱，开始从地上捡男装往里面扔。

黄大英大喊了一声："不许动。"

我被吓了一跳，停手。

"拿东西。"王蛊对我说，"甭管她。"

黄大英站起来冲我走来："谁都不许动。"她刚走没几步，就被王蛊双手抓住双手按在地上。王蛊用膝盖顶住黄大英的背，双手死死地按住她的双手。黄大英头被按在水泥地上，嘴里一直不停地喊叫着："谁敢动一动我砍死你们。"

"你再喊我抽你。"

"我操你。"

王蛊膝盖用力地顶了顶黄大英的背，发出几声闷响。黄大英的身材很瘦，膝盖碰撞在她的背上，胸腔发出空旷的声音。

我慌忙地收拾着地上的衣物。这时候黄大英哭了起来，整个身体趴在地上，身体不断地抽搐着。一边哭一边说："王蛊你不是个东西，你打女人。"

"你少他妈的废话。"

收拾完东西，我拿着行李箱走到门口，说："都收拾好了。"王蛊松开手，不过黄大英没有立即起身，她还趴在地上哭泣。

出来之后，我对王蛊说："你就不怕她自杀？"

"那也不关我的事。"王蛊说，"爱死不死，我受够她了。"

黄大英没有自杀，几天之后她打电话告诉了王蛊一个喜讯，王蛊当爸爸了。我想黄大英没自杀的话，有可能是因为她肚子里有了王蛊的骨肉。不过王蛊没相信，他对黄大英说："如果你真怀孕了就赶紧把孩子打掉，如果你没怀孕的话就赶紧回老家，反正我是不会和你一起了。"

"我要把孩子生下来。"

"你爱生不生，这是你的自由，我不管。"

"我一定会把孩子生下来的。"黄大英说，"二十年后我领着你儿子来找你，让你儿子抽你。"

我对王蛊说："她怎么知道是儿子呀？说不定是女儿呢。"

"关我屁事。"

"你还是劝她把孩子打掉吧，万一真把孩子生下来了，就坏了。"

"我不管。"王蛊说，"生下来，我也不认。"

后来黄大英真的就回了老家，她再一次回来的时候王蛊已经进了看守所。黄大英联系不上王蛊就给我打了电话，我去车站接的她。那天的温度很高，我中午去车站的时候烈日当头，世界白晃晃的一片像是被人播散了荧光片。黄大英背着一个小包站在车站的广场上，她穿着一件外套，我向她走去的时候心里一直在想她是不是脑子有毛病这么热的天还穿着一件厚外套。

黄大英开口就问我，王蛊怎么没来。我说王蛊不方便。黄大英说："都是借口，你们男的嘴里一句真话都没有。"王蛊不仅不方便而且他压根不知道黄大英回来了，不过即便是他知道的话也不会来见她。

我在车站对面找了一个接待所让黄大英住下来。黄大英对住宿的条件十分的不满意，因为年久失修房间里的墙壁都开始脱皮了，床也十分的旧，没有空调，也没有浴室，卫生间是公用的在楼道里。我从黄大英的表情能看出来她对我的安排十分的不满意，不过我才不在乎，我给她找个地方住就已经很不错了，况且我还是看在王蛊的面子上。

我们坐在床上，房间有些闷热，我打开放在桌子上的一个台式风扇，风齿摇摇晃晃地转了起来，风吹出来，也是燥热的。黄大英脱下外套，里面的小背心已经湿了，颜色也由原先的浅绿色成了深绿色。

黄大英看着我说："你对我说实话，王蛊到底干什么去了？"

"我也没联系上他。"

沉默了一会，我歪头看着她那张疲倦的脸说："你这次来有什么事吗？"

"找王蛊。"

"我也找不到他。"

黄大英说："既然这样我就把事情告诉你吧，以后你转告他。"

"成。"

"我怀孕了，孩子是王蛊的。"

"我听他说过。"

"他什么态度？"

我实话实说："他说关他屁事。"听完之后，黄大英上身仅有的一件衣服撩起来，露出白色的肚皮给我看。我看到的是一块微微鼓起的肚皮。黄大英此行的目的就是把自己的肚子亮给人看，本来应该是王蛊一饱眼福才对，现在换成了我。黄大英说她给我看肚皮没别的意思，只是向我证明她确实是怀孕了，孩子也的确是王蛊的。她希望我能把自己的所见所闻一字不落地告诉王蛊，我对她说："你放心，我会告诉他的。"

说着说着，黄大英的眼眶有点湿了，眼泪在里面转来转去，下一秒就会夺眶而出。我看情形不太对头，就慌忙岔开话题说："孩子多长时间了？"

"两个月多点。"

"时间也不长。"我说，"你真打算把孩子生下来？"

黄大英表情坚毅地点下头。

我说："还是打掉比较好，对你好，对王蛊也好。"

"不。"黄大英说，"我一定要生下来。"

我看黄大英的态度这么坚决，就不再好继续说什么，毕竟她肚子里的孩子又不是我的，我这一个非亲非故的人非要人家把肚子里的孩子打掉，是有点不太好。一个多月以后，王蛊收到了黄大英的一条消息，那就是她肚子里的孩子已经没了。王蛊对我说这件事的时候，我说："你孩子死了，你就不伤心？"

"有点。"

黄大英还对王蛊说她确实很想把孩子生下来，但还是没有保住。王蛊劝慰黄大英说没关系的，你可以再和别人一起生孩子。根据黄大英所说，她是因为滥用药物才导致流产的，至于是滥用什么药物，我不太清楚。

5. 合格的护士

当王蛊知道黄大英流产的时候，他确实有些难过，这从他当时的表情能看出来。不过王蛊也不是十分的难受，因为这时候他已经交了一个新的女朋友。黄大英以前是个护士，王蛊新交的女友也是个护士。王蛊是在医院住院的时候认识的黄大英，那时候她是肠胃科的护士。

王蛊是因为胃出血住院的。在一个夏天的晚上，王蛊接连喝了七扎啤酒然后感觉到胃部火辣辣地疼，到底是怎么疼我也不太清楚，据他事后交代，感觉胃部被人刺了一刀。等王蛊出院后就从家里收拾了一下行李搬进了医院的职工宿舍，和黄大英开始同居。

在这里要补充一下：王蛊和黄大英以前是住在王蛊的家中，后来又多次搬出来住。他们两个之间经常闹矛盾，舞刀弄棒，就差惊动警察。听王蛊说他的母亲曾多次为黄大英的无理取闹血压升高晕倒在地。

粗略统计一下，王蛊和黄大英同居了有两年多的时间。如果分手也需要向上级申请批准的话，在"分手理由"这一栏里，王蛊会填写：感情不和。

有一次王蛊在电话里，用疲倦的声音对我说，他昨晚差点被人用菜刀砍死。拿菜刀的这个人就是黄大英。男女之间第一次发生这种打斗的话，大多会感觉比较新奇，尤其是在双方都悔悟后，还会增进两人之间的感情，但若是这种动刀动枪的事情频繁发生的话，就另当别论了。王蛊还告诉我，有一次他差点把黄大英给掐死。黄大英被王蛊一拳打倒在地仍不服输嘴里继续辱骂着，紧接着王蛊双手卡住她的脖子，用力，用力，用力，直到黄大英有点翻白眼的时候才松开手。类似这样的事情实在是太多了，估计连王蛊自己都数不过来了。

在黄大英之后，王蛊又找了一个当护士的女朋友。这是在王蛊的理财工作室关门之后的事情，当时他无事可做，就等着两年的缓刑期过去后，再重操旧业放高利贷。

到现在为止我也不知道王蛊这个当护士的女朋友叫什么名字，因为我只见过她一次，暂且称呼她为女1。后来王蛊对我说，我见女1的那次也是他和女1的第一次见面。

那已经是九月份，这天王蛊告诉我晚上有个饭局让我一起去，我问他是关于什么的饭局，他说是一个朋友过生日。

那顿饭从八点多开始吃的一直吃到凌晨两点多。过生日的是一个黑胖子，整个饭局里除了王蛊我一个人都不认识。女1当时就坐在我的身边，她化着挺浓的妆，眼线描得很黑，在和她说话的期间，我都没怎么看清楚她的眼睛，只是黑成一团。饭局进行到一半的时候，我出来找了个可以打长途的话吧给女朋友打了个电话。当时我和大学时的女朋友还没分手，没过多久我们就分手了，原因很复杂，简单来说她对我没有了感情。打完电话之后，我没立刻回去，而是蹲在路边抽了一根烟。已经晚上十二点多了，路上的汽车已经不多了。整条路上的路灯都亮着，透过灯光朝路的深处望去，你会看到层层叠叠的枝叶遮盖住路的上空，犹如一条深山里的林荫小路。天气还是很闷热，有风也无济于事。我抬头看着深深的夜空，感觉有些失落，我想就这样一走了之，不过过了会王蛊给我打来电话问我在什么地方。

这天晚上我没有回家，王蛊和女1也没回家，我们住进了附近的一家旅馆。我住在一个房间里，王蛊和女1住在一个标准间里。我住的房间里有三张床，我选择紧靠墙角临窗的一张床。我躺在床上，抬头能看到窗户外面的树叶，月亮在树叶背后闪烁着。天气依旧闷热，打开窗户也没有一丝的风吹进来，我在床上翻来覆去不知道什么时候就睡着了。等我睁开眼醒来的时候，阳光从外面照射进来，刚好落在我的脸上，我出了一头的汗。

我敲开了王蛊房间的门，女1已经走了，只剩下王蛊自己还躺在床上睡觉。我以为王蛊肯定和女1上床了，毕竟他已经有一两个月没近女色了。出乎意料的是王蛊根本没和女1上床，这事挺让我纳闷，他们俩床都上了，可是就没办事，相敬如宾，毫无侵犯。

我说："你真不是男人。"

王蛊躺在床上说："其实我也想上她。"

"那你怎么没上？"我说，"你下面不行了？"

"不是，本来我已经把她衣服给脱光了。"

实际上王蛊不是不想跟女1发生性关系，也不是女1恪守妇道不同意。当时的情形是，王蛊已经把女1的衣服都脱掉了，在脱衣服的过程中女1也很配合并没有半点的半推半就，就在这紧要关头，王蛊突然感觉到胃部不舒服，他已经胃出过血是老毛病，然后就去了一次卫生间。等王蛊从卫生间出来的时候，先前的暧昧气氛就有点减退。如你所知，那天王蛊和女1第一次见面，之前都是通电话的，对彼此的了解不是很深。即便是在聊天的过程中暗生情愫，可是双方见面之后彼此的相貌肯定和预期的有所差距。比如说，王蛊因为经常喝啤酒的缘故，啤酒肚已经有了雏形，他的身材不是特别好。

对于王蛊而言，眼前的这个女人比自己设想的要高了点，个头高是件好事，但前提是你的身材不要太壮了。对于女人来说，个高和苗条组合在一起才是有诱惑力的，眼前的女1四肢比较强壮。当王蛊脱掉女1的衣服之后，发现她的腹部有个纵向的伤疤，虽然不是很明显但借着灯光还是若隐若现。当王蛊从卫生间走出来的时候，他看到女1把毛巾被环抱在胸前依偎在床头上。她的头发已经披散开，描着眼线的双眼盯着王蛊。为了加深对彼此的了解，他们躺在床上开始聊天。说着说着，他们发现彼此还有共同认识的朋友。只不过，他们这个共同朋友很不一般，是女1的前男友，王蛊的一个哥儿们。

王蛊对我说："她是我哥儿们的女朋友，你说我能怎么办？"

"是前女朋友。"

"那也不行，朋友妻不可欺。"

"你都把人衣服脱了，这还叫不可欺吗？"

根据王蛊所说，剩下的时间里他就没打算再动女1一根汗毛了。可是女1不这样想，她还一直在引诱王蛊，在他的身上蹭来蹭去的。后来王蛊实在没办法了，就和女1在肌体上亲热了一下，但都是点到为止，没有实质性的进展。

我觉得王蛊是个道貌岸然的人，这从他对女1的态度上就可以看出来。他把人家领到旅馆里面，把人家的衣服脱光了，最后又不和人家发生性行为，让一个女孩子家空欢喜一场。让女人失望本身就是不对的。对于王蛊的所作所为，他给出的借口是因为他是一个讲义气的人。起初我相信王蛊的话了，认为他确实是一个有原则的人，一个哥儿们的前女朋友都脱光了在床上等着了，都无动于衷，这样的定力不是一般人所具有的。可是当我得知女1的前男友是何许人的时候，王蛊在我眼中就变成了一个小人。

女1的前男友是男1，那个被王蛊割掉耳朵的人。

其实王蛊没和女1发生关系，还有一个原因。他担心这是个陷阱，尤其是当他知道男1和女1的关系后。所以当天夜里，王蛊从床上爬起来把电视柜搬到房门的后面，以防有人破门而入捉奸在床。

王蛊说女1也不是什么良家妇女，第一次和男的见面就去旅馆开房间，还把自己的衣服都脱光了。他所说的那个男的就是他自己。王蛊这么说女1的话就有点不厚道了，明显是在这里装清高。女1是王蛊亲自去哄骗的，去旅馆也是他的意思。那天晚上王蛊的目标就是要让女1骗上床，为此在吃饭之前，他还叮嘱我吃饭的时候要多跟女1碰杯喝酒。这也是为什么那天晚上女1坐在我的身边。

自从那次见面之后，我和王蛊再也没见过女1，听说她死掉了。这年夏天快结束的时候，县城里一家餐馆发生煤气爆炸。女1跟着救护车出诊，在救治伤员的时候，餐馆里残留的煤气罐突然又发生爆炸，破碎的金属片借着巨大的冲击力削开了她的脑袋。

第二章　三角恋

1. 离家出走

王蛊的案件是在位于西六路的市法院进行审判的。法院和劳动大厦相隔一条马路，劳动大厦是一幢二十多层的高楼，它的后面有一个小区。在王蛊被判缓刑一年之后，我、黄良成和庄客在这个小区租了个三室一厅的房子，住在里面。那时候我们三个已经大学毕业，想自力更生，但不想寄人篱下给人打工，要自主创业。简单来说，当时我和庄客开了个广告工作室，黄良成开了个墙绘工作室。

夏天的一个夜晚，王蛊来找我，见面就问我还有多少钱。

我说："银行卡里还有五百块钱。"

"全取出来。"

"你要干什么？"

王蛊说："离家出走。"

"出什么事情了？"

"什么也别问，我就是要离家出走。"

黄良成从他的房间里走出来说："你现在已经离家出走了。"

夜里十二点多，我们三个来到露天的小吃摊上。虽然已经是深夜，街上的人一点都不少。整个街道上接连一百多米都是正在营业的小吃摊，三五人一伙凑在一起在夜色下喝酒。这条街上大多是一些营业的歌舞厅、洗浴中心和网吧，成群的青年男女或是下班或是玩累了，就出来坐在一起喝酒。

我们坐在椅子上，脱掉上衣，夜风吹拂而来，感觉神清气爽。与地面上灯火辉煌不同的是，当你仰望天空的时候，会看到一块黑布停在你的头顶上，没有丝毫的光点。不过没人在乎这些，在这个夜晚只有我显得有些怅然若失。我的失落是有原因的，我全部的积蓄都在王蛊的手中。我看着夜空，又看了看四周，感觉不到真实，但我知道王蛊是真实的，他坐在我的对面，满脸横肉正和黄良成谈笑风生，我夹在两个胖子中间，感觉自己的血糖有点升高。空气中似乎也弥漫着一股油脂的味道，黏稠中有点令人反胃。

王蛊要离家出走的主要原因是，父母看他不顺眼。王蛊几杯酒下肚开始对我和黄良成信口开河："是我不想找个正经事做吗？我不适合做正经事的，况且正经事多没劲呀，付出大收益小，我才不干呢。"王蛊说他还是想干老本行，放高利贷，可是现在又不能这样做，因为他还在缓刑期间，不能违法。

如你所知，当我得知王蛊要离家出走的时候，我把自己全部的积蓄大约五百多块钱都给了他。可是王蛊并没有立刻出走，我们喝酒到凌晨，他一时兴起想去洗浴中心洗澡。他问我还有没有钱，我说我所有的钱都给他了。王蛊数着手里的五百块钱想了想说："差不多够了。"

"不够。"我说，"三个人去洗澡不够。"

"谁说是三个人？"王蛊说，"我和黄良成去，你身体不好，早点回去睡觉吧。"

王蛊一时兴起，是因为在我们喝酒的时候，一帮男女在我们邻桌坐下了。男的没有引起我们太多的关注，我们把目光都停留在那些女的身上。王蛊独具慧眼，一眼就看出这些女的不是良家妇女，这还用他说，三更半夜的。这时候的天空已经从之前的黑色变成了蔚蓝色，太阳正逐渐从西边转过来，天空一步步地放光。我们身边的这几个女的，花枝招展，唤醒了大家沉睡已久的性欲。

第二天下午王蛊睡醒后，我问他什么时候离家出走。

"你还有钱吗？"

"全给你了。"

王蛊说："没钱我怎么离家出走。"

"不离家出走也成。"我说，"你赶紧回家去，别让家里人担心。"

"不回去。"王蛊说，"现在回去多丢人。"

"那你什么时候走。"

"你这是赶我走吗？"

"我是关心你。"

"那你先给我弄点饭吃。"王蛊说，"我饿了。"

我背着王蛊给他姐姐打了个电话，说王蛊在我这里让他们不用担心。他姐姐在电话中向我数落了一大堆王蛊的不是，总结来说有以下几点：1.好吃懒惰；2.游手好闲；3.让父母生气；4.贪财好色。我想了想这四点我自己也全部符合，所谓物以类聚说的就是我们。王蛊的姐姐还说让他赶紧地回来，别在外面瞎混惹是生非。我说有我看着他你就放心吧。王蛊的姐姐说："就因为有你在我才不放心。"

王蛊最后还是走了，上面说过他是一个好吃懒做的人，当他发现在我这里会食不果腹的时候，就一走了之了。在他要走的时候问我还有没有钱，他要坐车。

我把房间里日积月累的啤酒瓶和饮料瓶子拿到楼下面找了一个收废品的变卖掉，大约换回来十块钱，其中五块钱我买了一盒烟，另外五块钱给了王蛊让他坐车回家。

　　这是我为数不多的救济王蛊的一件事，细算起来的话还是他救助我的时候比较多。当我还在外地上大学的时候，他对我说如果没钱可以告诉他，他给我。有一年我确实经常向王蛊借钱，那时候我交了个女朋友，花销比较大。后来王蛊就把这些事情给忘了，我以为他是无偿救助我。当我再次提起的时候，他才恍然大悟吵着要我还钱。王蛊拽住我的衣领要我还钱给他，是在一个下雨天。当时王蛊刚从外地回来，这是他为数不多的又一次离家出走。与上次有所不同的是，这次不是因为家庭矛盾而是为了一个女人。

　　自从王蛊成为屌丝青年之后，他把生活的重心就全部放在了女人的身上。王蛊认识了一个外地的女人，这个女人让他去外地找她。王蛊便去了。去了之后，王蛊就有点后悔了，这个女人的相貌有点偏离正常轨道。

　　"很丑吗？"

　　"用'丑'来形容不全面。"

　　"非常丑？"

　　王蛊说："长得太模糊。"

　　我们坐在火车站旁边的一个小饭馆里，对面的王蛊全身被雨水打湿脸色苍白。王蛊看着我们面前的一盘土豆丝欲哭无泪地说："生活的反差实在太大了，昨天我还在吃生猛海鲜今天就只能吃土豆丝。"王蛊说他仔细想了想，他这次去外地其实只做了一件事情，那就是请那个女的吃了一顿海鲜。

"海鲜好吃吗？"

"吃得我心惊肉跳的。"王蛊用手比画说，"鲍鱼，这么大的一个，差点把我的心给吃出来。"

"活该。"

"我他妈的也是吃过鲍鱼的人。"王蛊说，"你他妈的吃过吗？"

王蛊买了回程的火车票后就身无分文了，他打电话让我来接他。天空下着密密麻麻的雨，我来到火车站，看到王蛊孤零零地站在下面，雨水顺着他的头发滴答在脸颊上，他的眼神充满了忧郁，透露出无尽的忧伤。

"我一天都没吃饭了。"

"我请你吃饭去。"我看着王蛊的样子忍不住哈哈大笑。

王蛊喊道："笑什么笑？"

"你终于也落魄一次了。"我说，"让我有机会救济你一次。"

"你心里很爽，是不是？"

"嗯。"

在吃饭的间隙我看着王蛊狼吞虎咽的样子说："希望你以后争取多落魄几次。"

"你什么意思？"

"让我有机会帮助你。"我说，"以前我上大学的时候都是你寄钱接济我，我一直想知恩图报，可你总是不给我机会，现在终于让我等到了。"

"你上大学的时候我借钱给你了吗？"

"怎么能这么说呢？"我说，"不是借，是给。"

"那我给了你多少钱？"

"几千块钱吧。"

王蛊说："你还给我了吗？"

"都说是你给我的。"我说，"不是借的。"

"那你不准备还给我了？"

"没借条怎么还你？无凭无据。"我说，"再者说，你一直没提这事。"

"我他妈的都忘了这茬事了。"

我一听连忙说："其实我已经把钱还给你了。"

"你他妈的没有。"王蛊起身隔着饭桌拽着我的衣领说，"你他妈的把钱还给我。"

"我现在没钱。"

"不行。"王蛊说，"快把钱给我。"

我对王蛊说其实我现在身上就还有四五十块钱，我连房租都交不起了。王蛊算了一下桌子上的饭菜有多少钱，然后招手叫来服务员，说："再来一盘辣子肉和鱼香肉丝。"

"太多了吃不了的。"

"吃不了扔掉。"王蛊说，"我今天要把你吃得倾家荡产。"

"我真的没钱交房租了。"

"你去给我买盒烟。"

我把烟拆开拿出一根递到王蛊的嘴上，然后给他点燃。

王蛊狠吸了一口烟，说："我生平最恨你这种借钱不还的人。"

"我不是不想还钱，主要是我没钱。"

"这我不管。"王蛊说，"你去卖。"

"我……"

"不过你要真去卖，也没人买。"王蛊白了我一眼，往地上啐了一口，说："我呸。"

临走的时候王蛊把我身上仅有的钱都拿走了。我说："你给我留几块钱吃晚饭呀。"

"你还好意思吃饭？"王蛊说，"我要是你的话，早一头撞死了。"

"那你起码给我一块钱让我坐公交车呀。"

王蛊抽出一块钱交到我的手上，说："别说我不近人情呀。"

2. 广告工作室

我和庄客成立了一个广告工作室。其实这不是我们的初衷，我们本来想注册一个广告公司的，但需要三万元的注册资金。我们当时几乎身无分文，这没什么关系，有那种专门帮人注册公司的机构，他们会帮助你办妥一切的。可我们还是没这样办，原因是多方面的，简单来说就是风险太大。

现在简单说一下我们的工作室。它位于一幢破败的写字楼上，如果没有我和庄客的领路，你根据我们提供的地址肯定不会找到这个写字楼的，不是因为它的地址不好找，这个写字楼的对面就是全市唯一的一家五星级的酒店。很多棵参天大树生长的路边，一到夏天枝繁叶茂眼前一片的绿色，你根本想不到在其背后会有一幢写字楼。在我们决定租下这个办公室的时候，它唯一吸引我们的一点是租金，一个月的租金是两百块钱。写字楼的拥有者告诉我们，租金廉价的原因是这是一座违规建筑，但它却不在拆迁的范围内，而且还不妨碍去注册个体户。

我们的办公室在写字楼的四楼，正对着楼梯，一间屋，大约有二十平米左右。只有一扇窗户和一个门。窗户上的玻璃裂开了一道缝，用透明的塑料胶布粘住了。门是木制的，涂抹着已经在褪色的绿漆。用钥匙开这扇门可是一件力气活，首先你的另一只手要抓住门的把手，用力往上面抬，你的膝盖要死死地顶住门，与此同时你的另一只手拿着钥匙插进锁洞里，往左转两圈，在听到响声后再用脚踹一下门，这时门才会敞开。这座楼的所有者第一次带我们进入这个房间的时候，就是用这种方式打开的门。当时我和庄客四目相对，有点不可思议。

房间里面空空荡荡，屋顶上吊挂着一个灯泡，门一开，窗户再打开，对流空气一来灯泡就在半空中摆来摆去。一根白色的电话线在地上。当时是冬末春初，下午的阳光从窗户射进来，一些灰尘在空气中浮动着，如同一只只的飞虫一样。我们租下这个办公室，一是因为价格便宜，二是因为可以用它来注册个体户，三是房间朝阳。

事实上，最后一点完全是多余的。我和庄客看着这个房间，心里都在想，以后的日日夜夜我们将在这里埋头工作，把自己的热血青春洒在每一寸的墙壁上，没有阳光怎么可以？可是实际上，租下这个房间后，我们几乎就没怎么来过。起初我们还在为怎么防盗而苦恼，可事后才发现这完全是杞人忧天，刚租房子的时候这房间是个什么样子，退房的时候完全还是什么样子，我们没有做任何的改动。

有一次我们带黄良成来参观办公室，庄客拿着钥匙在开门的时候，却怎么也打不开了。

黄良成看着四周说："这是你们的办公室吗？别搞错了。"

我说："错不了，就是这。"

"我看不像。"黄良成说，"你们是让我来给你们望风的吧？"

庄客拔出钥匙看了看说："没错，就是这把钥匙呀。"

我说："不会锁被人换了吧？"

"应该不会。"

"我试试。"我接过钥匙插进锁洞里开始转来转去的，身体用力挤住房门，可怎么也打不开，木制的门都被我挤压得晃来晃去了，还是没开。

黄良成看不下去了，把我拉开，一脚把门踹开。

庄客看了看门，说："可惜了。"

我对黄良成说："这地方就是有点破。"

"一点都不破。"黄良成说，"连破的资本都没有。"

"弄张床进来就能住。"

庄客说："就是嘛，多好的地方，就是门坏了。"

"以后这就是你的画室了。"我对黄良成说，"你就在这里画画。"

"不收你房租。"庄客说，"免费提供给你。"

我走出门指着斜对面说："这是厕所，多方便。"

办公室闲着也是闲着，我和庄客本来想把房间无偿提供给黄良成用的，可他不仅不用还把门给踹坏了。临走的时候，我们找了个塑料袋，把袋子缠成麻绳状将门和门框上的把手拴在一起。反正里面空荡荡的什么东西也没有，也不怕别人进来偷东西。

在我的眼中，黄良成是个画家，而且是一个很有天赋的画家。我毫不怀疑终有一日他会成为一个闻名遐迩的画家，我对他的这种态度大约持续了几个月的时间，再后来黄良成在我眼中就成了一个不折不扣的混子。当然，我也是一个混子。

黄良成是美院的毕业生，画过几幅油画和素描。我们刚住在一起的时候，黄良成把他上学期间画的几幅作品拿出来给我看，其中的一幅是画的一个小女孩，由于时间太长和不注意保养，画面已经有些模糊，但还是可以看出来精雕细琢的笔画。黄良成是写实派的，在这个年代，写实永远也比不上抽象，画法再精湛也没用，最主要的还是内涵和思想。他把自己的这几幅画钉在房间的墙上，就再也不多看几眼。

现在我的手上还有一张黄良成房间的照片。一张单人床，是他睡觉的地方，暗红色的被子窝成一团堆放在墙角。被子上的花纹本来是艳红色的，因为很多年没有清洗过已经变成暗红色，他的枕头亦是如此。在黄良成靠床的墙壁上是幅墙绘，一个穿着日本和服的女子，手里拿着一个笛子在吹奏，衣襟乱飞。女子的眼睛眯成一条线，樱桃小嘴。黄良成大概用了两天的时间把这个墙绘画完，刚画完的时候他让我进来看，我觉得画得真美，现在看着照片，也觉得确实十分的好看。只不过，这是我见过的黄良成唯一一幅墙绘。紧靠着床头的位置有一台电脑，台式的，液晶屏幕，黄良成就是坐在这个电脑的前面，没日没夜地玩魔兽游戏，从初春到初秋，废寝忘食。

直到现在黄良成也没成为一个艺术家，不可否认的是他骨子里是一个艺术家，这是不可更改的事实。黄良成，酗酒，抽烟，生活不规律，不爱卫生，随遇而安，除了不动笔画画之外，他就是一个画家。

说说我和庄客。租了办公室之后，我们就去工商所注册。四天之后，一张个体工商户的证书到了我们的手里，我们拿着这张纸走在大街上，感觉天高任鸟飞。那时候虽然已经是春天了，但实际的气候还是冬天的，大街上还有一些积雪没有融化，天空中就又开始飘起了雪花，如同鸽子的绒毛一样在飞。我们意气风发踌躇满志走在大街上，步伐迅速果断，时不时地我会看看天空，灰色的天，那种水泥粉一样的天。

现在我想喝点酒，庄客也是这样想的。我们来到一个饭馆里，正是中午吃饭的时间。我们要了几杯啤酒，倒在杯子里，相互碰杯，一口喝光。人有了斗志就是感觉不一样，精力旺盛，觉得自己势不可挡，要大干一场。我和庄客就处在这样的一种状态，只不过，这样的时刻总是短暂的。没过多久我们就在生活的面前败下阵了，垂头丧气，如同被阉割了的公牛，一点血性都没有了，整日缩成一团，渴望不劳而获。

刚开始，我们把个体工商户的证书镶在一块镜框中，悬挂在客厅的墙上，没事的时候我们就站在它的面前看上几眼。这一般是在我们刚吃完饭或者刚跑业务从外面回来，显而易见我们又遭受了客户的侮辱，不仅没谈成合作的事情还被人羞辱了一番。我们士气大跌需要激励，我们就站在证书的面前，仔细看上两眼，并在心中不停地叮嘱自己：我们是个体户，要勇往直前。这种自我麻醉有时候确实有效果，但再怎么样摆在我们面前的只是一纸空文而已，又不是厚厚一沓的人民币。所以，我们终将萎靡不振。

我们的广告工作室有两个员工，我和庄客，偶尔黄良成也兼职员工，只不过没有任何的报酬。股东有很多个，我和庄客是，黄良成也是，因为有一次我们搞市场调查，他和我们一起站在大街上向行人进行询问。我们没有给黄良成发工资，就当他入股，是股东之一。其余的股东是，庄客的两个女朋友、我的表哥、我的女同学等等诸如此类。他们并不想成为股东但是也没办法，因为我们向他们借的钱至今未还。后来我仔细想了想，我们这个广告工作室有点类似于上市公司，到处融资。

在我们的名片上，庄客是市场总监，我是客户经理。庄客比我还多一个身份：法人。证书上写着他的名字：庄客。我和庄客出去跑业务的时候，客户们看着我们的名片都会仔细询问，我们办公室在什么地方。

我说："五星级酒店你知道吗？"

"这我知道。"

"我们的办公室就在它的对面。"

"可我平时没注意到有你们这公司呀。"

"被树遮住了。"

"什么？"

"那里有很多树，遮住你的视线了。"

一般情况下如果客户要去我们办公室面谈的话，我们就谎称办公室最近正在装修。我们不仅办公室是空的，我们连基本的办公设备都没有。我们是广告工作室，可是连一台打印机都没有。本来我是想买一台打印机的，不过恰好王蛊要离家出走，我就把买打印机的钱给了他。而王蛊拿着这些钱和黄良成去了洗浴中心。这导致如果有些文件需要打印的话，我们只能跑到打印复印的小店面里去。还好，在我们居住的小区里面就有一个这样的小店，路途并不遥远。

关于我们这个广告工作室的主要业务，名片上是这样介绍的：企业形象策划、企业营销策划、校园传媒、广告宣传代理、产品渠道建设。还有一点需要说明一下，虽然我们是个体工商户，但在名片上注明的是某某某传媒公司。

3. 两个女朋友

有一段时间庄客有两个女朋友，她们分别是杨小桃和马珍。按照先后顺序，杨小桃先是庄客的女朋友，马珍是在杨小桃之后才成为庄客的女朋友。不过她们两个之间也有交集，在两天的时间内她们两个在名义上都是庄客的女朋友，后来她们就和庄客没什么关系了。

当时杨小桃还是在校的大学生，是中文系的。庄客和杨小桃是校友，但在学校的时候并不认识。庄客比杨小桃高两届，他是英语系的。

作为局外人在讲述别人的爱恨情仇的时候，有一点是很难把握的，那就是当事人的心理状态。他们是怎么想的？他到底爱不爱这个女人，或者说他到底同时爱不爱这两个女人？而这个女人为什么要对这个男的死心塌地，被甩之后要大哭小叫的？这真是很难说清楚的，人类的感情本来就飘忽不定，在这些飘忽不定的感情中爱情是最过分的。有的人拥有了爱情，整日如同沐浴春风，幸福得可以为对方肝脑涂地。有的人被爱情伤害，对整个世界都绝望，就算把对方千刀万剐都不解心头之恨。

先让我回忆一下杨小桃和马珍的相貌和形体，这样可能更容易让你们投入到我的文字当中，现在我多希望我的文字如同电影胶片一样，把这些纷乱复杂的男女之事完整地呈现在你们的面前。不过这是不可能的。

　　杨小桃和马珍在走进庄客生活中的时候，都是青春动人的。杨小桃比马珍小一岁，但都刚二十出头。杨小桃的星座是双鱼，马珍的星座是处女。按照星座学来讲，杨小桃更适合庄客。因为庄客是天蝎座，用他的话来讲，双鱼和天蝎是绝配。

　　杨小桃比马珍矮一点，应该是这样的，她们并没有站在一起让我做个比较，她们甚至都没在现实生活见过彼此。有可能是因为马珍比较瘦所以才让我觉得她比杨小桃高一点。在身材这方面来讲，马珍要比杨小桃的好点。好的意思是说马珍的身材更匀称一些，从感官上来说可能更好一点。这是因为马珍是舞蹈老师，是个幼师，教小孩舞蹈。不过杨小桃的乳房比马珍的大，屁股也比马珍的大。所以你可以想象出来，杨小桃的身躯更厚重一些，而马珍相对来说就比较单薄。

　　至于五官，她们的差别不是很大，都是单眼皮，在我的审美中都不太好看。杨小桃的鼻子比较大，而马珍的鼻梁有点瘪。杨小桃的肤色有点白，但不是那种纯净的白，她的白有点病态，似乎是身体不好所致。而马珍的脸上有些青春痘，可能是内分泌失调所致。

　　从性格上来说，她们都比较活泼，但活泼的方式不一样。杨小桃的活泼只表现在语言和神态上，而马珍的活泼还包括肢体动作。或许是因为舞蹈老师的缘故，马珍喜动，喜欢蹦来蹦去，我亲眼看到她在我们租住的地方来了个劈叉，两条大腿的内侧紧贴在地面上，一点缝隙都没有。我看了之后拍手称奇，马珍对我说："我还会下腰呢。"

我说："真的吗？"

"当然了。"马珍说，"要不我做给你看？"

我刚要说不用，说时迟那时快，马珍的腰向后弯曲，双手撑住地面，她的身体形成一个拱桥的形状。那天马珍下身穿着一件蓝色的牛仔裤，上身穿着一件黑T恤，上面写着一个眉飞色舞的"舞"字。在马珍下腰的时候，她的上衣向上身卷起，我看到她的肚皮，十分的平坦，没有一丝的赘肉。可我对马珍的印象并不是太好，不是因为她的人不好，而是因为她的事情比较多，让人感觉不自在。

我们租的房子是三室一厅，我、黄良成和庄客一个人一个房间。这是在平时的时候。有时候朋友过来玩几天，把这里当成宿舍，一连住上几天。最严重的时候，大概有八九个人同时在我们这里住。晚上睡觉的时候，有人睡在床上，有人睡在沙发上。我的床上曾同时睡过三个人，没地方睡觉的人就玩电脑游戏，困了的时候就把一个人喊醒，让他玩然后自己睡觉。

可以想象，我们住的地方有多乱。一般情况下吃剩的饭菜扔在桌子上，等饭菜变质之后再扔到墙角里，等墙角的饭菜和垃圾烟头一起散发出恶臭的时候，我们才会动手扔到楼下的垃圾车里面。房子里除了卫生间和厨房之外还有一个小房间，那里面堆满了我们喝光的啤酒瓶和饮料瓶，里面还混杂着为数众多的绿色二锅头的玻璃瓶，这种酒一般都是黄良成喝的。这些瓶子最多的时候积累到了离地有半米高，它们见证了我们混乱不堪的生活。

马珍第一次来我们住的地方，这也是我第一次见到她。马珍放下书包后就开始收拾房间，先是用抹布把各个房间的每个角落都清扫一遍，然后再用扫帚把地都清扫一遍，这还没结束，她又把我和黄良成的床铺都整理了一遍。在整理黄良成的床铺的时候，她闻着有一股怪味，就问我："这是什么味道呀？"

我说："不用管，他的房间就是这个味道。"

"不对。"马珍跟随气味在黄良成的床底下找到了一块灰色的布料，她捏着鼻子用两根指头把布料夹起来说，"这块破布，扔掉吧。"

"不能扔。"

"为什么？"

我说："这是黄良成的内裤。"

马珍大惊失色，立刻把布料丢在半空中，跑出了房间。

等晚上黄良成从外面回来的时候，走进自己的房间，又仓皇跑出来。

"这谁干的？"

"什么？"

"我的房间怎么这么干净了？"

我说："我帮你打扫的。"

"你有病呀？"黄良成说，"你搞得这么干净让我怎么住呀？一点艺术氛围都没有了。"

马珍从庄客的房间里走出来说："你的房间是我打扫的，我实在是看不下去了。"

黄良成尴尬地笑着说："多不好意思呀，谢谢你了。"

等马珍晚上走了之后，黄良成紧接着把房间搞乱了，把 被子扯乱，把水洒在地上然后在上面走来走去的。

我说："你活该没女人。"

他看着晒在阳台上的内裤说："这是谁给我洗的？"

我说："是马珍。"

"不是吧？"黄良成说，"我没脸见人了。"

"逗你玩呢。"我说，"是我给你洗的。"

黄良成舒了口气说："那以后我的内裤你就负责洗吧。"

后来我才从庄客的嘴里得知，马珍有洁癖，看不得脏乱，这从她的星座也能看出点端倪，处女座，追求完美。

和马珍不同的是，杨小桃从来没有进入过我和黄良成的房间，她只在客厅、庄客的房间和卫生间这三处地方活动，不论客厅里如何的脏乱不堪她都视而不见。杨小桃和我们保持着一种距离，不温不火。我和杨小桃最近距离的一次接触是在她和庄客闹矛盾的那个夜晚，已经是夜里十一点了，她收拾好行李要走。当时杨小桃拉着行李箱站在庄客的房间内，庄客坐在床上一言不发。杨小桃站着说自己要走，非走不可，一刻也不想在这里待了。庄客坐在床上没有任何的表示，仿佛周围的一切都和他没有任何的关系。

杨小桃看到我走进来后，拉着行李箱就要出门。我堵在门口说天这么晚了你上哪去。

"我回家，我要回家。"

"现在早没车了。"

"我坐火车。"

我问她："这个点还能买到火车票吗？"

杨小桃一屁股坐在地上说："我不管，我就要走。"

我看了一眼庄客，他看了看我，起身要去把杨小桃从地上拽起来。

杨小桃甩掉庄客的手说："你别碰我。"

我看情形有点不对，就双手把杨小桃抱起来，拉到客厅里说："天这么黑了，别走了。"

杨小桃哭哭啼啼地说："我要走。"

我拉着杨小桃下了楼，陪她去喝酒。在喝酒的过程中，杨小桃说她其实不想走，不是不想走应该是不敢走。她当时是这么说的："我也想走，可是天这么晚了，我这么一个如花似玉的女孩万一碰见坏人怎么办呀？"

我又给倒了一杯啤酒。杨小桃一饮而尽，说："我平时不喝酒的，可我心里真的很难受。"

"有什么话说出来会舒服些。"

杨小桃的眼泪又啪嗒啪嗒地掉了下来，她捂住心脏哽咽着说："我的心真疼，真的很疼。"

过了一会庄客下来了，他坐下之后又要了一瓶啤酒。杨小桃没有正眼看他仍然对着我说："有些男的就是不要脸，有些女的就是犯贱。"我想，她说的那些女的是特指的马珍，可我觉得也包括她自己。这天晚上杨小桃没有走，她还在庄客的床上睡的觉，庄客在沙发上睡的。

4.事业心

我第一次见杨小桃的时候她还比较胖，当时是清明节放假，她从家里返校没有直接回学校而是先到的我们这里。她给我的第一感觉是鼻子可真大，和成龙的差不多。那天的天气非常热，大概有三十多度，还没有入夏温度就如此之高确实有点不正常。杨小桃穿着很多件衣服，上身是外套、绒衣、衬衣、内衣，前两者是我亲眼所见，后两者是我联想的。她脚上穿着一双皮靴子，一件牛仔裤，里面相应的应该穿着一条绒裤。杨小桃真的是热坏了，脸上的汗珠不停地往外冒。

　　在杨小桃和庄客闹分手的时候，她已经瘦了许多，腰身已经能看出来了，这在之前是不可能的。杨小桃说她之所以能这么迅速地瘦下来是因为我们。不是我不想贪功，我觉得主要功劳还是庄客，当然我也是其中的一部分。

　　春天，在我和庄客的不懈努力之下，我们终于有了第一个客户。如果你见过我们的名片，会发现我们广告工作室的主要业务是帮助企业进行策划和宣传，可我们却沦落为了一个票贩子，这是我们始料未及的。

　　这个客户是个游乐场，坐落在山丘上，里面有过山车等大型的游玩设施。在冬天这个游乐场是我们市唯一的一个滑雪场，在春天则是各事业单位植树造林的地方。

　　在广告工作室成立三个月以来，我们接到了第一个业务，兜售旅游套票。我们决定接下这个业务，每张票有五块钱的利润，也就是说我们只需花二十五就能从景区得到面值三十的票。我们把旅游套票的兜售对象确定为在校的大学生。其一，他们群居住所固定；其二，业余时间多；其三，喜爱外出游玩。

杨小桃说她之所以变瘦是因为她多了一个身份，她本来是大学生，现在庄客又委任她为他们学校景区门票的销售经理。

杨小桃在她拖着行李半夜三更要出走的那个夜晚，对我倾诉衷肠：

"我容易吗？"杨小桃说，"你们自己算算，我帮你们卖出去多少门票，我要过你们半分钱吗？我是无偿的，他还这么对我，背着我和别的女人鬼混在一起。"

"知道我为什么变瘦了吗？"杨小桃说，"就是为了帮你们多卖出几张票，我容易吗？"

"不容易。"

"庄客这个没良心的，还有脸说我变瘦了。"杨小桃又哭了起来，"她都不关心我一下，问我怎么变瘦的。"

"他不问，我问。"我说，"你怎么变瘦的？"

杨小桃向我描述了一个这样的情景：在一个月黑风高的夜晚，在宿舍床上躺着的杨小桃接到一个电话，对方问她手上还有没有票。她急忙穿上衣服拿着票就出了门。校园里狂风大作，杨小桃一个人走在路上，整个人被风吹得东倒西歪，她艰难地前行着，却走得如此缓慢，她呼吸困难，大股的风吹进了她的嘴里，似乎还要把她整个身体吹到半空中。杨小桃就这样不屈不挠地走到了文科的教学楼，跑到了五楼。这时候对方说自己不在文科楼在图书馆，没办法杨小桃又跑到图书馆的三楼。终于，卖出去了十张票。杨小桃又顶着大风走回了宿舍。这时候杨小桃不忘向我强调说："你知道吗，我的宿舍在五楼，你说句公道话，我为了帮你们卖这十张票容易吗？你数数我总共爬了多少层楼。"

"数不过来。"

"连我自己都数不过来。"杨小桃说，"这只是九牛一毛，我为你们吃苦受累的地方多着呢。"

"你真不容易。"

"你说我这样能不瘦吗？"

"瘦了好看。"

杨小桃瞥了我一眼说："你们男的就是没良心，你也包括在内。"

她又说："最可气的是庄客连句关心我的话都不说，她都不关心我，你说他为什么突然就不关心我了，是不是觉得我没利用价值了？这就叫飞鸟尽良弓藏。"

"没那么严重。"

"那你说为什么，你整天和他在一起。"

庄客不理杨小桃是因为那时候他已经和马珍眉来眼去。对于庄客和马珍的行为，我只能用公私不分明来形容。他们是在互联网上认识的，其实庄客和杨小桃也是在互联网上认识的。这两者的区别是，庄客在认识杨小桃的时候，目的就是为了找个女人谈恋爱。而庄客认识马珍的目的是为了兜售门票。

在这里不得不说我和庄客都是有事业心的人，那段时间为了能尽可能多地卖出门票，我们真是无所不用其极。我们曾经在大街上摆了张桌子进行现场兜售，在互联网上各大论坛社区打广告，坐车去周边各个大学进行销售，有时候一天卖出去的票所得利润还不够来回的车费。我们甚至到处给曾经的朋友同学打电话，忽悠大伙卖票去游玩，谁是你真正的同学和朋友在这时候得到了很好的检验，那些推三阻四谎称自己没时间跟你砍价的要你赠票的一律删除其号码永世不和其联系，那些热情仗义疏财帮你发动身边朋友的才是最可爱的人。

用句话来形容我和庄客当时的状态，为了卖票恨不得把自己给搭进去。庄客真真切切做到了这一点，为了卖票他把自己搭给了马珍。

5. 走火入魔

庄客为了卖门票和杨小桃分道扬镳，而我为了卖门票也和当时远在外地的女朋友黎平差点分手。事情是这样的，那一天我和庄客刚从一个学院出来，走在大街上。我们的情绪比较低落，因为在学院里卖票的情况不是太好，这么大的一个学院就他妈的四个女大学生买了我们的门票，还他妈的斤斤计较，情急之下我们只好一张按二十九的价格卖出去。话说回来，我和庄客走在大街上，我们身心俱疲，春天的阳光有时候还是很毒辣，尤其是我们身上穿着层层叠叠的外套。我们像是一块湿巾走在大街上，不忘时刻注意着路人的脸庞，寻找可能买旅游门票的人。最终我们把希望放在了一个女的身上，这个女的走在我们的前面，两只手上都提着一个包装袋，看样子里面的东西还有些重量，导致她不得不走几步就把包装袋放在地上休息一会。

女的背影是这样的：消瘦，淡黄色的头发，上身穿着血红色皮外衣，由于衣服太小，一大截的腰都露着，另外她还穿着一件毛衣，下身是件有些肥大的牛仔裤。

我想起来了，跟在这个女的后面走的有三个男的，分别是我、庄客、木头。因为木头这个人沉默寡言，如果不用力回忆的话，你很容易就把他给忽略掉。我现在想起了木头，是因为当时我和他打赌了。

我对木头说："你信不信我上去跟那女的搭讪？"

"信。"

"你怎么能相信呢？"我说，"你要相信了我们还赌什么？"

"你什么事干不出来？"

"你能不这么相信我吗？"我说，"那你信不信她会把手中的塑料袋交到我的手里？"

"这我不信。"木头说，"你长得就不像个好人，她肯定不敢把东西交给你。"

我们的赌注是：如果女的真把手里的包装袋交到我的手上，木头就自己掏钱买我们两百张门票。如果女的没把包装袋交到我手上的话，木头就踹我一脚。

木头眼睁睁地看着我跑向前去，和女的说了几句话，然后我就从她的手里夺过两个包装袋拎着。我们并肩往前走着，木头和庄客走在我们的后面觉得不可思议。我一直把女的送到车站牌，临分别的时候我们还友好地握了一下手，互相留了电话。

晚上回去之后我给这个小女孩发信息，只不过我稍有不慎把信息发到黎平的手机上。真是疏忽大意，我看着手机屏幕上显示出信息已经发送成功，紧接着就显示出了我女朋友的名字。我抬头看着电脑，心里一阵发慌，因为当时我正在网上和我女朋友打情骂俏。几秒钟后，女朋友在网上给我留言说："我操你，你可真行，两不误，在网上跟我聊私底下还和别的女人发信息。"

后来女朋友对我说当时她已经决定再也不和我联系，就当我这个人消失了，或者在这个世界根本不存在过。结果她接到了庄客的电话后，又心软了，决定再给我一次机会看看我是不是那种水性杨花的人。庄客在给黎平打电话的时候，我在场，而且是我主动要求他打的。不过庄客对黎平说我根本不知道他打这个电话。庄客在电话中对她说我已经好几天没吃饭，失眠，做噩梦，郁郁寡欢，感觉整个人都要废掉了。庄客在说这些话的时候时不时地看我几眼，我给予他鼓励的眼神让他就这么说下去，说得越惨越好，他也向我投来胜利的表情。

庄客更加来劲，对黎平说："他这个人我最了解，对感情看得很重，是个有情有义的人，在他交往的这些女朋友中，他对你投入的感情最深。"

"什么？"黎平说，"他以前有过女朋友？"

"是呀。"

"好几个呢。"

"可他说我是他的初恋。"

"不可能。"庄客说，"他都不是处男了，哪里来的初恋？"

我在一旁捣了庄客几拳。

庄客转口说："这些都是过去，我们要眼往前看，他对你可是痴心一片呀。"

庄客说的也不全是谎话，那几天我确实情绪很低落，郁郁寡欢的。可我也绝不会不吃饭，了解我的人都知道不管发生多么严重的事情我都不会绝食的，饭怎么能不吃呢？这些都不重要，重要的是女朋友打电话来安慰我，她对我说："要吃好睡好，别累坏了身体。"我都一一答应。

6.正室范儿

有一点我是可以肯定的，庄客是真喜欢马珍。到底是喜欢哪一点，我也说不清楚，我记得庄客对我说过她觉得马珍是自己心目中那种类型。这话对杨小桃有些不公平。马珍和杨小桃是不一样的人，马珍勤劳而杨小桃就有点娇生惯养。我毫不否认，还是劳动人民最可爱，最讨厌那种娇滴滴的女的。哎呀，我不能洗碗呀，这样容易伤害我手上的皮肤呀，那就不漂亮了。哎呀，我不能吃太多含有脂肪的食物呀，这样会发胖的，那就不漂亮了。哎呀，我不能过度劳累呀，这样会有黑眼圈的，那就不漂亮了。哎呀，这屋里有个毛毛虫，真的好可怕呀，我不能在这里睡觉啦。

对于这种女的你有什么办法？办法我倒是有，那就是敬而远之眼不见心不烦。我想是不是庄客也意识到这一点了，尔后他以卖门票的名义找到了一个勤劳贤淑的女人。对于马珍来说，她的确是个勤劳的女性，但远称不上贤淑。当然贤淑是在封建社会男人强加到女人身上的，现代社会主张女性解放，凭什么只允许我们女的贤良淑德呀？你们男的还到处拈花惹草呢。从这一方面来讲，马珍倒有几分女权主义者的影子，自强自立不受男人的摆布。杨小桃与之对比就有些逊色。

其实杨小桃最大的问题是气质上的，她没有正室范儿。黎平有个朋友叫乐乐，乐乐有个男朋友叫老赵。本来他们是要结婚的，婚纱照都已经拍了，结果老赵偷腥被乐乐发现了。其实乐乐有点咎由自取，老赵和乐乐是一个单位的，当初老赵没工作，是乐乐帮他找的这份工作。

老赵偷腥的对象是同单位的小女生。说是个小女生也不准确，她只是年龄小，却阅历丰富，在和老赵交往的同时还和一个男的有染。乐乐知道这件事情后，没有大发脾气也没有寻死觅活，她把老赵和那小女生找来，开了个茶话会。

乐乐问狗男女中的女方，是不是真的喜欢老赵，如果只是想玩玩的话就赶紧滚蛋，如果真是喜欢老赵想和老赵长相厮守的话，她就必须跟另外一个男的把关系断了，全心全意和老赵在一起。

女的说："就算明天是世界末日，我也要和老赵在一起，就算没有世界末日只能和他在一天，我也不退出。"

乐乐说："我还真没看错你，你还真不要脸。"

乐乐表现得很大度，没有打老赵，也没有骂老赵。难得的是乐乐为了方便这对狗男女约会，还把私家车留给了他们。什么叫大度？什么叫正室范儿？这就是。

黎平告诉我这件事情后，我大受感动，对她说："什么时候，你能像乐乐这样善解人意？"

"想都别想。"黎平说，"我才没她这么傻逼。"

"这叫关怀和有爱心。"

"听这话，你还有点小想法？"

"没有。"我说，"和你在一起我很知足。"

"要没我。"黎平说，"你这辈子连阴婚都混不上。"

杨小桃察觉到了异样：1.晚上庄客不再和她聊天到深夜；2.庄客笔记本电脑的屏保图片换了，之前是他和杨小桃的合影，现在成了一张风景照；3.杨小桃送给庄客的毛绒玩具不见了，以前就在他的桌子上摆放着。

后两条是杨小桃来我们住的地方才发现的，那时候庄客已经和马珍确立了恋爱关系。那天不是周末，杨小桃的突然到访让庄客有点措手不及。突然袭击的后果是，杨小桃发现了后面两条的异样。

九点多，太阳都已经照到床上了，庄客躺在床上还没有起床。杨小桃走进他的房间，把他叫起来问话："你为什么晚上不和我聊天了？"

"最近很忙，业务太多。"

"借口。"杨小桃说，"你跟我说实话。"

"真的是比较忙。"

"那你以前也很忙，晚上也都陪我聊天哄我睡觉。"

"这两天特别忙。"

"借口。"

杨小桃发现从庄客的嘴里得不出正确的答案，就敲开了我的门。我也没起床，抱着毛巾被躺在床上。杨小桃走进我的房间，立刻又出去了。我平时有裸睡的习惯。我当然没向杨小桃告密，我说我们最近确实业务比较繁忙。

"胡说。"杨小桃说，"你们都没事情做。"

"居安思危，我们四处扩展业务。"

"你们两个串通一气骗我。"

"真没你想象的那么严重。"

杨小桃看着我说："我一直觉得你人不错，诚实，可靠，没想到你也说谎。"

"我一直都这样的。"

"你太让我失望了。"杨小桃说，"我再也不理你们了。"

杨小桃甩头走出了门，再次回来的时候手里提着一些蔬菜。午饭是杨小桃亲自下厨做的饭，炒了三个菜，都挺难吃的。按照色香味俱全的标准来评价一道菜的话，杨小桃的这三个菜一个都不符合，菜都糊了，黑乎乎的一片让人无法下咽。

我说："这是你第一次做饭吧？"

"你怎么知道？"杨小桃说，"这真是我第一次炒菜。"

"你真了不起。"

"你们快尝尝味道如何。"

我用筷子夹了一口菜，吃进肚子里，然后说："坏了，我今天约了朋友见面，你们先吃吧，我先走了。"等我晚上回来的时候，看见杨小桃坐在客厅的沙发上哭。

"你怎么了？"

"庄客欺负我。"

"怎么欺负你了？"

"他背着我和别的女的好。"

"就这点小事呀？"

"这事还小呀？"杨小桃哭着说。

"哥给你做主。"

我走进庄客的房间，天已经黑了，房间里没开灯，我打开灯，发现庄客躺在床上抽着烟。我小声对庄客说："你怎么把马珍的事情告诉她了？"

庄客在黑夜中娓娓道来："我不想再隐瞒下去了，这样对马珍不公平。"

"那你这样对小桃就公平吗？"

"我顾不了这么多了。"庄客说，"我也是权衡过利弊的。"

"那你说现在怎么办。"

"顺其自然。"

"你就不能再隐瞒几天，等小桃毕业回家吗？"我说，"你说一个小姑娘身在外地，我们作为东道主不能这么不近人情。"

"那你帮我想个办法。"

"我能有什么办法？"我说，"总不能以身相许吧？"

"这也是个办法。"

"我倒没问题，主要是黎平不同意。"

庄客说："我让黎平通融一下。"

在庄客和杨小桃刚确立恋爱关系的时候，就有一个约定，杨小桃毕业之日就是他们分手之时。杨小桃是外地的，她毕业之后就回老家，而庄客是不可能离开的。用他的话说，这是生我养我的故乡，我的事业在这里，不能轻易就走。眼看杨小桃毕业在即，庄客提前先走了一步棋。事后证明，这是一步臭棋，把自己给将死了。

杨小桃已经知道有个马珍存在，她问我见没见过这个臭不要脸的女人，定语是杨小桃加的。

我说："没有。"

"你骗我。"杨小桃哭了起来，"你们合伙耍我，把我当个白痴。"

我这个人有个缺点，就是见不得女人在我面前哭，我慌忙说："我见过一次。"

　　杨小桃立即擦掉眼泪说："那臭不要脸的长得什么样？"

　　"不怎么样。"

　　"那到底什么样？其实你不用说我也知道，狐狸精什么样她就什么样。"

　　"那你可糟蹋狐狸精了。"

　　杨小桃说："有我漂亮吗？"

　　"没有，有青春痘。"

　　"身材比我好吗？"

　　"胸部没你大，屁股没你翘。"

　　"那庄客为什么喜欢她？"

　　"看走眼了呗。"

　　"她是不是来过你们这里？"

　　"没有。"

　　"这时候你还骗我。"杨小桃的眼泪又下来了。

　　我说："就来过一次。"

　　"真的？"

　　"真的。"

　　"她来做什么了？"

　　"做了一顿饭吃。"

　　"有我做的好吃吗？"

　　"各有千秋吧。"

"骚货。"杨小桃骂道，"臭不要脸的。"

"你这样说也不对，责任是双方的。"我说，"你也是女人，要相互体谅，如果有人说你是臭不要脸的，你什么感想？"

杨小桃跑进庄客的房间，叉着腰说："你为什么要这样对我？我做了什么对不起你的事情让你这么狠心地对我？"

庄客躺在床上没说话。

"你说话呀，你怎么就敢做不敢当呢？你是不是男的？"

庄客不语。

"你说我哪一点对不起你？现在你一句话都不说了，你跟那个女的怎么这么聊得来？"杨小桃的泪又开始掉下来，"刚开始可是你先追的我，那时候你怎么和我有话说，现在就没话说了？"

庄客从床上起身，说："其实我是一个很真诚的人，我对你是真诚的，我对她也是真诚的。"

"你真可笑。"

"我没想伤害你。"

"照你这意思，你是擦枪走火了。"

我站在他们两个人的中间，显得很尴尬，就回到了自己的房间。过了会听到吵闹的声音越来越大，还有摔东西的声音，我就又走了进去，发现杨小桃正在收拾东西，要走。这时候庄客的电话响了，他走出房间接了个电话。

杨小桃看着这一幕对我说："你看，他还当着我的面接那个骚货的电话。"

"那你抢他的电话呀。"

"他要是动手打我呢？"

"没事。"我说，"有我在背后支持你。"

"好。"杨小桃趾高气扬地走出去要夺庄客的电话，结果被庄客推倒在地上。杨小桃摔在地上，又哭了起来。庄客对她视而不见还在打电话，杨小桃跑回来哭着对我说："他打我。"

第三章　我们所说的全是真话

1. 自杀未遂

如果你见过庄客本人的话，你会发现他左胳膊上有一个烟疤，那是他为马珍烫的。

杨小桃大学毕业之后没有立即回家，而是在我们租的房子里又住了几天。我们本来已经把杨小桃送到火车站，但她又临时变卦不准备走了。

我们三个坐在火车站前面的广场上，车站前面人头攒动。这是一个离别的季节，各大高校的学生提着大包小包的行李准备离开这个生活了几年的城市，可能以后再也不会回来。空气中弥漫着分别的伤感气息，庄客动容了，他无可救药地融入其中，做出了一个极其错误的决定，那就是答应杨小桃再逗留几天。

这些是庄客和杨小桃之间的事情，我坐在广场上，全身感觉到燥热难耐，我想立刻离开火车站，回去冲个凉水澡。我不是一个矫情的人，在我身边的这两个人已经让我厌烦了。庄客和杨小桃坐在一起，杨小桃把头放在庄客的肩膀上。

虽然杨小桃又在庄客的床上睡了两晚上，但一切都没有变好反而更加的糟糕。只要杨小桃在庄客的房间里，他就在客厅里。总之庄客在刻意躲避着杨小桃。杨小桃又开始向我抱怨："你看他怎么能这样对我？""他为什么要躲着我呢？我又不会吃掉他。""我就这么令人讨厌吗？"

我本来想说杨小桃确实挺让人讨厌的，但还是没说出口，她的处境已经有点悲惨了，我不能落井下石，虽然我很擅长。

　　"我应该早点走的。"杨小桃说，"我留下来是个错误。"以下在括号里的文字是我的真心话。

　　"也没有。"（你早应该走了。）

　　"我只是想给自己留下一个美好的回忆。"

　　"我理解。"（但你给别人留下的是噩梦。）

　　"他为什么就不能迁就我一下呢？"

　　"我也不清楚。"（你以为你是谁呀，动不动就迁就你？）

　　"你告诉我。"杨小桃说，"他和那女的到底发展到什么程度了？"

　　"没到什么程度，就是普通朋友吧，具体我也不清楚。"（其实他们已经发生性关系了。）

　　"你骗我。"

　　"没。"（我就是骗你了，你能把我怎么样？）

　　"他们牵手了吗？"

　　"没看到。"（废话，床都上了，能不牵手吗？）

　　"接吻了吗？"

　　"没看到，我又没偷窥欲。"（废话，床都上了，能不接吻吗？）

　　"你没跟我说实话。"

　　"我说的全是实话。"（我对我女朋友都不说实话，用得着对你说实话吗？）

　　"你没有。"杨小桃说，"你根本就没有。"

"你别逼我好不好？"（你再逼我，我抽你。）

"我只是想知道真相。"

"那你去问庄客。"（你以为你是柯南呀，动不动就想知道事情的真相？）

"他肯定不对我说实话。"杨小桃说，"我只能问你。"

"问题是我不是当事人。"（我还问你老母呢。）

杨小桃又哭了，说："我现在只能信任你了，我实在没人可以信任了。"

"你别哭呀。"（你他妈的要是再哭，我真抽你。）

经常在深更半夜杨小桃心血来潮把我从床上拽起来，帮助她分析一下问题。她的问题不外乎是：庄客为什么对她这么绝情呢？她到底哪个地方做得不对了，她要怎么做他才能对她另眼相看呢？

我真的是被逼得没有任何的办法了，索性对她说："这样的男的你根本没必要再去理会。"

"不行。"杨小桃说，"我要对自己有个交代。"

我无语。（那你先对我有个交代成吗？）

"你说我到底怎么办呀。"

"要不你寻死觅活试试？"（你还是去死吧。）

"自杀？"

"对。"（早死早投胎。）

"可我不想死。"

"没让你真死。"（你不死大家都鸡犬不宁。）

我给杨小桃出的策略是这样的：杨小桃拿着厨房里削苹果的刀子假

装要自杀，以此试探一下庄客的反应。如果庄客对她还存在着那么一丝爱情的话，一定劝她不要自杀，说不定还会和她重归于好。

杨小桃问我："那他对我确实没有感情的话，会怎么反应？"

"不管不顾吧。"

"那我是不是真的要自杀呀？"

"假装。"我说，"不过，你要演得逼真一点，最好是用刀扎自己一下。"

"真扎呀？"杨小桃说，"要扎多深呀？"

"出点血就成，最好是刚好刺破皮肤表层，还不触及皮肤神经末梢。"

"万一扎深了，会留下疤的，多难看。"

"你到底还想不想和庄客重归于好？"

"想。"

"那你就按照我说的去做。"

三更半夜当杨小桃拿着一把刀躲在墙角，扬言要自杀的时候，沉默了好几天的庄客终于爆发了。杨小桃用刀尖对准自己的胳膊，不让我们靠近。

"把刀放下。"庄客说，"别做傻事。"

"我不。"

我在一旁帮腔道："就是呀。"

庄客说："听话，把刀放下，有什么事我们好好谈犯不着为了我这种人舍生取义。"

"我不放。"

"你还年轻，幸福的生活才刚刚开始，轻生是非常愚蠢的行为。"

"现在你心疼我了？早干什么去了？"

我对杨小桃使了一个眼色，让她扎自己的胳膊。杨小桃看了看我又看了看那把明晃晃的刀，突然把刀扔到地上，说："我不敢扎下去。"

庄客慌忙把刀捡起来，说："没胆子就别自杀。"

根据我的说法，杨小桃觉得庄客对自己还是有感情的，她开始诱导庄客。

"你还是喜欢我的，对吧？"

"我们已经是过去式了。"

"不是，你还对我有感情。"

"我对不起你。"

"我不要你说对不起我，我要你说你还爱我。"

"我们这样纠缠下去是没有结果的。"

"你跟那个骚货（指马珍）在一起就有好结果吗？"

"这是我的私事，与你无关。"

"我诅咒你们两个，"杨小桃哭着说，"不得好死。"

庄客和杨小桃分手是必然的，他们两个都清楚这一点。在交往之初，他们就已经约定好分手的时间，那就是杨小桃毕业的时候。现在杨小桃接受不了分手这个事实，不是因为她真的离不开庄客，而是因为在还没和他分手的时候，庄客就和别的女人好了。约定好的分手，突然变成了庄客移情别恋甩了杨小桃，她感觉自己的尊严受到了伤害，想竭力挽回。即使庄客回头是岸，杨小桃也不见得还会和他交往下去，只会甩庄客一次出口恶气。

谈论庄客和杨小桃的爱情，有一点是避不开的，那就是他们两个没有发生性关系。他们一起睡过好多次，但并没有性交，无非是宽衣解带之后相互抚摸身体。庄客和马珍就不一样了，认识了没几天他们就发生了性行为，好像还不止一次。这样你就能看出来，虽然庄客和杨小桃交往的时间长，有一年多的时间，但庄客和马珍的关系更亲密，尽管他们交往的时间前后不到一个月。

虽然庄客对待杨小桃的方式有些值得商榷的地方，但有一点我认为他很男人。庄客没有和杨小桃发生性行为，这不是因为他性冷淡或者性无能，从他和马珍突飞猛进的发展势头上看，我甚至认为庄客都有点性饥渴了。杨小桃多少要承担一点责任，如果她和庄客有着和谐的性生活的话，庄客多数不会这么快和马珍性交。

我和杨小桃在地摊上喝酒的时候，她对我说，等庄客和那个骚货（马珍）分手的时候，一定记得通知她。

"好的。"我说，"如果他们不分手要结婚的话，告诉你吗？"

"你觉得他们会结婚吗？"

"这也说不准呀。"

"肯定不会。"杨小桃说，"我看那女的照片了，肯定是个骚货，也就是和庄客逢场作戏。再者说了人家凭什么跟庄客结婚？你们又没钱又没房子又没车，连个正经工作都没有，完全是社会不安的隐患。"

杨小桃说的是"你们"，既包括庄客也包括我，这让我很不高兴，但她所说确实属实，让你无法反驳。

"那个骚货就是当二奶的料，怎么会跟庄客过一辈子，"杨小桃说，"你说对吧？"

"对。"（你他妈的还没资格当二奶呢。）

我们谈到这里的时候，庄客走了过来。大家一时无语，气氛很沉闷。

不出杨小桃所料，庄客和马珍很快就分手了。

2. 黄良成和女2

在杨小桃死去活来的时候，黄良成正在没日没夜地玩魔兽游戏。平时他房间的门都是敞开着，有杨小桃在的那几天门是关着的。好几天也没见黄良成从房间里走出来，我怕他惨死在屋里面，就从阳台上的窗户进入他的房间。我们租的房子在六楼，黄良成住在有阳台的房间里，我住在他隔壁的房间。进入黄良成的房间有两种途径：1.从他的房间门进入；2.从我房间的窗户爬出去，脚踩住下面的钢丝，一只手抓住墙，另一只手抓住阳台窗户上的窗棂，进入阳台然后再走进黄良成的房间。

我当时是采取的第二种途径，顺便说一下，如果你有恐高症的话还是采取第一种途径比较保险，因为在你爬窗户的时候有一秒的时间你的整个身体是悬在半空中的。

黄良成正平躺在床上睡觉，我趴在他脑袋上看了看他。过来一会他的眼睛微微睁开一道缝，突然他伸出拳头一拳打在我的眼睛上。

他慌忙从床上爬起来，躲在床角惊魂未定地说："吓死我了。"

我捂着脸说："疼死我了。"

"你怎么进来的？"

"从窗户爬进来的。"

黄良成心有余悸地说："刚才我看见鬼了，就在我眼前晃。"

"那是我。"

"不是你。"黄良成说，"跟魔兽游戏里面的怪兽差不多。"

"你打怪兽了？"

"打了。"

我把手拿开，眼圈已经青了，肿了起来："你是打的我。"

"真有怪兽。"

"你玩游戏玩傻了。"

"你爬窗户干什么？多危险呀，万一摔下去，不知道的还以为你跳楼自杀。"

"好几天不见你人影，我以为你惨死在屋里头了。"

"我活得好好的。"

"你这几天躲在屋里面干什么呢？"

"打怪兽。"

黄良成说他也不想把房间的门关上，门一关形成不了对流空气，空气不流动房间里就特别的闷，又闷又热。可是不关门又不行，杨小桃整天哭哭啼啼大吵大闹搞得黄良成不能全心投入到游戏当中。

"她（杨小桃）什么时候走呀？"

"就这几天。"

黄良成说："她要再不走我可就走了，还让不让人活呀？"

"估计你还没走我已经走了。"

"我真纳闷，庄客的女朋友一个接一个的，还有完没完呀？"

"就两个。"

"这还少呀？我一个女人都没有。"

"你寂寞了。"

"能不寂寞吗？"黄良成说，"他（庄客）分我一个女朋友也成呀。"

"还是要自己争取，别人送给你的都不新鲜。"

"我扛得住，要求没这么多。"

"是个女的就行。"

"对。"黄良成说，"长得丑的话，睡觉的时候用被子把她脸蒙住，一个样。"

"你还真不挑食。"

自从和大学的女朋友分手以后，黄良成就再也没和异性发生性关系。其实黄良成有一次机会，但没有把握住。毕业之后有段时间，黄良成整天跟一帮人吃饭喝酒去KTV唱歌，根本没把找工作的事放在心上。工作还用找吗？我这一个人才就摆在这，别人还不上赶着给我钱呀？当他每天中午睁开眼想的就是接下来要玩什么，上哪去玩，该怎么去玩。人在没心没肺的状态下，容易发福，黄良成就是这样，不到半个月的时间，体重增加了二十斤。一个身材标准高大挺拔的有为青年，现在成了一个头大脖子粗脑满肠肥的浪荡泼皮。

黄良成在饭局上碰见一个女的，应该是小女孩。文中姑且称呼其为女2。后来黄良成问女2那天是怎么来这个饭局的，她也说不清楚，不过黄良成听明白了。

女2那天的经历是这样的：她的女同事说晚上有个饭局让她陪着一

起参加，结果在去的路上女同事临时有急事告诉女2饭馆的地址让她自己先去。刚进饭馆的门，女2就被不认识的一个男的拉到一桌酒席上去了，她心想可能是女同事的朋友，就坐在饭桌上吃起来，在座的她一个也不认识，就一边吃一边等女同事来。结果那天女2的手机停机了，女同事也没联系上她。就这样，女2糊里糊涂吃完了这顿饭。饭局临散场她出包间的时候瞥见女同事在对面的包间里坐着吃饭，这才恍然大悟。

女2不知道当她在饭桌上刚一坐定的时候，就有一双微醺的眼睛在盯着她。那双眼睛的主人是黄良成，他当时已经喝了几瓶啤酒，整个人的身体有点轻飘，可是眼睛中的事物却分外明亮，女2在他的眼中就是明亮的。黄良成的眼睛就像狙击枪的红外线瞄准镜，红点在女的身上转来转去。

后来黄良成特地向我描述了一下女2的外貌，黑色光亮的长发，洁白的皮肤，鲜红的小嘴，胸部凸出。不过当我第一次见到女2的时候，我有点不敢确认。这说明人在喝酒之后看到的事物都是有些变形。

散场后当女2发现自己的错误要走进对面的包间的时候，黄良成站在她的对面说要和她认识一下。女2没有拒绝，把自己的手机号码给了对方。当天晚上黄良成给女2打电话，约好一起吃饭。饭后他们一起去了公园，在树林里的一个石凳上，他们促膝长谈。在他们谈话的过程中，我在网吧上网，我接连看了好几个电影，中途我给黄良成发了个信息，问他什么时候回来。黄良成回信息说，过会。过了半夜黄良成还没有出现，我就在网吧里睡着了。

黄良成心满意足地出现在我的面前，不仅没有流露出丝毫的困意还有些精神奕奕。他问我要不要在网吧过夜。我说不要。由于久坐，我有点坐骨神经痛，整个脑袋也有点发昏。我们走出网吧，深夜里的县城寂静一片。在夜风的吹拂下，我清醒过来，在空旷的大街上走来走去。走了不一会困意再次来袭，离旭日初升还有四五个小时。黄良成提议回网吧睡觉，我实在是不想再回去。最后我们来到火车站旁边的一个接待所，敲了一会门，一个女的穿着睡衣走了出来，登记完毕之后她带着我们上了二楼。在登记的时候我一直注意着旁边一扇虚掩着的门，里面的床上躺着一个女的，侧卧着脸朝里，我看到她的屁股撅着。床的另一侧是空着的，我想在我们到来之前给我们登记的女人是躺在这个位置。

我在房间的窗前站了一会，墨黑色的树叶伸进窗户里。房间里有两张床，黄良成躺在床上拿出手机给女2发信息，我想看会电视，但那台电视机实在是太破了，在我快把遥控器摁坏的时候，都没有一个电视节目出现。

这天晚上黄良成亲身感受到女2的一个优点，乳房大。黄良成在公园里待了四五个小时，主要是发掘女2身上的优点，并沉溺在优点中无法自拔。黄良成说如果不是因为周围的环境有所局限的话，他可能会和女2进行更深一步的了解。当时黄良成已经把手伸进了女2的裤子里面了，女2穿着一条牛仔短裤，加之她的身材有些臃肿，黄良成的手没有多少回旋的余地，他的手指在牛仔裤里摸索寻找了很长时间，也没有找准部位，换来的只有女2若有若无的呻吟声。黄良成想劝说女2和自己去住旅馆，可是女2说自己明天还要上班。黄良成说我就是考虑到你明天还要上班才想让你去旅馆休息的。

女2说："你才不是这样想的。"

"那你说我是怎么想的。"

"你想占我便宜。"

"我是为你考虑的，天这么黑了。"

"我还是回去吧。"

黄良成问我："你替我想想，换种说法表达我想和她上床。"

我说："你说你想让她成为你的女人。"

"让你成为我的女人。"黄良成在手机上打出这八个字，他看着这八个字说，"不知道她现在是女人还是女生。"

"你觉得呢？"

"看不出来，有可能还是女孩，不过也不排除是女人的可能性。"

"应该还是女孩吧。"

"这可不好说。"最终，黄良成给女2发了一条信息，内容是：我要让你成为一个真正的女人，专属于我的。

3．马珍

女2没有成为黄良成的女人，女2是不是已经从女孩变成女人也和黄良成没有任何的关系。其实当女2得知黄良成要让自己成为一个真正女人时，她就严防死守不让黄良成有任何的可乘之机。而黄良成也不会在一个女的身上浪费太多的时间，尤其是当他两次提出要和女2住旅馆未果后，就不对其抱有任何的幻想。只是黄良成一直没搞清楚女2是怎么想的，她早晚会和男的上床，和我上床或者和其他的男的上床没有多大的区别。当然这是黄良成的想法，女2可不这么想，她可能认为和任何男的上床都可以，就是和黄良成不可以。

黄良成进行了一下反思，觉得问题可能出在那条要让女2成为专属于自己的女人的短信上面。这条信息他一直保存在手机里，闲来无事的时候就翻出来看看。有天他从中看到了玄机，他断定是因为自己的措辞不当才让女2不上自己这条贼船。

这里我们一起分析一下这条信息：我要让你成为一个真正的女人，专属于我的。黄良成说这条信息自我意识太强，太主观。他用的是"我要……"而不是"我想……""要"比"想"有更多的强制色彩，"要"说明你心已决，而"想"更有商量的成分在里面，起码不是强人所难。最后一句，"专属于我的"，这就如同用烧红的烙铁在女2的身上留下记号，黄良成潜意识里面就是想在女2的身上留下自己的记号，在这里他把女2当成一个物品而不是一个人，他要把女2占为己有。

黄良成站在女2的角度上想了想，觉得自己把潜在的暴力倾向暴露了出来。女2一定是把自己看穿了，才对自己敬而远之。黄良成是不是有暴力倾向，作为他的朋友我可以评头论足一番。黄良成确实有暴力倾向，但他体现出来的更多的是自虐倾向。

你抓住黄良成的手臂，可以看到上面密密麻麻地排列着很多的烟疤，在长年累月皮肤的自我修复之下，烟疤依旧若隐若现。如果你想看得更清楚，就必须让黄良成喝点高度白酒，那些烟疤就变成红色，像一只只丑陋的没有眼白的眼睛盯着你，让你不寒而栗。

关于这些烟疤的来历，黄良成曾如数家珍地告诉过我。这个是下决心戒酒的时候烫的，这个是下决心戒烟的时候烫的，这个是下决心戒赌的时候烫的，这个是下决心戒网瘾的时候烫的，这个是下决心戒色的时候烫的，诸如此类……

现在看来，黄良成下的那些决心全都灰飞烟灭，恶习无一戒掉，只留下这些伤疤在胳膊上留着，提醒着自己是一个说话不算数的人。

黄良成把他的反思告诉了我，又问我："女的不是都喜欢那种大男子主义吗？"

"因人而异。"我说，"女2可能不是。"

"妈的，早知道我应该事先问问他喜欢什么样的男的。"

"男女之事不能强求，你总会遇到合适的。"

"合不合适我不管，我只想和女人上床。"

在杨小桃因为庄客无视自己的存在而胡搅蛮缠的时候，黄良成想起了女2。他给她打了个电话，说："你还记得我对你的承诺吗？"

"什么承诺？"

"让你变成女人。"

"我已经是女人了。"

"谁干的？"

"你不认识。"

黄良成有些失落，在他看来，一件自己的分内之事被别人做了。他又对女2说："你成了别人的女人，那你还有没有兴趣成为我的女人。"

"这个不好说。"

"你也是芳心未泯。"

"我不想只成为一个男人的女人。"女2说，"我想成为更多男人的女人。"

"你很博爱。"

一年之后和女2的再次对话，让黄良成明白了一个道理，有时候女人是靠哄骗的。在你的目的还没达到之前，你要学会阿谀奉承，毕竟你是想和她上床。对于男人来说，在大多时候女人的选项要比你多。现在黄良成是女2多个选项中的其中之一，自己会不会入选全由她心情而定。而现在黄良成的选项只有一个，那就是女2，他不想失去这个机会，所以要表现得谦逊一点，多少要有点绅士风度。

不可否认，杨小桃影响到了黄良成的生活。他躺在床上，在脑海中温习女2乳房的时候听到杨小桃在客厅里咆哮。他侧耳倾听，听到如下的几段话：

"我在你这里就住最后两天，你不会对我好点吗？起码你装一下也可以呀，整天愁眉苦脸的连正眼都不瞧我一下，我就这么让你讨厌吗？"

"那个骚货有什么好的，让你这么魂不守舍？你他妈的是不是就盼我赶紧滚蛋，给你们让出地方来上床？你现在看我碍眼了，你是不是觉得我特别不善解人意呀？"

"你们没好结果的，一对狗男女。"

"我对你怎么样你自己想想，你对得起我吗？你是不是觉得我好欺负？"

这四句对白是杨小桃留给黄良成最后的记忆，第二天一早杨小桃就坐上了开往家乡的列车，再也没有出现过。没过几天，庄客和马珍也分手了。那天晚上，庄客回来的时候一身酒气，胳膊上有块灼烧的痕迹，是烟头烫的。庄客说自己喝了两瓶白酒，他趴在马桶上酝酿着接下来的呕吐。我站在旁边看着庄客，他眼睛有些迷离，看着我的时候让我感觉他是在看眼前的空气，他对我微笑着想和我说些什么，只不过刚一张口，头就对着马桶呕吐起来。我拍打着他的背，说："你没事吧？"

庄客一边吐一边摇头，吐完之后抬起头刚要对我说些什么，头又伸进马桶里。这样反复了几次，他摇晃着想要站起来，结果根本站不起来，头一歪，躺在地上没有了反应。

第二天庄客酒醒之后对我说："妈的，马珍跟我分手了。"

"为什么？"

"不知道。"

"你没问吗？"

"问了。"庄客说，"她不说。"

"你们都上床了。"我说，"这才几天呀，就分手。"

"我也很纳闷呀。"庄客说，"你说她是怎么想的呀？"

"只有一种解释。"我说，"她是欺骗你的感情，玩弄你的身体。"

"这样的话，我还真想让她再玩弄我几次。"

马珍和庄客分手是有前兆的。杨小桃还没走的时候马珍想过来找庄客，但被他拒绝了。马珍说为什么不能来。庄客说："杨小桃还在我这。"

"你们不是分手了吗？"

"是分手了，不过她还没走。"

"她为什么还不走？"

"她过两天就走。"

"你这是脚踏两只船呀。"

"不是，我和杨小桃已经没什么关系了。"

"没关系她还住在你那？"

"她是把我这当旅馆了。"庄客说，"我现在心里就只有你没有她，你要相信我对你的情意并不假。"

"别整歌词。"马珍说，"严肃的事情让你整庸俗了。"

"我怎么相信你？"马珍说，"你和他住在一起，你叫我怎么相信？"

庄客百口莫辩，把电话给我，让我和马珍说清楚。我在电话里对马珍说："你要相信庄客对你的情意并不假，他也是情非得已，他会把自己的事情处理好的，你要对他有信心。"

马珍说："我看人的眼光是很准的，庄客是什么样的人我最清楚。"

"那就好。"

马珍和庄客分手后，我开始回味之前她说的那句话：我看人的眼光是很准的，庄客是什么样的人我最清楚。怎样理解这句话，看你是站在什么样的语境下面。当时我认为马珍的这句话所表达的是，她相信庄客是清白，她相信庄客没做出对不起她的事情。但从马珍已经和庄客分手这个事实出发，再回味这句话，你发现这里面别有洞天。"庄客是什么样的人我最清楚。"有可能马珍早就知道庄客是一个朝三暮四的人，她很坚定自己的判断，不管别人如何去游说自己，她已经坚信庄客做出了对不起自己的事情，没什么好解释的，她心知肚明。最让我无法接受的是，当马珍说这句话的时候，我还以为她完全地信赖庄客。女人的心思真是很难琢磨。

4. 中年妇女

黄良成让我还他钱。我说我没钱，黄良成不信，他说你当票贩子也该赚了点钱。我说确实赚了些钱不过花得已经差不多了。黄良成不相信我，要我赶紧还钱，而我确实也没钱。黄良成想请女2吃顿饭，这是表面上的，他的主要目的是要和女2上床。我确实想帮助黄良成，他是我的哥儿们而且他已经很久不近女色，这些我都清楚，我也是看在眼里疼在心里，但提到钱这个问题，我就没办法帮助他了。

说实话，我和庄客卖票确实赚了几千块钱，但很快就花光了。为了卖门票我们也是无所不用其极，在门票优惠活动的最后几天，我们的手上还有一大把的门票，没有办法我们只好蹲守在景区的入口处，以低于景区一两块钱的价格把票卖了出去。再后来木头帮助我们卖出去了二百张门票。粗略计算一下，我们卖门票大约赚了有几千块钱，但当黄良成要求我还钱的时候，钱已经没了。这让他很恼火，认为我很不够意思，完全不考虑他的感受。黄良成是这样说的："你有女人，可我呢？"

我说："你要自力更生，不能只想靠别人。"

"你他妈的欠我钱，我又不是向你借钱。"

"我现在没钱给你。"

"那你给我找个女人。"

"我现在也是用手解决。"

我向他解释说："我不是不想给你钱，而是我没钱给你，如果我有钱的话肯定会把钱给你的，问题是我现在没有钱，所以就没办法给你钱。"

"那你说怎么办？"黄良成说，"没钱，我怎么和女2上床？"

"不一定有钱才能和女2上床，没钱也一样可以上。"

"问题是现在没钱就不能和女2上床。"

"这么说的话，这个女2就有点太势利了，不上她也罢。"

"我现在就是想和女2上床。"

"你可以等自己赚到钱后再和她上床。"

"钱怎么赚呀？"

"勤劳致富，幸福的生活要靠双手来创造。"

"太累了。"

"不然你做什么？"我说，"你又不种地又不抢劫也不上班。"

"你把欠我的钱给我。"

"我也没钱。"

"那你找别人借钱，还我钱。"

"全借了，现在除了你没人给我钱。"

"我再也不会给你钱了。"

冰封已久的性欲开始向黄良成复仇。很长一段时间里网络游戏是他生活的重心，当没钱交网费后，性欲出现快速取代了游戏的位置。黄良成拿着手机逐一翻开电话号码，希望找到一个可以借钱的家伙，令人遗憾的是已经没有这样的人，所有的朋友几乎全部都借过，没有漏网之鱼。

对于我的提议黄良成没有采纳，他不想给人画墙绘，虽然他的创业项目是墙绘。黄良成之前给人画过墙绘，客户是朋友介绍的，在还没装修的房子墙壁上画几朵花。黄良成把这当成一次练手的机会，拿着颜料和画笔在墙壁前站了一晚上，几朵鲜花开在墙壁上。房子的主人看到黄良成的画之后，二话没说就把涂料泼在墙壁上，刚盛开没多久的花被白色的涂料掩盖住，如同没存在一般。

"你这是画的什么呀，乱七八糟的？"

"花朵。"黄良成说，"按照你所说的画的。"

"谁让你这么画了？我说的是写实没让你抽象。"

"抽象比写实好。"

"房子是我的，我说了算。"

自这件事之后，黄良成就不打算画墙绘了。用他的话来说，现在的人观念太落后，不知道什么是好什么是坏。

到后来我也没把钱还给黄良成，不仅如此，他还又借给我几百块钱。当我知道黄良成的这些钱来之容易后就没拒绝，欣然接受了。在黄良成给我钱的时候，我不忘对他说："你可别指望我还钱给你。"

"不指望。"黄良成说，"看你这样子一辈子也不会发财。"

"那你为什么还给我钱？"

"我是要让你知耻而后勇。"

"可我不觉得有什么可耻。"

"你拿出点尊严给我瞧下，好不好？"黄良成说，"看样子你的广告工作室也没戏了，还是早点回家吧。外面的世界很精彩外面的世界也很无奈，你这样混下去还不如早点找个工厂上班。"黄良成说，"我现在是有钱人了，可你还身无分文，你就不自卑，不准备奋发图强赶超我的步伐？"

"主要是我不像你这样，长得像别人的儿子。"

黄良成突然有钱，就是因为他长得像别人的儿子。这里的"别人"所指的是除了他亲生父母之外的其他人。有天黄良成在大街上走着，突然一辆汽车停在他的面前，从车里走下来一个中年妇女盯着黄良成看，看得他心里有点发毛了。

黄良成问中年妇女干什么。

中年妇女说："你长得真像我儿子。"

"我不是你儿子。"

"我知道你不是。"中年妇女说，"可你长得真的很像我儿子。"

"像又怎么了？"黄良成说，"中国人这么多长得像也不奇怪。"

"你多大？"

"二十三。"

"你和我儿子一样大。"中年妇女说，"你能帮我个忙吗？"

"什么忙？"

"冒充一下我儿子。"

黄良成觉得这女的脑子有病，扭头想走，不过从车里又走下来两个人高马大穿着黑色西装戴着黑色墨镜的男的。黄良成一看有点不对劲，立刻对眼前这个女的刮目相看。试想，现在有几个人出门还跟着两个保镖？这中年妇女肯定不是一般人。

中年妇女把黄良成拉到一旁说了几句悄悄话，尔后他就上了妇女的汽车，绝尘而去。事后黄良成说他也没搞懂整件事情的来龙去脉，中年妇女只要求他去一个地方，冒充他儿子签署一个文件。黄良成本来还想问清楚，中年妇女说知道得太多没什么好处。中年妇女答应事成之后会给黄良成一万块钱，既然是这样就没必要多问太多。在车上的时候，黄良成问中年妇女："你儿子呢？"

"在国外。"中年妇女说，"不方便回来。"

"你是让我在什么文件上签字？"

"说了你也不懂。"中年妇女说，"你只要签个字就成了。"

"有什么后果不会也让我承担吧？"

"放心。"中年妇女说，"都是合法的，况且你是替我儿子签的，和你没什么关系。"

"既然如此，你可以随便找人签字，为何是我？"

"因为你长得像我儿子。"

"可是……"

"知道得太多对你没什么好处。"中年妇女说，"有点你要记住，你签字的时候要签我儿子的名字，不是你自己的名字。"

汽车到了一个写字楼的下面，他们走进楼上的一个房间，在众目睽睽之下，黄良成在一个文件上签下了中年妇女儿子的名字。本来黄良成想看看是什么样的文件，只可惜文件上面全是英文字母他根本看不懂。事成之后在汽车上中年妇女把一个信封交给了黄良成。黄良成拿出来清点了一下，发现只有九千块钱。黄良成问中年妇女："不是说好是一万吗？"

"是一万，可是你总要交个人所得税吧？"

"我可以自己去交的。"

"我直接扣除你的个人所得税就可以了。"

"你们有钱人可真小气。"

"这不是小气。"中年妇女说，"这是遵纪守法。"

黄良成把这件事情告诉我的时候，我有点不相信，可他把钱摆在我面前的时候，就由不得我不信了。我说："以前我觉得你长得挺丑的，现在才明白，你的长相是有隐情的。"

"妈的。"黄良成说，"这钱可是我当别人的儿子赚的，也算是辛苦钱。"

5. 双剑齐发

有天晚上女2给黄良成打了个电话，说要来投奔他。电话中女2的语气很急促，打电话向警察求救的语气大概也就如此。黄良成没问她到底发生了什么事情，当女2出现在我们的出租房的时候，我和庄客都从房间走出来看了看。与一年前相比，现在的女2瘦了很多。女2站在房间里，低着头有意躲避着灯光。黄良成说不管我们的事让我们回自己的房间去。我回到房间，但一直躲在门后面监听着黄良成和女2的对话。

事情的来龙去脉是这样的：女2和黄良成手机聊天内容让她男朋友男2看到了，其大为光火要杀了女2。女2不堪忍受男2的暴打，跑了出来。

黄良成说："那你为什么来找我呀？你应该报警的，他打你是犯法的。"

"我不找你找谁？"女2说，"我挨打你也有责任，是你要勾引我的。"

"天不早了，你还是早点回家吧。"

"你要保护我呀。"女2抬起头，灯光打在她的脸上。黄良成看到的是一张沟沟坎坎的脸，如同被冰雹打过的奶油蛋糕。女2的眼睛肿胀成了两颗灯泡，嘴唇裂开了一道缝。

黄良成被眼前的脸吓了一跳，他双手握住心脏惊魂未定地说："你怎么这副尊容？"

"他干的好事。"

"你还是去派出所立案吧。"

"不。"女2说，"我觉得我现在更应该去医院。"

"先让警察叔叔看一眼。"

"我的头好晕。"女2捂住自己的脑袋跌倒在沙发上，说，"我是不是要死了？"

"皮外伤，死不了。"

这时候黄良成的电话响了，是男2打来的。

他问女2在哪。

黄良成说："在我这，你快来吧。"

男的说："你等着，我现在就过去弄死你。"

黄良成把我和庄客叫到一块说："一会有个家伙要过来弄死我，你们可要帮我。"

我说："放心，我们三个人弄他还不容易？"只是，让我们始料未及的是男2并不是单枪匹马，他们是两个人过来的，杀气腾腾地进来，看到我们是三个人后，杀气有些消退。当时我的裤裆里藏着一根木棍，庄客穿着一件外套，袖口里藏着一把菜刀，黄良成两手空空。

双方僵持了一小会，然后黄良成率先招呼他们坐下。当时大家的位置是这样的：黄良成坐在沙发上，他的对面坐着男2和另一个帮手。我和庄客站在一旁。

男2说："女2呢？"

"在屋里躺着。"黄良成说，"她脑袋有点晕。"

"说说这件事怎么解决吧。"男2说，"你勾引我女人。"这时候木棍从我的裤裆里掉出来，我慌忙捡起木棍。女2的男朋友看了一眼木棍，咽了口唾沫说："我有证据，是你勾引我女人。"

"那你拿出证据来，拿不出来就别怪我不客气。"这时候菜刀从庄客的袖口里掉了出来。

大家看着菜刀掉在地上，一时无语，过了一会，男2开口说："真是不好意思呀，这么晚了还要麻烦你。"

"不麻烦。"

"打扰你们休息了。"女2的男朋友说，"请多包涵。"

黄良成指着女2说："你下手挺狠的，都没人样了。"

"一时冲动。"

"你这是要弄出人命呀。"

"由爱生恨。"

"你不是要弄死我吗？"黄良成仗着我和庄客在场理直气壮地说，"现在我就在你面前，你弄死我吧。"

"误会一场。"

"动不动就弄死这个弄死那个的，口气不小呀。"

"大哥，"男2说，"这也不能怪我，是你先勾引我女朋友的。"

"别血口喷人。"黄良成说，"是你女朋友勾引我的，我根本不知道她有男朋友的，要是我知道还有你存在的话，我也不会这么做的。我是那种穿破鞋的人吗？要怪也怪你自己，一个大老爷们连自己的女人都管不住。"

"骚货。"男2踹了女2一脚说，"到处勾三搭四。"

"你还是赶紧领她去医院看看吧。"

"大哥，真对不起你。"他们两个搀扶着女2走了出去。临走的时候黄良成对他们说："有空常来玩。"

黄良成认为自己能全身而退是因为他的气场强大完全把对方的嚣张气焰给镇压下去，而我和庄客认为是因为我们两个的缘故。黄良成说："没有你们我也完全能摆平他们。"

我说："你怎么摆平？"

黄良成指着自己的眼睛说："有没有看到我的这种眼神？我告诉你，上次我这种眼神出现的时候，就有人遭殃了。"

"莫非这就是传说中的，用眼杀人？"

黄良成坐到先前坐的沙发的位置上，指使我和庄客坐在刚才男2和他帮手所在的位置。黄良成看着我和庄客说："刚才是这样坐着的对吧？"

"嗯。"我说，"你准备怎么收拾我们？"

黄良成从茶几上拿着两根筷子说："用筷子插你们。"

我和庄客大笑起来。

黄良成说："笑什么呀，我真用这筷子就能把你们插死。"

"你看电影看多了吧？"

"你们怎么就不信呢？"黄良成两只手分别拿着两根筷子说，"我双剑齐发，一根插进你的脖子上，一根插进你的脖子上，你们根本就没有还手之力。"

庄客说，"嗯，你这个想法不错。"

我说："你听他扯淡。"

"你们别不信，我真能把筷子插进你们的脖子里面。"

"那你插给我看看。"

黄良成双手拿着筷子停在半空中，说："我不插你，万一真把你插死了我还要偿命。"

"早知道你是在装逼。"

"我这是给你一条生路，别不知好歹。"

"那你证明一下你能用筷子插死我。"

"你等着。"黄良成指着木门说，"这木头比你的脖子要硬吧？"

黄良成站在木门前，右手攥着一根筷子左手包裹在右手上，两只手控制着一根筷子，运气，呼气，眼睛紧盯着筷子的末端。就在黄良成准备插的时候，我说："你要用一只手，不是用两只手。"

"我要固定住筷子。"

"你说的是双剑齐发。"

"一只手就一只手，我单手也能插进去的。"黄良成用尽全身的力气把筷子插向木门，砰，一声。用电影慢镜头来演示的话，筷子的运行轨迹是这样的：带着巨大的冲击力筷子碰到木门的时候被折断成两半，一半握在黄良成的手中，另一半在反作用力的情况下折返回来斜插进黄良成的手掌中。

黄良成伸展开手掌发现一半筷子直挺挺地插在上面，鲜红的血已经从筷子的周围渗透出来，顺着手掌像是没关紧的水龙头往地上滴答着。黄良成惊慌失措一边跳跃着一边喊道："我操，我操，我操，我操。"

我和庄客站在一旁看着活跃异常的黄良成，异口同声地说："还真能插进去。"

虽然黄良成没像预期的那样把筷子插进木门里，但他确实用自己的身体证明，他确实能把筷子插进肉体里，尽管他是把筷子插进了自己的身体。

在去医院的路上，黄良成忍受着巨大的疼痛对我说："现在你应该相信我的能力了吧？"

"不相信。"我说，"手掌和脖子的生理结构还是不一样的，你把筷子插进了手掌但这不能说明你就能把筷子插进我的脖子里。"

"去你妈的。"

6. 咎由自取

黄良成刚受伤的时候，他觉得女人是祸水。我倒觉得事情不能全怪女2，毕竟是黄良成先勾引的人家，况且女2也是受害者，被打得鼻青脸肿生死未卜。在养伤的那几天黄良成整个人安静了许多，心平气和，作息时间也正常了起来。那几天黄良成对我不理不睬，我担心他是不是要和我断绝来往。其实黄良成受伤我也是有责任的，他的脑子不正常，我何必跟他一般见识？我就不应该用激将法激他。

过了几天，黄良成终于开口，他对我说："做人不能太较真。"

"我也挺对不起你的。"

"这几天我反思了一下自己。"黄良成说，"我这是咎由自取呀。"

黄良成把整个事情理顺了一下：是我先勾引女2，然后男2找上门来要弄死我。我没被人弄死全因为我们人多势众，可我还嘴硬不承认，这才导致了我把筷子插进自己的手掌里。

"我算是看明白了。"黄良成说，"我就是不能近女色呀。"

有关黄良成受伤的事情还有一种说法。我和庄客亲眼目睹黄良成把筷子插进了自己的手掌里，其实不然。你看到的未必就是真相，还是当事人的话更可信。黄良成说自己是被诅咒了，一切还要从他大学时的女朋友说起。诅咒是他大学时的女朋友下的。诅咒的内容是：在你有生之年没有女的会和你上床。刚开始的时候黄良成还不信，认为纯属无稽之谈，现在看来也许是真的。

黄良成拒绝向我透露那个蛇蝎女子的姓名，在这里暂且称其为女3。关于女3这个人，黄良成在一开始的时候拒绝告诉我，他说背后说人坏话不好。我说，你可以向我说她的好话。黄良成认真想了一会，说："她还真没什么优点。"我想进一步知道女3是怎样的一个人。黄良成说毕竟我们之间有段美好的时光，把私事说出去不太好。我说她都诅咒你了你说她几句坏话也没关系。

"也对呀。"黄良成说，"是她先对我不仁就别怪我不义了。"

"你们是怎么认识的？"

"他追求的我。"

"不可能吧。"我看着黄良成这张久经沧桑的脸说。

"真的。"黄良成说，"有天傍晚我在学校的操场上打篮球，她走过来说想认识我一下。"

黄良成看着我说："你不相信吗？"

"我是很想相信你但确实让我没法相信。"

"你别看我现在又胖又丑，想当年我也是帅哥。"黄良成立刻从枕头底下拿出一张相片给我看，"帅不？"

"这是你吗？"我拿着照片完全不相信里面的那个人就是黄良成，照片上的那个人留着飘逸的长发健硕的身材英姿飒爽。

"其实我现在也有点怀疑这是不是我。"黄良成饱含热泪地说，"时光如飞刀，刀刀催人老呀。"

"留着一张照片也没用呀。"

"怎么没用？"黄良成说，"照片就是我的证据，向世人证明我也年轻过貌美过。"

后来黄良成和女3的事情就水到渠成，他们确立了恋爱关系。简单来说，谈恋爱和做生意是一样的，也是物品交换的过程。女3允许黄良成亲吻自己抚摸自己，相对应地黄良成必须要按时给女3洗衣物，衣物包括内裤和袜子。起初黄良成不想给女3洗衣服，因为这有损自己的声誉，尤其是宿舍的阳台上挂满了女式内裤的时候，总引来大家的嘲讽。但这也是没办法的事，女3把自己纤细的小手展示给黄良成看，这是一双稚嫩异常的手，皮肤如同敷了一层保鲜膜的液体牛奶，用手指轻轻划一下液体就会流出来。

女3说："你能眼睁睁看着我这样的手变苍老吗？"

"不能。"

"那你洗不洗衣服？"

"洗。"

没过多长时间，女3得了严重的妇科病，白带增多，有异味。她去医院检查了一下，发现自己是宫颈糜烂，里面已经腐烂掉了，会不断有脓水流出来。女3觉得不可思议，因为她的私生活很检点，没有和任何男的上过床，包括黄良成在内，即使这样她还是认为黄良成是妇科病的始作俑者。

其实宫颈糜烂这件事也不能怪黄良成，女3把洗内裤这件事交付给他本身就是错误的。我亲眼目睹过黄良成是如何洗衣服的，一般情况下，一大堆的衣服会先在盆子里浸泡数周的时间，等水面漂浮着一层密密麻麻的虫子后，他才开始倒上洗衣粉进行清洗。所谓的清洗就是把衣物从手中打捞出来，然后用清水冲刷一下。还有一点，黄良成洗衣服的盆子还被用作洗脚，显而易见女3的内裤上聚集了大量的细菌，当内裤套在女3下体的时候，细菌找到了久违的温床，开始大量地滋生并慢慢地向身体内部进军。

女3的妇科病经过长达半年多的治疗后终于有所好转，只是医生告诉她，她已经没有了生育能力。

黄良成抱着痛哭流涕的女3说："我们不能生孩子也没关系的，以后我们领养一个。"

"去你妈的。"女3说，"怎么没关系？我还想和别人生孩子呢。"

就是在这时候，女3向黄良成下了诅咒，在你有生之年没有女的会和你上床。

我要帮助黄良成打破诅咒，他是我的好哥儿们，我不能冷眼旁观，这个可怜的家伙已经有几年的时间没有品尝过女人的味道。我给黄良成介绍了很多的女朋友，但意料之中她们都对眼前这个肥胖的家伙没有丝毫的兴趣。黄良成对自己也失去了信心，我对他说："还有另外的一个方法。"

"什么方法？"

"找小姐。"

黄良成的两眼放光："这也是一个办法呀，我怎么就没想到呢？"

但问题接着就出来了，在找小姐这方面我们没有任何的经验，况且这也不是什么光彩的事情，不能四处张扬。给我们指点迷津的是省电视台一档关于民生的节目，电视画面是纪录片性质的，因为整个过程是偷拍的，镜头摇晃，画面粗糙，一看就知道没开闪光灯，大部分时间你只能看到女主角脸以下的部位。男记者身上带着一个微型摄像机走进一个旅馆中，他冒充旅客要住宿，住进一个房间后，一个女的尾随进来问他要不要服务。

男记者说："什么服务。"

女的说："就是那个呗。"

男记者装傻说："那个是哪个？"

"你是真不知道还是假不知道？"

"我真不知道。"

女的说："上床，睡觉，明白不？"

"明白了。"男记者说，"怎么收费？"

"普通一次五十，全套的一百。"

"什么是全套的？"

"带口活。"女的说，"要不来一个？"

"不来。"

"来一个吧？"女的开始往男记者的身上扑，镜头遮住了，几秒钟后女的坐在床上说，"我就喜欢你这样的帅哥，来个吧？"

"不来。"

女的开始脱衣服："你必须要，老娘我今天看上你了，不来也要来。"

"你别脱衣服呀。"男记者说，"让人看见了不好。"

"有什么不好的？"女的把裤子脱下来，下身只穿着一条内裤冲镜头扑上来，"来嘛，来嘛，快来嘛。"

"我不来。"镜头剧烈地摇晃着，过会，一个远镜头对准着女的下体，还是只穿着一条内裤。

女的坐在床上叉着腰说："老娘今天还没开张，你必须要来，我就是要跟你上床。"

"你不要这样。"男记者说，"影响不好。"

"老娘今天就认准你了。"

男记者要夺门而出被女的堵住门口，女的说："想跑没门，今天你要是不答应老娘，老娘就强奸你。"

镜头转换，男主持人忧心忡忡地说："观众朋友们，这都是什么乱七八糟的，世风日下呀。"随后主持人讲出这是记者在某某县城火车站附近小旅馆中的遭遇，我和黄良成惊奇地发现这正是我们所在的县城。本来电视台做这期节目的初衷是揭露社会中的不良现象，没想到刚好解决了我们的难题。

我对黄良成说："这次你有救了，现在的小姐都如此生猛，你不想和她上床都难。"

"你说我这算是破除咒语吗？"

"怎么不算？"我说，"小姐也是女人。"

黄良成来到火车站旁边的旅馆一条街，仔细观察蹲在旅馆大厅里衣着暴露的女人，他现在认为破除诅咒只是举手之劳。他现在的主要任务就是仔细观察这些女的，选择一个中意的破除咒语。终于，他在一家旅馆的门前停下脚步。黄良成走进去，四五个女的穿着超短裙一字排开坐在沙发上，他瞄准了那个穿着红色文胸大乳房的小姐。黄良成对前台说："还有房间吗？"

"有，你要标准间还是单间？"

"随便。"

"带身份证了吗？"

"带了。"

在前台记录黄良成身份证号码的时候，他凑上去悄悄问："你们有特殊服务吗？"

"什么特殊服务？"

"就是那个。"黄良成冲她眨了一下眼说，"你明白的。"

"我不明白的。"前台一嘴四川口音，"啥子嘛，你有话直说。"

"你怎么就不明白呢？"黄良成有点着急，说，"男女之间，搞一下。"

"请你自重噻。"女的说，"我们这里是正经的旅馆，没你想的那么龌龊。"

黄良成指着坐在沙发上的那些女的说："那她们坐在这里干什么？"

女的说："她们是我的姐妹噻，都是良家妇女。"

"别骗我了。"黄良成说，"我是真心来这里玩的。"

"你到底住不住宿？"女的说，"要住宿就赶紧交钱。"

"有特殊服务我就住宿。"

就在这时候两个警察走进来，对女的说："你们在这吵什么呢？"

女的说："这男的不住宿存心找茬。"

警察对黄良成说："你不住宿来旅馆干什么？"

"我住宿。"黄良成说，"谁说我不住宿？"黄良成把钱交给女的。

黄良成躺在旅馆房间的床上夜不能寐，他在想怎么会是这种结果，怎么一夜之间小姐全都从良了。半夜里她起床走到旅馆的前台对那女的说："你是不是以为我是记者呀？"

"你什么意思？"

"我真不是记者。"黄良成说，"我就是来寻花问柳的。"

"你说的啥子嘛，我不明白，我们这是正经的旅馆，服务员全是良家妇女。"

“你们怎么这么快就从良了？”黄良成说，“前几天不是还上电视了吗？”

“先生，你误会了。”

“我就是想当次嫖客，怎么就这么难呢？”

第四章　　根本性的变化

1. 黄良成的问题

相比被诅咒的黄良成来讲，我是幸运的。在我和黄良成同居的那半年时间里，黎平每个月都会从外地坐火车来找我，在我的出租屋里住上一天。一般情况下，黎平坐星期六晚上七点多的火车，十点多下火车，星期天的下午再坐火车回去。也就是说，黎平会在我这里住一个晚上和一个上午的时间。我们是如此利用相聚的时光：把黎平从火车站接回来已经快十一点了，我们赶紧洗洗上床，所谓久别胜新婚，我们会做爱几次，次数不固定，一般会两次，有时候也会三次。第二天醒来后出去吃早饭，吃完早饭回到住处继续待在床上。下午我就送黎平去火车站。

由于房间的隔音效果不是很好，晚上我和黎平睡觉的过程中习惯放音乐。时间久了，黄良成就琢磨出了这个规律，一般音乐声一起就是我和黎平睡觉的时间。

一天早上，黄良成问我："你们早上是不是睡觉了？"

"你怎么知道？"

"我听见你放音乐了。"

几乎每次黎平来的时候，黄良成都会问她一些老生常谈的问题，比如，怎么样才能追到你们女的，你们女的喜欢什么样的男的，你们女的在什么样的情况下才和男的上床，如何辨别你们女的达到了性高潮……

面对黄良成这些不要脸的问题（黎平语），黎平只用四个字就全部回答了，因人而异。

现身说法，依据我和黎平的爱情来回答黄良成这些问题，远不是四个字就能概括的。如果你们有兴趣的话，可以看看我们的解答。

问题一：怎么样才能追到你们女的？

从这个问题你不难看出提问者正在因为追不到女的而苦恼。在没遇到黎平之前，我有长达一年半的感情空白期。现在想想真是不可思议，在我最青春年少欲望丛生的时候，我的身边竟然没有一个女的来陪伴，这是多么的令人神伤。我现在已经记不清那五百多个夜晚是怎么度过的了，孤独，饥渴，幻想，这三个词语大概能概括，内心的孤独，身体的饥渴，无休止的幻想。

我不曾想到世界上还有黎平这号人会和我不期而遇，所以在没遇到她之前我没有停止追求女人的步伐。不可否认，我一度有些饥不择食，身体的欲望在召唤着我，感情的慰藉被我抛之脑后，那时候的我更希望有个女的能扑灭我的欲望之火，也就是说我想找的只是一个纯粹的女人，而不是爱情。即使是这样我也没有完成指标。现在想来，这是件多么悲伤的事情，事与愿违，面对我那已经流走的青春，我对自己的身体是多么的不负责任。我不是个工人，可是如果以工人的标准来评价我的话，我绝对不是一个劳模。

是的，在这方面黄良成可以作证。他曾经在下雨天陪我蹲守在一个饰品店的外面，等一个小姑娘。直到现在为止我也不知道这个小姑娘叫什么名字，确切的年龄，有没有男朋友。我所知道的是她在这家饰品店工作，负责其中的一片区域。

我经常去这家饰品店，在她负责的一片区域里流连忘返趁机和她说

上几句话。我们之间的对话很简单，我问她："你多大了？"

"十八岁。"

"你不是本地人吧？"

"不是。"

"那你是什么地方的人？"

"东北的。"

我当时的困扰和黄良成现在的困扰差不多，那就是怎么才能把女的追到手。我当然没追上这个小姑娘，实际上我除了经常去饰品店偷看她几眼之外没有任何的实际行动。黄良成问我怎么会看上这个小姑娘，其实我自己也不清楚，大概是有眼缘。黄良成还对我说，这个小姑娘有一个致命的缺点。我问他是什么缺点。黄良成说，奶子太小。其实这个小姑娘的胸部已经不仅仅是小就可以概括的了，我曾经观察过她走路的姿势，含胸，也许她对自己的缺点也心知肚明所以才含胸走路。如果你仔细观察她的胸部的话，你只会隐约看到两个核桃般大小的东西，这也说明她根本没穿胸罩，或者她也意识到了自己根本没必要穿胸罩。胸部小对女性来说算不算是致命的缺点呢？这我不知道，反正我对胸部大的女性也没有特别的好感，甚至我认为胸部太大是一种累赘，况且随着年龄的增加女性的乳房迟早会下垂的，你只能靠胸罩等辅助的手段来进行包裹使其从外部来看并不下垂，但当你把胸罩拆除之后，大大的乳房就下垂成了一个肉体瀑布，实在是不怎么美观。但不是每个人都像我这样有远见，也不是每个人都能颐养天年，所以胸部大的女性还是更有市场。

除了在饰品店工作的小姑娘外，我还对一个餐厅女服务员产生过兴趣。那时候我在为一家报纸拉广告，也就是俗话说的业务员。刚好有一家新开业的酒店，我就和酒店老板谈谈我们报纸的发行量和在县城的影响力，如果酒店能在我们报纸上做一版广告的话霎时间整个县城的人都会知道，生意就会立刻兴隆起来。面对我的夸大其词，酒店的老板有些动心，此后我又去了几次然后他就决定在报纸上刊登广告。

前几次去的时候我就注意到了其中一个服务员，她的个头不高，脸圆圆的，穿着酒店服务生的制服，上身是白色的衬衣下身是黑色的裙子。如果你是个热衷观察生活的人，你会发现她的小腿有些粗，两个小腿之间的缝隙有些宽，不过这不重要，重要的是在肉色丝袜的映衬下，她小腿的皮肤很好看。所以在最后一次去酒店的时候，我走到她的面前，当时她正在大厅里打扫卫生。我对她说？"能够留下你的电话吗？"

"你什么意思？"

"我对你感觉挺好的，能把你的电话告诉我吗？"

"不能。"

我说？"你有男朋友吗？"

"有。"

"哦。"

后来我把这件事情告诉了黄良成，他听完后在电话那头哈哈大笑，问我怎么能这么直接。或许是急于求成或许是想单刀直入，反正那段时间我期望的爱情是这样子的：我邂逅了一个女的，然后我问她："你有男朋友吗？"

女的说："没有。"

我说："我也没女朋友，咱们处处吧？"

"行呀。"

黄良成说我是在白日做梦，根本不会碰见这样的女的。黄良成还说如果你真碰到这样的女的，只有两种情况：一、这女的是个小姐；二、这女的也是逢场作戏。可我不这么认为，我盼望能遇到这样的女的。我把我这个想法告诉过黎平，把关于酒店女服务员的事情也告诉过黎平，甚至还包括更多的事情，比如我第一次和女的上床之类的事情，反正我和黎平是无话不谈的。当然这里的无话不谈是指我对黎平无话不谈，对她没有任何的保留，而黎平从一开始就对我有所保留。黎平对我的保留有以下几方面：性别，年龄，家庭成员。黎平的自我介绍是这样的：男，人到中年，已婚，有一上初中的女儿。

我和黎平是在互联网上认识的，刚开始聊天的时候我问她："你是男的还是女的？"

"男的。"

"真是男的吗。"

"真的。"

我说，"虽然我很失望，但我不会歧视你的。"

如果我一开始就知道黎平的性别，我才不会对她说那么多我的隐私，我的那些话只适合男人之间进行探讨。如果我早知道黎平是个女人，我多半会问她一个问题，那就是怎么追求女的。由于太长时间生活中没有女性的存在，我都不知道女人是如何思考的。所谓知己知彼百战百胜，不知道女人是如何想的，那我怎么对症下药追求女的。至于给女的送花等诸如此类的浪漫行为，我是十分鄙视的，我也不会采取这种行为。有人说与人交往要坦诚相见，但绝大多数的例子告诉我们，女人是需要欺骗的，用花言巧语进行哄骗才能得手。这对当时的我来说，难度确实不小，因为我发现和周围的人没什么共同语言。那时我和黎平是有共同语言的，但我还不知道她是个女人，在她的口中她是一个长着啤酒肚的中年男人，而我的性取向是正常的。有时候我真希望黎平是个女人。我也算是因祸得福，黎平说自己是个大老爷们，我信以为真，所以在我和她聊天当中我是无话不谈的，这就造成在她的印象中我是一个难得的诚实之人，这无疑为我们以后的交往埋下了伏笔。

这样来说的话，如何追求女人，坦诚还是很重要的。不过这也是因人而异的，如何你和这个女人根本不是一路人，你再坦诚她也只会把你当成一个傻瓜。如果你和这个女人是臭味相投便称知己，那么就算是谎话连篇也没关系。

问题二：你们女的喜欢什么样的男的？

有次黄良成问我："为什么我喜欢的女的都不喜欢我呀？"这是他有感而发，黄良成追求过的女的都跟别的男的好了，而他以前的女朋友都是主动追求他的。黄良成是不善于拒绝别人的，尤其是面对女人他更不在行。

我对黄良成说："你可以等女的来追求你。"

"可她老不出现，这可怎么才好？"

"你要有耐心。"

"难不成要我等到天荒地老？"

黎平是不是喜欢我这样的男的，我也不是很确定。当黎平告诉我她是女人的时候，我还不相信。黎平在我眼中已经是一个有前科的人，她之前说自己是个男的现在又说自己是个女的，还真有些雌雄难辨。我给她打电话从声音来判断她确实是女性的时候，我就立刻问她："你有男朋友吗？"

"没有。"

"我也没女朋友。"我说，"要不我们处处吧？"

"好吧。"

后来黎平告诉我，我并不符合她心目中的条件。首先我的年龄有点小，她想找一个成熟点的，起码也要三十岁。其次我们不在一个地方生活，她在沿海城市我在内陆城市，接个吻也要坐四五个小时的火车，后来有了动车组，接个吻只需要一个多小时。两地分居是很危险的，不过我和黎平在没结婚之前就很好地贯彻了中华人民共和国婚姻法上对夫妻关系的规定：信任和尊重。但我们还是难免有吵架的时候，缘由是黎平无理取闹。这是站在我的角度来说的，换作黎平来分析我们吵架的缘由，那就是我拈花惹草。

我们第一次见面的时候黎平用手捏了我的脸一下，说："你可够瘦的。"从这句话里你能听出来，她对我的身材也有些失望，我不够健壮甚至可以说是瘦骨嶙峋。不过冬天穿的衣服比较多，等到我脱光衣服和黎平躺在床上进行性行为的时候，为时已晚。黎平再对我的身材不满意，也只能默许了。

从这一点上，你就能看出试婚的好处。在没打算厮守终身之前先试婚，看看彼此的生理结构有没有什么缺陷，这对谁都好。这是旧式的观念，现在的年轻男女们婚前性生活已经得到前所未有的推广，就算生理上都满意也不见得会结婚。

我觉得黎平在和我上床之后是有点悔恨的，不过她很快就调整了过来，在心里不断对自己说："嫁鸡随鸡嫁狗随狗。"从这一点来说，黎平有中国传统女性的贤良淑德。

　　问题三：你们女的在什么样的情况下才和男的上床？

　　如果这个问题放在封建社会来回答的话，就非常地省事，女的只和自己的丈夫上床，而且还是在新婚之后。当然这里的女的也仅限于良家妇女，封建社会也有妓女通奸的情况也时有发生。只是封建社会对待妇女通奸这一点上不够宽容，顶风作案者甚少。

　　现在的社会情况要复杂很多，女的在什么样的情况下才和男的上床？用四个字就能概括：随心所欲。身体听从欲望的召唤，这里的欲望包括各个方面，水性杨花者的欲望是想得到性快感，被包养者的欲望是物质上的，更多的情况是想尝鲜，因为好奇心是人类所共有的。至于我和黎平是因为什么，这有点不好讲，但也属于随心所欲的范畴。我和黎平第一次见面就上床了，这倒不是说我们想乱搞男女关系，而是我们觉得上床是顺理成章的事情。在没见面之前，我们已经口头演练了好多次了，我们当然不想纸上谈兵，所谓是骡子是马拉出来遛遛。当时我们就基于这种心态才上的床。

　　房间里没有暖气，深冬的季节，我和黎平躺在被窝里先是相互取暖。在如此暧昧的境况下，是不适合进行语言交流的，眼神交流就已经足够。但黎平可不这么想的，她把我的手放在她的胸口上说："我这里是不是小了点？"

　　我说："不小，比我的大多了。"

　　我觉得时机已经成熟便脱掉自己的上衣，黎平接过我的衣服看了看说："你的衣服破了。"

"没有吧。"

"真破了。"黎平把衣服拿给我看，"裂了一条缝。"

"没事，穿在里面看不见。"

"我还是给你缝缝吧。"

"真不用。"我说，"明天再说吧。"

"今日事今日毕。"黎平穿好衣服下床找来针和线端坐在床上开始给我缝衣服。

我光着膀子站在一旁看着她手法娴熟地缝衣服，我很不合时宜地想起一句古诗：慈母手中线，游子身上衣。黎平真是一个贤惠的女人，只是这种突发奇想的贤惠有些来得不是时候。一时间有些冷场，我觉得应该说些话缓和一下气氛，就问她："你说如果父母知道我们现在这种情况，会什么反应？"

黎平抬头看了我一眼，说："肯定会用棍子打断我的腿。"

"我也这么认为。"

我和黎平第一次上床有些相敬如宾，后来情况就好多了，因为熟能生巧。尽管我和黎平的关系已经到了非常亲密的地步，但我也从没问过她在什么样的情况下才和男的上床。因为这个问题对人有点不尊重，黄良成之所以好意思问这样的一个问题，那是因为他不太要脸。

问题四：如何辨别你们女的达到了性高潮？

我接受的教育告诉我，如果有个问题你不知道答案的话，你有以下途径能找到答案：一、问老师及知道正确答案的同学；二、查资料。

2. 杨三

黎平的出现对我来说是至关重要的，我的生活中重新有了女人。在我穷困潦倒的时候她不仅给予我精神上的安慰还给了我物质上的帮助，毫无疑问如果没有她，我食不果腹的次数会更多。

我当过一段时间的业务员，虽然业务员和公务员只有一字之差但境遇却是天壤之别。如果我对周围的朋友说自己是一个不善言辞的人的话，多半没人会相信，他们都会觉得我嘴贫。但如果我说我是一个不太会撒谎还会轻易相信别人的人，黎平是会相信的。都说女的第六感觉很准，对男人的谎言有天生的辨别力，我不太信。可是黎平的确会很轻易拆穿我的谎言，这不是说她的洞察力很强，只能说明我是那种不擅长撒谎的人。有时候我是多么羡慕那些在几个女人当中轻松自如周旋的人，他把话说得天花乱坠都不会引起怀疑，而我只是稍微添油加醋就被黎平当场戳穿。我总结出一个真理，越离谱的话越能让人相信。可是怎么样才是离谱，这个度我总是把握不好，导致我所说的话都有些科幻的色彩。

有次晚上我去火车站接黎平的时候迟到了，她问我为什么迟到。

我说："在来的路上我被外星人劫持了，我对他们说我要去火车站接我那貌美如花的女朋友，他们就把我放了。"

"真的吗？"

"真的。"

"你骗人。"黎平抽了我一个耳光说，"老实交代你到底干什么去了。"

"我来的路上看见一个盲人过马路特别危险，我就下车扶他过马路。"

"放屁。"黎平说，"你有这么好心？"

"其实是我睡过头了。"

我不做业务员这个工作，就是和我的口才有关。如你所知，业务员最忌讳的就是实话实说。辞职之后，我就成了一个屌丝青年。我是在深秋的时候成为屌丝青年的，整个冬天我都没找到一点事情做。我不想回家住，父母对我已经失望至极，所谓眼不见心不烦，不让他们见到我也是我孝敬他们的一种手段。

一天晚上跟父母吵完架后我就出来了，在外面找了个房子住。房子杨三的哥哥的，是个毛坯房，我们买了两张折叠床就在里面住了下来。已经是冬天，三室两厅的房子里空荡荡的，我们住在有阳台的房间里，两张折叠床足矣。白天有太阳的时候还好点，暖洋洋的，到了晚上就有些冷，冷并不可怕，脱光衣服裹上两床被子就可以。

杨三和我一样也是屌丝青年，和我不同的是他曾经富裕过，而我一直就这么潦倒。富裕的杨三我没碰到过，等我们在一起的时候，他已经像我一样潦倒。从这一点可以看出来，杨三不是一个称职的朋友，当然我也没怎么把他当朋友。晚上我们从网吧出来回住处的时候要经过一条街，街的两旁是众多的练歌房和洗浴中心，从外面能看到里面亮着暖昧的红色，在红色的灯光下面是众多的女人，或躺或坐着。如果是夏天的话，这些女的会站在大街上招蜂引蝶。两个灰头土脸的男青年从街上走过，眼睛不由自主地向里面看去。杨三说这种场合他以前经常去，几乎夜夜笙歌。我问他是什么感觉，他说挺没意思的，你做任何的事情刚开始的时候都是兴致满满的等习惯了之后就索然无味。杨三说的经常去这种场合，大约是在一年之前，那时候他刚从部队退伍靠干一些投机倒把的事情赚到了一些钱，这些钱很快又进了女公关和夜店老板的腰包里。说完这些杨三会照例痛骂一下那些女公关，他说有一次在洗浴中心看上了一个小姐，那个女的长得很纯情很高傲。杨三走过去对她说："出台不？"

女的说："不出台。"

"真不出台？"杨三从钱包里拿出五百块钱。

女的扭捏了一下，说："我真不出台。"

杨三又拿出一百块钱。

女的说："这样多不好呀。"

"那你到底出不出台？"

"老板不让。"

等杨三又掏出四百块钱的时候，女的点头应许了。

现在的杨三出手可没这么大方，因为饱暖思淫欲，我们的温饱问题还没解决。杨三本来想卖保健药品的，据他观察这条街上色情场所众多卖保健药品还是很有市场前景的，再者说保健药品可是一个暴利的行业。你不得不说杨三的眼光还是很毒的，这样说也是有实例为证的。因为我们在这条街附近确实找到了一家卖保健药品的店。开保健品店的计划泡汤后，杨三一时也没找到更好的出路，只有得过且过。

不说杨三的人格怎样，在我的眼中他是一个有趣的人。我们认为一个人有趣或者是他说话有趣或者是他的行为有趣，杨三属于后者。杨三是个爱面子的人，在我们同居的几个月里，我们去得最多的一个地方就是网吧。在去网吧的路上杨三经常能碰到认识的人，人家问他最近忙什么。

杨三说："忙重要的事情。"

"什么重要的事情？"

"生意上的。"

"你现在去哪呢？"

"跟人谈点生意上的事情。"尔后，杨三就钻进网吧里开始全神贯注地玩游戏。杨三非常注重自己的打扮，每天都西装革履皮鞋擦得锃亮，即使他的西服是地摊货皮鞋也是十几块钱。杨三对自己的头发尤其重视，虽然他的头发在以令人费解的速度脱落。杨三经常戴着一块手表，在和你交谈的时候总是不自觉地抬起胳膊看一下时间。如果你还不注意他的手表，那他会继续看时间，直到把你的注意力拉到手表上。我刚见杨三的时候，他就是这个样子。

我说："你的手表很贵吧？"

"不贵，瑞士名牌。"

杨三睡觉的时候也不摘手表更别说洗脸的时候。有次他洗脸的时候我问他："你不怕手表进水呀？"

"防水的。"

我凑近去一看，说："你这表怎么不走了。"

"不会呀，刚才还走呢。"

"真不走了。"我说，"是不是进水了？"

"不可能，可能是没电了。"

"你不是说这是机械表吗？"

杨三一挥手说："不用管它，过一会它自动会走的。"往后，杨三的这块所谓的瑞士名表依旧在他的手臂上，只是时针和秒针再也没有动过。杨三是个不安于现状的人，只是虎落平阳被犬欺（杨三语）。晚上躺在被窝里杨三对我说："我现在是蛰伏，我还会东山再起的。"

我说："现在正在严打，你以前搞的事情还是别再搞了。"

"当然了。"杨三说，"我要做正当职业呀。"

"你想好做什么了吗？"

"这几天我发现了一个很有前途的行当。"

"什么？"我说，"说出来听听。"

"我的想法还不是很成熟。"

我说："有赚钱的门路还藏着掖着。"

杨三说："我想卖米线。"

"你想进军餐饮业呀？"我说，"地址选好了吗？你有资金吗？"

"有辆人力三轮车就行了。"

"你是说摆地摊呀？"

"你别瞧不起摆地摊的。"杨三说，"他们赚钱也挺多的？"

"我没瞧不起。"

杨三说："我要勤劳致富，你有没有兴趣合伙一起干。"

"没兴趣。"我说，"我又不会做饭。"

"很简单的，我可以教你。"

杨三支起脑袋用双手包裹一下被角防止冷空气乘虚而入，他语气兴奋向我谈起他的米线计划。我神情安然躺在被窝里倾听他的话，杨三的语速有点快，但这不妨碍他的话顺利地传到我的耳朵里。杨三说卖米线的成本很低，去旧货市场买个人力三轮车大概也就一百多块钱，桌椅板凳之类的也去旧货市场买也就一百多块钱，锅碗瓢盆之类的差不多二百块钱，米线和调料之类的也就十几块钱，况且等生意做起来之后资金就可以运转起来，很快就会取得收益。杨三最后对我说："幸福的生活再向我们召唤，你要是不跑过去拥抱幸福，我就去了。"

"这个可行，你可以试试。"

"别光我呀，你也一起呀。"

"我对餐饮业没兴趣。"

杨三说："你们大学生就是眼高手低，什么都不想干，你都快成乞丐了还这么挑三拣四。"

杨三之所以想让我跟他一起干，还有一个原因，那就是他没有启动资金。其实我也身无分文，在杨三和我谈论卖米线这件事情的时候，我们已经好几天没有吃过一顿饱饭，那几天晚上我们只能靠吃西红柿来充饥。杨三哥哥的房子在四楼，一楼的一户居民是菜贩子。晚上我们回去的时候，楼道两边都堆满了成筐的蔬菜，众多的蔬菜当中只有西红柿可以不用加工就可以吃而且味道还不错。我们会拿四五个又大又红的西红柿上去，以西红柿充饥。

我虽然没有钱，但当时我还有辆电动车。杨三盯上了我的电动车，他想让我把电动车卖掉，这样就有了启动资金。我当然没答应杨三，卖米线是他的事情我不想参与进去。我虽然胸无大志可我不想成为一个厨子，我也不想眼睁睁看着我的电动车变成一辆破人力三轮车和一堆桌子板凳锅碗瓢盆。为了说服我，杨三先买来了米线和配料，他一是为了练习厨艺，二是为了向我证明他做的炒米线非常好吃肯定会热卖。说实话我不喜欢吃米线这种食物，它有点类似于粉条，而我也不喜欢吃粉条。总之米线是南方的食物，我是北方人。但有人给我做米线吃而且还是免费的，我还是吃得很欢快。说实话杨三还真有点当厨师的天资，他做的米线真的很好吃，不过也有可能是我太饿的缘故。

我吃了几天杨三亲手做的米线，意犹未尽，其实当时我已经准备把电动车卖掉换几百块钱花了。可我还是迟迟没对杨三表态，因为我想多吃几天他做的米线。杨三本质上也是一个见风使舵的人，我要是答应他卖掉电动车的话，他立刻就不会再为我做米线。卸磨杀驴这个道理我还是明白的。就在我准备变卖掉我的电动车的时候，意外发生了。我把电动车停在楼下上楼去拿点东西，前后也就十分钟的时间，等我下楼时发现之前停放电动车的位置空荡荡的一片，只有一块水泥地冲着我。起先我以为这是杨三的恶作剧，等杨三对我说他没骑我的电动车的时候，我才意识到车被人偷了。

杨三知道我的电动车丢了之后，大为光火，他立刻回去把剩下的米线下锅全部炒了，然后自己一个人吃光。他对我说："米线的钱你什么时候给我？"

"不是你请我吃的吗？"

"你有电动车我才请你吃，现在你没有电动车了，你就不能白吃，你要给我钱。"

"你这也太势利了吧？"我说，"我刚丢了电动车，感情很脆弱的。"

"你活该。"

3. 米线

我不知道杨三是为了和我赌气还是真的对米线充满了兴趣，在我的电动车丢了之后他并没有打消进军餐饮业的念头而且还四处张罗，虎虎生风。有几天时间杨三对我不理不睬，这我能理解，他开始四处向人借钱，但并不顺利。我能体会到杨三的感受，因为我们身边已经没有任何朋友能借钱给我们，而想助我们一臂之力的朋友也都是些穷鬼不然和我们一样也是屌丝青年。杨三开始低三下四向朋友借钱，他是一个爱面子的人，现在脸都不要了开始四处借钱，可想而知他是真的热爱上了米线。我很想对杨三说声对不起，但这好像也没什么必要，毕竟我是准备卖掉电动车的，只是它被人偷了，最可恨的就是小偷。在我刚丢电动车的那段日子里，我愤世嫉俗对整个社会也有点抵触的情绪。我都已经穷到没饭吃的地步了还被小偷给盯上了。

杨三已经两天没有回来了，他可能是在筹备着自己的米线生意。我躺在床上想有可能他已经在城市的某个小区里卖起了米线，凭借着他高超的厨艺，吃他米线的人络绎不绝，有上班族、学生、老年人，甚至政府官员和富商权贵们都闻讯赶来排几小时的队就为了吃上一顿他亲手制作的热喷喷的炒米线。可以预见在不久的将来，一座属于杨三的米线酒店就在这个城市拔地而起，他的米线会像全球的快餐巨头一样在世界的每个角落进行密不透风的连锁，杨三那张磕碜的脸庞会随着他的连锁店分布到世界的某个角落，他就是新世纪的肯德基大叔，大家会亲切地称呼他为：杨三大爷。

到那个时候我肯定会后悔当初没和杨三并肩作战把米线这一中国的传统食品发扬光大，眼看着杨三已经成为亿万富翁而我还在温饱线上拼死挣扎，依照他的性格他肯定会千方百计地找到我，全身挂满各式各样的瑞士手表对我说："我手表的时针和秒针全部都能走。"杨三还会兴奋地跳进水里对我说："我的手表全是防水的。"当然他还会要我哀求他，让他给我个一官半职做。当我提出这个要求的时候，杨三会哈哈大笑拒绝我然后对我说："你的电动车找到了吗？"

"没有。"

"你又没有电动车，我怎么给你一官半职？"

面对杨三的冷嘲热讽我也只能忍耐着，因为我还指望他能给我一碗饭吃。我现在能想到的最痛苦的事情只有两件：一是你一贫如洗；二是你眼睁睁看着身边的朋友都飞黄腾达，可你还一贫如洗。我当时真的想立刻给杨三打个电话问他在干什么是不是已经在卖米线了，但我还是没给他打电话。我不给杨三打电话不是因为我碍于面子，而是因为我的手机里只剩下几块钱的花费，我还要用这几块钱给在远方的黎平打电话，当时我们还没有见面也没有上床，我必须要每时每刻和她保持联系。我已经身无分文，我不能再放过任何一个女人。

我不想和杨三一起卖米线还有一个原因，那就是黎平。当时黎平还不知道我的处境有这么的悲惨，我只告诉她我已经辞职了正在谋划着一件大的事情，准备自主创业。黎平听了我的话之后对我充满信心，如果我现在对她说我在摆地摊卖米线的话，她肯定会对我失望至极。作为一个白领的黎平怎么可能会嫁给一个卖米线的，而且还是骑着人力三轮车卖米线？

我所谋划的干一件大的事情就是后来我和庄客开广告工作室这件事情，当时在我和庄客的设想中，还不是广告工作室，它的全称应该是某某文化传播有限公司，公司的创始人就是我和庄客。当时庄客正在家里谋划着，一有新的点子我们两个就通电话进行沟通，对于我们来说未来是美好是等着我们去创造的。现在回想起来，有一点对我来说是很重要的，那就是我始终没对生活失去信心，我相信一切都会好起来。你们也可以认为，我是在自我陶醉。

　　在杨三消失之后我的身上只剩下一块钱，直到现在那一天在我的记忆中依旧神气活现，现在我就把我那一天的经过写出来。

　　早上我睁开眼的时候太阳已经照到我的被子上，房间里暖洋洋的。阳光有些耀眼，我不知道起床之后要做什么，况且在北方的冬天人们对温度有种特殊的迷恋。我就又在被窝里躺了一会，直到昨晚偷吃的那四五个西红柿已经被身体消耗殆尽，新一轮的饥饿再次来临。我在想如果人类不会感觉到饿不用吃饭的话该有多么美好，对我来说美好的东西都是虚幻的。又过了半个小时我实在是饥饿难当只好起床，根据前人的经验睡眠能减少损耗让人感觉不到饥饿。可是你要明白在饥饿的状态下，人类是很难入睡的，至少对我来讲是这个样子的。

　　起床之后我走过空荡荡的客厅去卫生间，自来水冰冷，洗了把脸后脑子清醒了很多。我站在窗户前向外面望去，路两旁是光秃秃的树，树叶都已经掉光了。不时有人从路上走过，人们穿着厚厚的衣服，露出个脑袋张望着四周。这个冬天还没有下过一场雪，到处都是灰蒙蒙的，尘土飞扬。尤其是在这个远离市中心的地方，更是如此。

　　我回到房间坐在床上搜遍全身只找到一块钱，我又翻了一下床铺，没找到一分钱。我没死心，开始翻杨三的床铺，除了从被子里找到两只臭袜子之外一无所获。我在想是不是要下楼，如果能找到点吃的东西我就决定不下楼了。我去客厅看了看摆在地上的锅和纸箱子，锅里面还有杨三前几天炒米线留下的一摊油水，我凑上去闻了闻，有股馊味。纸箱子之前装满了米线，现在已经空了。我把箱子倒过来，只有几根米线掉出来。我拿起地上盛麻汁的玻璃罐子，屎黄色的黏稠物质，我用指头挖出了一点放在嘴里尝了尝，有些甜。芝麻可是好东西，尤其是这还是用芝麻压榨的，可是精华中的精华。可我还真吃不惯这玩意，又甜又腻，如果是做调味品还成，要是真把它当成填饱肚子的东西，可就太让人失望了。不吃还好，吃了一口，肚子就更加的饿。还是下楼买点东西吃吧，我身上起码还有一块钱。在我下楼的时候我一直在心里责骂自己，都吃不上饭了还这么多毛病。

我用五毛钱在杂货铺里买了一包压缩方便面，一边走在大街上一边拆开了吃。真是让人失望，方便面也是甜的。

已经是中午十二点多了，我不知道该去什么地方，我还不想这么快回到住的地方毕竟离天黑还有很长一段时间。我顺着这条路走，路的西边是一个生活区，路的东边是一面鲜红色的墙。至于这个生活区没什么好讲的，我没在里面住过我也没进去过，我也没什么朋友在里面住，总之我的生活与这个小区没有任何的交集。我更愿意讲一讲东边这堵红色的墙，血红色的墙在灰色的冬季里格外的显眼，有点类似紫禁城的围墙。红墙里面供奉着古代的宰相，姜尚。姜尚更为人熟知的名字是姜子牙。

比起姜子牙来，我对路口那个卖烤肉的小摊更感兴趣，我从它旁边走过，肉味扑鼻而来，几个人正坐在摊上吃着烤肉，我看了几眼就赶紧地走开了，估计再看下去我会被自己的口水呛死。走了没几步，我觉得全身没有什么力气，刚吃的方便面已经被这几步路给消耗光了。可我又不能待在原地不动，街上人头攒动，我左躲右闪向前走着，走到一个路口就在想该继续向什么地方去。不要以为我只是在漫无目的地瞎逛，我的眼神从来没从大街上的电动车挪开过。实际上，在我刚丢电动车的那几个月里，我都在幻想有一天突然在大街上看到我的那辆电动车，然后我就气势汹汹地走上去把车上面的人踹下来，骑着电动车扬长而去。可这种情景一直都没有发生过，时间一长我就不再去想了。

　　后来我想是不是应该去找王蛊，让他请我吃顿饭。这个想法在我脑海中一闪而过，我叮嘱自己士可杀不可辱，就算是饿死街头也不去找他。在我没饭吃的时候，王蛊请我吃过几次饭。但我对他并没有多少感激之情，这不是说他请我吃的饭不好吃，那些饭对于我这个食不果腹的人来说甚至是山珍海味，但我还是嫉恨王蛊。这是因为每次王蛊看着我狼吞虎咽的样子，都在我的耳边说些怪难听的话。

　　他问我："饭好不好吃呀？"

　　"很好吃。"

　　"还想不想吃呀？"

　　"这些就够了。"

　　"装什么装呀？"王蛊说，"你要还没吃饱的话再点几个菜，饭我还是能请起的。"当时王蛊还在弄着自己的理财工作室，在我面前财大气粗。每次我要走的时候，他把几盒烟扔给我说："拿去抽吧。"

　　"我自己有。"

　　"装什么呀。"王蛊说，"你饭都吃不上了。"

这么几次之后当我再去找王蛊的时候，他就对我说："是不是又没饭吃了？"

我说："不是，就是找你说会话。"

王蛊他们正在吃饭，看着我说："别装了，没吃的话就坐下来吃点。"

我看着一桌子的菜说："我真吃饱了。"

"别装了，我不请你吃饭谁还会请你吃饭？"

"我真吃饱了。"我坐了一会就走了，在上楼的时候拿几个西红柿回去吃。回去之后我躺在床上越想越不对劲，本来有人请吃饭是件好事情，尤其是在你吃不上饭的时候有人请你吃饭。但我和王蛊的关系没有这么简单，我三番五次地去找王蛊，让他请我吃饭，这有点蹭饭的意思。其实我就是去蹭饭，因为我朋友不多呀，如果我还有其他选择的话我肯定不会只蹭王蛊的饭吃。

可我没别的选择，当时黄良成在另一个城市教美术，也是生活在水深火热之中，过不了多久就辞职不做了，因为工资实在是太低。黄良成作为一个刚毕业的大学生每个月的工资是六百多块钱，每天起早贪黑去上班，没有任何的业余时间，一个月下来到手的工资只有六百多，紧接着当月就有两个哥儿们结婚，他送出去四百块的份子钱，手里只剩下两百块钱，还不够一个月的伙食费。黄良成越想越不对劲，这哪里是上班呀完全是在浪费时间，发工资的第二天就把工作给辞掉了。辞职后的黄良成没过多久有点后悔，因为现在连六百块钱都没有了。庄客也没工作，但为了保证一日三餐就在家里住着。木头是个好同志，可他大学还没毕业，还在外地念大学。好不容易身边有个杨三，现在踪迹全无。我知道就算杨三在身边的话，他也没钱吃饭，可是起码让我的心里舒服一些，一个人挨饿和有个人陪你挨饿是截然不同的，起码有个人在你身边的话还可以交流一下挨饿的感受。

本来我应该感谢王蛊的，他请我吃过几顿饭，可他带给我心理上的创伤更大。我是个有尊严的人，他这么含辛茹苦地讽刺我，我真是怒火中烧呀。我本来想借王蛊钱的，他问我借多少，我说也不多，就几百块钱。王蛊看着我说："怎么这么少呀？能不能多借点呀？"

"几百块就成。"

"太少了，不借。"

我说："怎么钱少还不借呀？"

"废话。"王蛊说，"几百块钱我借给你，你要是不还我的话我还不好意思向你要。"

"我肯定会还给你的。"

"你什么时候还给我？"王蛊看着我说，"我真怕自己活不到那天。"

"我的人品你还不相信吗？"

"我就是太相信你的人品，才不借给你钱。"王蛊说，"你什么时候借钱还过呀？"

"那我借多少你才给我？"

"起码要一万以上吧。"

"太多了，我用不上。"

"那我就没办法了。"

我想了想说："要不你借给我一万。"

王蛊拿出一张纸递给我说："先把表格填了。"

"什么表格呀？"

"借款的表格呀。"

我说："我们这么熟悉了，还用得着填表格呀？"

"废话。"王蛊说，"你又不是我表哥当然要填表格了，不然你跑了我找谁要账去？"

"这是放高利贷呀。"

"我就是放高利贷的。"

最后我也没从王蛊手中借到钱，不仅如此我们还大吵了一架，双方脸红脖子粗闹得很不愉快，自此之后我也就不再找他蹭饭吃了。

我饥肠辘辘地走在大街上，阳光刺眼。我感觉到自己的肠胃已经瘦成了一根线，肚子里就剩下一团线在里面。后来我实在没有办法就又去买了一包五毛钱的干脆面，我没拆开，心想这就是我的晚餐了。我回到住的地方，一楼的楼道里空空的，我想自己半夜还要偷偷下来一趟拿几个西红柿。进屋之后我躺在被窝里，想睡觉却怎么也睡不着，顺手捡起床头的一本书看了几页，怎么也读不进去。

我躺在床上看着房间里的光线越来越暗，墙壁上的阳光逐渐地移出窗外。期间我好像是想了一些事情，比如时间和人生之类的又或者是宇宙到底有没有尽头，这都是一些伪命题。后来我想如果我是一只母鸡就好了，饿的时候自己还可以下个鸡蛋煮着吃，吃饱了之后可以继续下蛋，下了蛋吃掉了可以再下蛋，就这样循环下去，完全不用担心饿肚子。

4. 小偷需要钳子

杨三终于出现了，在老张给我一百块钱的第二天早上杨三给我打来电话。电话那头的杨三气喘吁吁地对我说："你快过来。"

"什么事情？"

"十分严重的事情。"

"你在哪呢？"

"在中心广场。"

"这么远呀。"我硬着头皮起床，发现外面白茫茫的一片。昨晚肯定下了一场大雪，地上是厚厚的雪。下雪之后的风更加的冷，走在大街上不时有雪花从树上掉下来。半个小时我走到中心广场，远远地看见杨三和他的朋友正坐在一辆人力三轮车上。我走过去，杨三和他的朋友看着我暧昧地笑着。我说："有屁快放。"

"那我说了你可别生气。"

"你说不说？"

杨三说："你先答应不生气我再告诉你。"

"我不生气。"

"其实也没什么事情。"杨三说，"就是几天不见想了你，喊你出来赏雪。"

"你他妈的真缺德。"我说，"害我睡不成觉。"

杨三之所以叫我过来是因为他已经好几天没睡个好觉了，他这几天一直在网吧上网。他一想到我睡着觉心里就不舒服便把我喊了出来，可见他真是一个混蛋。我们三个缓慢地走在路上，杨三骑着刚从旧货市场买来的人力三轮车，这车真是破烂不堪呀，我怀疑人家是从垃圾堆里找出来卖给他的。我问杨三花多少钱买的。杨三说一百五十块钱。我说他妈的这破车还这么贵。杨三说："没办法，就这一辆别无选择。"

我本想让杨三骑车拉着我们走，结果我一跳上去就把一块铁皮给踩掉了，露出一个大窟窿。这车不仅破还很娇气，一碰就坏。杨三说明天再买个煤气罐就可以做米线生意了。杨三的朋友对我说："听说你的电动车被偷了？"

我说："别提了，太他妈的倒霉了。"

杨三在一旁说："他活该，早把车卖掉就不会被人偷了，搞得我到处求爷爷告奶奶地借钱。"

"那你再偷一辆呀。"杨三的朋友说，"不能白丢了。"

"不太好吧。"我说，"主要是我没经验呀，你有吗？"

"我也没有。"杨三的朋友说，"不过我跟一些有经验的人有过交往，听他们讲很简单，三更半夜在网吧门口看准一辆车下手就行。"

"用什么工具呀？"

"钳子，那种专门用来剪断锁的压力钳。"

"还是勤劳致富吧。"杨三骑着三轮车说，"幸福的生活等着我们来创造。"

有些人的思想转变得是很快的，甚至比转身都快，杨三就是其中之一。就在前一天杨三还在想要勤劳致富靠卖米线东山再起，他还没放弃把我拉下水。在他看来我并不是一个好的帮手，我好吃懒做算术也不好，可是在杨三在创业阶段需要的不是一个高智商的给他出谋划策的经理人而是一个像我这样游手好闲的廉价劳动力。本来杨三是想和他朋友一起做的，但是他这个朋友没像我这样已经到了山穷水尽这一步，他有一个在餐厅当服务员的女朋友养着他，起码吃饭不成问题。杨三对我说了很多，导致我对他说你要真做起来的话我肯定会拔刀相助。

事情在第二天的早晨发生了根本性的变化，杨三下楼的时候发现昨天刚买的三轮车不见了。三轮车的被盗比我电动车的被盗更让人意外，我的电动车起码还是八成新的，可这个三轮车就是一堆废铁，它就算摆在我面前我都不会拿，变卖成铁的话也就十几块钱，况且大冬天的这么冷还要搬运，不过也有可能偷车的家伙会骑这种三轮车，也有可能就是收废品的人偷的。当杨三决定把车停在楼下的时候，我还劝他锁上车，杨三说这种破车没人会偷的，况且要是买把新锁的话起码也要十几块钱，不合算。结果车就丢了，杨三站在昨天停车的地方很长时间，不敢相信自己的眼睛。过了会杨三扭过头看着我，他的眼睛里含着泪水，说："他妈的，都破成这样了还有人偷，什么世道呀。"

这天我们的计划原本是骑着三轮车去买煤气罐的，后来我们去了网吧。我们在网吧待了一整天，晚上吃完饭回到住的地方，在一天的时间里杨三对我说的话不超过三句。第二天杨三对我说他有了一个新的计划，他不打算去做米线生意了。我说："不做也好。"我有点庆幸三轮车被人偷了，这打消了杨三炒米线的念头，而我也不用成为他的帮手。我问杨三："你准备做什么？"

"偷车。"

刚开始杨三所说的偷车是偷汽车，这多少和他之前从事的行业有些关联。从南方的某支部队退伍之后，杨三根据当兵积累下的关系做起了倒卖走私车的生意，这是违法的利润也就比较高。走私车做了没多久，由于海关严查走私杨三就无事可做。杨三对汽车的构造比较了解，偷汽车对他来说也不是难于上青天的事情。

可我不同意杨三偷汽车，我对他说如果他这样做的话我就告发他。杨三问我为什么。我说："我不能眼睁睁看你误入歧途。"

"我的车也没了。"杨三说，"凭什么我就不能去偷？"

"你没的是人力三轮车。"我说，"你去偷的是汽车，不等价。"

"你什么意思？"

"你应该去偷三轮车的。"我说，"你还可以继续去卖米线。"

"我不想去卖米线了。"

杨三不准备卖米线不只是因为人力三轮车被偷，还有天气的原因。一场大雪后气温急转直下，腊月寒冬已经来临。杨三如果去卖米线的话，可以预见过不了几天他的双手会结满冻疮。他还会早出晚归。

我们准备偷电动车，杨三说他不能眼睁睁看着我的电动车被偷而坐视不理，他要帮我偷辆电动车。杨三说这话的时候我的电动车已经丢了有一个星期，他这才想起来说这话，总让人感觉虚伪。其实杨三就是一个虚伪的人，他这么说只是为自己找个借口。我对杨三说："先说明白你偷电动车和我的电动车被偷是两码事，不能混为一谈。"

"怎么是两码事？"杨三说，"是一码事。"

"你要是偷电动车被抓了可和我没任何关系。"

"不会被抓住的。"

"我是说万一，如果你被抓住了警察问你犯罪动机你怎么说？"

"我就说。"杨三说，"我哥儿们的电动车被偷了，我要为他讨回公道。"

"你他妈的陷害我。"

"开玩笑。"杨三说，"我们不会被抓住的。"

白天，我们去了很多网吧发现门外没有安装摄像头的地方有三个，一个在新华书店的旁边，一个在商场的旁边，一个是我们经常去的网吧。我们看着这三处的门外停放的电动车，心花怒放。杨三对我说："就当我们把电动车停这了，晚上我们来取。"后来我们去五金店买了几根锯条，本来我们想要买那种压力钳的，可是它太贵了，退而求其次我们拿了锯条。然后我们又去买了两顶黑色的棉帽。

半夜十二点我们戴着黑色的棉帽出了门，大街是空的，只有我们和路灯下的影子。我看着杨三戴着帽子鬼鬼祟祟的样子说："要不要先把帽子摘掉？"

"为什么？"

"打草惊蛇呀。"我说，"一会巡逻的警车来了，一看我们就不是好人。"正说着一辆警车从前面的路口转过来，慢慢地行驶在大街上，红色的警灯在车顶闪烁着，把路边的积雪映照成红色。杨三对我说："你真是乌鸦嘴。"

"现在怎么办？"

"镇定。"杨三说，"赶紧先把锯条扔掉。"

"没有作案工具怎么成？"

"就因为是作案工具才要扔掉。"

我慢慢把手里的锯条扔到路边的雪地里，淡定地往前走，巡逻车从我们的身边经过，相安无事。巡逻车消失在另一条路上，我赶忙返回去拿回锯条。杨三说，"现在的警察真是一帮饭桶，两个盗窃犯在这里都视而不见真不知道纳税人养着他们有什么用。"

"话可不能这么说。"我说，"我们还没偷东西，只是有这个动机。"

杨三说："我在南方的时候半夜在大街上闲逛警察看到了肯定会上去查身份证的，还要问你的手机号看看你身上的手机是你自己的还是抢来的。"

"幸好我们没在南方。"我说，"不然我们处境很危险呀。"

"生活在这样的社会环境下更不安全。"杨三说，"什么破警察呀，破不了案还整天仗势欺人，妈的。"

"你要明白你现在的身份，警察现在可是我们的对头，难不成你想每个警察都是柯南？"

"我们是一时兴起才要做贼，平时我们是遵纪守法的公民，这样的社会安保我们怎么放心呀？"

夜晚和白天是两个不同的世界，在我们走到新华书店旁边的网吧的时候，我深深体会到了。网吧门前白天还停满了电动车，现在已经是一片空地。我和杨三相互看了一眼，有点尴尬。我们又走去商场旁边的网吧，这里的情况还好一点，有几辆自行车停在外面。

从这一点上你能看出来我和杨三之前确实没有偷车的经验，我们只想到晚上偷车不容易被人发现，却忽略了三更半夜也没人把电动车堂而皇之地放在大街上。我问杨三："偷不偷？"

杨三说："要再去下一个网吧看看，它那里电动车应该很多，我晚上上通宵的时候看到过。"我也想去那个网吧看看，只不过距离有点远。从书店走到商场这边我们已经横跨了大半个市区了，现在已经是一点多了。那个网吧在城市的东北角上，而我们现在在城市的西南角上。如果步行去那个网吧的话大概要一个多小时，然后再拿着锯条锯锁，时间有点紧。我对杨三说："要不我们先偷辆自行车，骑着自行车再去偷电动车？"

"行。"

我站在路上放哨，杨三看着三辆自行车在想到底偷哪辆。一辆巡逻车从路的那头开过来，我连忙跑过去对杨三说："巡逻车来了。"我们躲进楼道里，看着巡逻车越走越远。杨三问我到底偷哪辆自行车，我看了看说："当然是好点的。"我指着旁边那辆烂成一团的自行车说，"难不成你想偷这辆？白送给我我都不要。"杨三说："先把车拉到角落里再锯开。"他刚要拉那辆车况比较好的自行车，却发现那两辆车况比较好的车是锁在一起的，而且还是锁在栏杆上。"妈的。"杨三朝自行车踹了两脚。我和杨三眼睛同时盯上旁边那辆破自行车。杨三看了看我，我说："只好这样了。"

杨三抓住车把我抬起后面的车轮子，刚走了没几步，看见一个穿着红羽绒服的女的朝这边走过来，一边走一边看着我们。我们两个继续抬着自行车走，女的突然掉头跑远。

我说："这女的不会去报警了吧？"

"管她的。"

我们把车拉到旁边一个小区的草丛里，拿出锯条开始锯锁。过了一会警车拉响警笛呼啸而过，我和杨三赶紧把头埋在草丛里。锯锁的过程是曲折的，先是杨三拿着锯条锯了一阵子，我拿着手电筒看了看发现情况喜人。杨三用断了两根锯条锁上出现了一个小缝隙，我紧接着又锯了锯发现缝隙还是这么大。眼看着时间慢慢地流逝，杨三有点着急了开始用脚狠踹那把锁，我赶忙制止住他，弄不好锁没踹开车子被他给踹散架了。杨三满头大汗对我说："你说就这辆破车子，用这么好的锁，真他妈的有病。"我看了看表已经快三点了，锁依旧没有锯开。杨三提议把车拖回去，起码这也是一个交通工具。我们把车拖出小区，走了没几步感觉实在是太吃力。我们在想到底有没有必要把这辆破车子拖回去，路途遥远气候恶劣。最后我们就把车子随手扔在路边，临走的时候我们朝车子踹了几脚。刚走了没几步，一辆巡逻车开了过来，我手里还有几根锯条，随手扔到地上。

后来我们也没去那个据说有电动车的网吧，而是回了住的地方。杨三问我为什么做个小偷也这么难。我说第一次没经验以后会越来越好的。杨三又说等有钱了要买个压力钳。我说有钱了谁还当小偷呀。杨三说其实我们差点就成功了。

第五章　如何表现你的抢劫才能

1.男3

　　杨三的朋友和我们一样，没有工作没有收入，可他的情况比我和杨三好点。他的女朋友有工作，在一家餐厅当服务员，每个月一千多块钱的工资。我已经忘记他叫什么名字，我们只见了两次面。一次是下大雪的那个早上，杨三刚买了三轮车。第二次是在我和杨三偷车未遂的第二天。他是个瘦高个，第一次见他你会发现他的精神状态有些不好，这是长期在网吧通宵的结果。在文中我称呼其为男3，相比而言我对他的女朋友更感兴趣。

　　我没见过他的女朋友，但这并不妨碍我对她有好感。因为当时我多希望自己也有一个这样的女朋友，她上班你上网她工作你无业她吃苦受累你游手好闲。实际上我不是想吃软饭我只是想吃饭，身边有个女的可以为你甘愿吃苦受累这是一件多么美好的事情。如果你见到男3本人，你实在不敢相信会有一个女的对其如此好，好到让我和杨三在背后嫉妒得牙痒。男3几乎每天都泡在网吧里，他每天送女友上班接女友下班。由于餐厅晚上下班比较晚，男3就在网吧等着她。

　　这天男3找到我们，听说我们偷车未遂后，他提议晚上一起去抢劫。对于男3这个大胆的计划，我有点不能接受想看看杨三的态度。令我没想到的是，杨三拍手称赞说抢劫是一个好主意，比偷车之类的要好。现在的情况是我们三个人中有两个已经决定去抢劫，只有我还没拿定主意。他们开始劝说我，男3说你想想自己的电动车就这么丢了，你难道就不想做点什么挽回损失吗？杨三开始对我介绍起抢劫的好处：

"如果我们还继续偷车的话就必须要买个过硬的工具，这是投资，可是我们现在没有闲钱买工具。可是抢劫就不需要什么工具，你随手拿个木棍捡块砖头就可以。"杨三还说，"就算我们偷车成功，下一步就要销赃，销赃的过程是很麻烦的，对方不仅要剥削你的劳动果实，你还有把柄在他的手里，万一有天他栽在警察的手里，你也跟着倒霉。可是抢劫就不一样了，钱财和物品就在对方的身上，你只要拿过来占为己有就可以。"

我想了想："还是偷比较好，抢劫的性质太恶劣，况且现在政府正在严打，万一被逮住的话真是吃不了兜着走。"

杨三说我这个人没出息，一点胆识都没有。他说大丈夫做事情不要束手束脚，要干脆利落。关于严打，杨三一点都没放在心上，他说只要抢劫的时候你准备充分对症下药肯定会手到擒来。男3在旁边和我详细讲解了一下抢劫的步骤："我们拿着棍子尾随一个人，当四周没什么人的时候我们就下手，你看咱们是三个人的，一个用棍子打，一个按着那个人让他动弹不得，另一个人拿着东西跑就可以。"

我一想，按照男3所说的确是挺简单。

杨三说："说了这么多，你到底去不去呀？"

"你们两个都去，我怎么好意思不去？"其实我不是一个太给朋友面子的人，甚至我有时候还是很自私的。比如现在我身上还有五十多块钱（上次老张给我的），可我对杨三说我就还有十几块钱。同样的道理，杨三对我说他也只有十几块钱，我也不太相信。杨三曾经拿着我的银行卡问我卡里有没有钱，我说没有，其实我的银行卡里还是有钱的，大概有几块钱。

现在我面临着一种选择，到底要不要和杨三男3去抢劫。其实我根本不用选择，我必去无疑，这并不是说我对抢劫这个事业有多么的热爱，而是因为我骑虎难下。我已经和杨三去偷了一辆自行车，虽然车子最后让我们丢弃了，但这也是偷。也就是说我已经是一个有前科的人，如果杨三抢劫的时候被抓住，他肯定会把我给供出来，这连想都不要想。杨三是一个相由心生的人，你只要看一下他的五官就明白，他本质上也是一个自私的人。我要去抢劫，原因之一就是要保护好杨三，让他不要被警察抓住，从这一点来说，我就是杨三的保镖。如果我对杨三说我要保护他的话，他肯定会对我另眼相看，但我不准备对他说，因为做好事要不留名，当然做坏事更加不能留下任何的蛛丝马迹。

我要去抢劫的另一个原因是，杨三和男3已经决定去抢劫了，我要是现在打退堂鼓的话，他们就会看不起我。看得起看不起对我来说不重要，重要的是我会被孤立。不管怎么说杨三是我的一个朋友，也是现阶段为止跟我走得很近的一个人，如果他不理我了，我肯定会很寂寞。在这个寒冷的冬天，我是多么渴望温暖。还有一点是我现在居住的房子是杨三哥哥的，我不和杨三同流合污也就意味着我不能继续在这住。我不是狡兔没有三窟，我也不想回家里去住，我更不想流落街头。所以那天晚上我们三个出门后，走在大街上准备抢劫。

出门之前杨三想要拿一个作案工具，他找遍了整个房间，只找到一个做饭用的铝合金的勺子。他把勺子拿在手中掂量了一下，又在墙上敲了几下，感觉重量有点轻，不至于把人给打晕，但实在没别的东西可以拿，就把勺子揣在怀里。出门的时候我和杨三交流了一下，作为两个新手不可避免地心情比较紧张，这好歹也是我们第一次去抢劫。

我说："万一被人发现怎么办？"

"跑呀。"

"我跑不快怎么办呀？"

"活该。"杨三说，"谁让你平时不注重锻炼身体，还好我跑得比较快。"

"我要是被人抓住，你们会救我吗？"

"看情况吧。"杨三说，"说不定我都自身难保。"

过一会，杨三问我："你要被抓住会把我供出来吗？"

"肯定会的。"

"没想到你这么不讲义气。"

"我要说不会把你供出来你相信吗？"

杨三想了想说："也对，换作我的话也会把你供出来。"相比而言男3比我们都淡定很多，看上去他有抢劫的经验。我走过去对他说："一会要抢劫了，你激动不？"

"有什么可激动的，不就是去抢个劫，又不是杀人放火。"男3说，"就算是杀人放火，对我来说也不过如此。"突然我有点害怕男3，听他的话好像杀过人也放过火。我说："你抢劫过？"

"没有，我也是第一次。"

"那你杀过人放过火吗？"

"没有。"

我说："那你这份坦然从何说起呀？"这要从男3的经历说起，半年之前他在一家公司当保安，后来因为打架在看守所住了一段时间。当

131

保安的事情没什么好说的，这个职业大家都熟悉。打架的事情可以重点讲述一下，六月份天气炎热，值完班后男3和四五个同事去路边的地摊吃烧烤喝啤酒。后来又来了一个男的，是男3一个同事的朋友。大家喝了酒后聊起了女人，男3说他刚交了一个女朋友，是餐厅的服务员，长得不是很漂亮但人很善良。众人问他和这女的上床了没有，男3说还没上床。众人说没上床怎么能说是自己的女朋友呀，和自己的女朋友都不上床算什么男人呀。

男3有点生气说自己肯定会和她上床的，只是个时间的问题。众人问男3女朋友的姓名等个人资料，他都一一回答。突然那个男的说："我认识这个女的，我跟她上过床的。"这话说出之后，众人无语等着男3的反应。过了一会，男3尴尬地说："重名，肯定是重名，不是一个人。"

那个男的说肯定是一个人的。男3的同事也是这个男的朋友让他别乱说话。这个男的已经喝多了，拉着男3去找那女的，求证一下。他说自己肯定没乱说，还描述了一下那女的身材和床上的技巧之类的。当众被人如此谈论自己的女朋友，正常的男人如何能忍受得了？男3一把抓住那个男的说他是在胡说八道。那个男的借着酒劲说自己没乱说，他说的全部是真的。他是这样对男3说的："我和你女朋友确实上过床，而且还不止一次。"随后发生的一幕，警察不止一次问过男3。当天晚上男3被抓进派出所的时候酒还没有完全醒，他有点记不得到底发生了什么样的事情。等酒醒之后，男3才对自己的行为感到了后悔，起初是后悔后来一想也不太后悔，他觉得把那个人打得头破血流也是应该的。这只是男3心里这么想，在表面上他向警察承认了错误并保证以后决不再犯。

男3抓起桌子上的酒瓶，敲在那男的脑袋上。第一个酒瓶在那男的头顶破裂了后，鲜血没有流出来。男3一看目的没有达到就又抓起一个酒瓶摔了上去，血流出来了，那男的没有还击身体像水一样落了一地。众人看着眼前突然发生的一切，没有任何的反应。男3觉得血流得还不多，又抓起一个酒瓶摔了上去，这次那男的直接就不省人事了。当男3准备要摔第四个酒瓶的时候被众人制止，饭馆的老板怕事情闹大赶紧报了警。因为这件事男3进了看守所，那男的头也真够硬的，没有变成傻子只是脑震荡。

当男3从看守所出来后，他去找自己的女朋友求证，才知道那男的所说的一切都是真的。因为说实话被人打成了脑震荡，可我觉得他不冤。男3本来要和那女的分手，这不是因为他不能容忍自己的女朋友和别人上过床，而是同事都知道了这件事情，在他们面前自己抬不起头。可是他们并没有分手，原因有些复杂，要一个个地来说。

首先女的不同意和男3分手。其次男3因为进过看守所不能继续再当保安，见不到以前的同事就不用在意他们在背后的议论。第三男3没有了工作没有了收入而那女的有工作有收入。我个人觉得最后一点是很关键的，听完男3的故事之后，我终于明白他女朋友为什么对他这么好任劳任怨。男3现在成为屌丝青年，他女朋友觉得很愧疚。

有一点我还是搞不清楚，男3只是故意伤人，为什么他对抢劫这事情看得这么淡？我觉得除了故意伤人之外男3一定还做过其他违法的事情，比如说抢劫呀放火呀之类的。面对我的询问，男3肯定地说他除了把人打成脑震荡以外一直都遵纪守法。

我说："那你为什么把抢劫看得这么淡？"

男3说其实抢劫也没什么大不了的，不仅抢劫如此就算是更严重的违法事情也没什么大不了，无非就是被警察抓住暴打一通然后关进一个黑屋子里面，不见天日。男3说这些事情他都经历过，他不害怕。听他这么一说，我对他肃然起敬同时也认为他的思维方式有些问题。一般人遭遇了惨痛的经历，肯定会想再也不要有这样的经历。可男3不同寻常，他想的是既然这样的事情我都经历了，比这更惨的我肯定扛得住。所以男3并不把杀人放火这事情放在眼里，就更别说是抢劫。不仅如此，男3还对我进行说服教育。男3说："抢劫多好呀，就算被逮住也不用怕，进了看守所也不用担心，起码你每天能吃上饭，你现在吃饭都是问题。"

2. 发现目标

我们刚走出小区的门就发现了一个目标，一个穿着黑色衣服的女的走在我们的前面。我觉得这是一个好机会，便询问杨三和男3的意见。杨三说不可以，离住的地方太近。男3说也不可以，他说那女的一看就没什么钱。我倒没有他们想的这么多，我只是觉得天已经黑透了，这女的单独一个人提着一个包走在街上，这里有一种适合抢劫的气氛。

这个夜晚我看着前面穿黑衣服的女的提着小包孤独地走着，我觉得如果不上去抢劫她的话，真是对不起当时的环境。我从杨三的手里夺过勺子要上去抢劫她，男3看苗头不对大声朝我喊，这时我已经朝黑衣女跑了过去。女的回头看到我手里拿着一个明晃晃的东西朝她跑过去，立刻花容失色乱了阵脚。她没有拔腿就跑，也许是受惊过度没有反应过来。就在我要抓住黑衣女的时候，男3和杨三从后面抱住我。我手里拿着勺子指着黑衣女，女的说："你们干什么呀？"

我大声说："抢劫。"

杨三堵住我的嘴对黑衣女说："他脑子有点问题，出门的时候忘记吃药。"

黑衣女镇定下来，说："脑子有病就别让他出门。"然后继续向前走去，身影消失在夜色中。

男3询问杨三我脑子是不是有毛病，杨三说我平时没发现脑子有毛病呀。男3说根据刚才发生的事情可以判断我的脑子确实有毛病。当时我已经被杨三和男3制服了，他们把我压倒在地，膝盖顶住我的背使我动弹不得。

我对男3和杨三解释说我确实没病，只是临时起意想抢劫。杨三说我不能这么冲动，抢劫是件很严谨的事情，要三思而后行。男3也说刚才的情形我们是不合适去抢劫的，首先我们是三个人，在法律上两个人以上抢劫是属于团伙作案的，性质是很恶劣的。男3还说我手里拿着的勺子是个凶器，虽然它没什么杀伤力，但它是你特意准备的属于凶器的范畴。

总之我突如其来的行为让杨三和男3一时有些接受不了，他们在想要不要还带着我一起抢劫。男3建议我明天去医院检查一下脑子，我说我确实脑子没病就是刚才有点头脑充血。男3说："你还是去检查一下吧，万一你是脑溢血，那可是要人命的。"

我说："我真没病，我还能去抢劫。"

"你有没有病不是我说了算也不是你说了算，这样吧你还是明天去医院检查一下吧。"男3说，"我们没有怀疑你有抢劫的能力，我们担心的是你抢劫的欲望太强烈了，容易出事。"

"那我注意，我肯定不这么冲动了。"我还想解释一下我刚才的行为，就把当时的环境和氛围告诉他们。环境是这样的：寒冬的夜晚，我们三个怀揣着抢劫梦想的青年男子走在大街上。这条郊区的马路上行人稀少，东北风吹着掉落的黄叶在地上翻滚着，除了旁边加油站的灯光外，到处都是黝黑的，像经过暴晒后的皮肤。形单影只的女人提着包走在前面，渐渐被黑夜吞噬。氛围就是抢劫的氛围。

我问他们："你们难道没闻到空气里都是抢劫的味道？"

他们摇头说："没闻到。"

最后杨三和男3同意我去抢劫，不过我们进行了一下分工。男3负责放风，杨三负责抢包，我负责把人打晕。对于这样的分工我和杨三表示不满，凭什么男3放风呀？男3说他应该放风，因为想抢劫的是我和杨三，他只是出于哥儿们义气来帮忙的。男3还说根据法律，两个人去抢劫最好，三个人就成了团伙作案了，所以要有一个放风的。我说："难道放风的人不算在内？"

男3说："只要你们不揭发的话就算在内，再说了揭发了我，我们就成团伙作案了，对谁也不好。"

我心想这个男3可真阴险。

杨三同意了男3的分工，可我还是不同意，凭什么是我去打人？杨三说我刚才这么激进，对抢劫表现出了罕见的狂热，应该我去打人的。杨三还说抢包的事非他莫属，因为他以前练过体育，跑步速度快。

如果你有抢劫的经历，你会发现它最大的困难在于寻找合适的目标。目标要满足以下的要求：1.形单影只；2.身上有为数众多的现金和贵重物品。第一条容易满足，问题出在第二条上，没有人走在街上逢人便说自己身上有钱有珠宝，所以你只能自己去判断。除去这两条之外，还有一点需要注意，在抢劫的时候要尽量找女人下手，虽然这样不是很道德，但也顾及不了这么多，因为本身抢劫就是一件缺德的事情。我们担心碰到一个武艺超群的人，那就等于自投罗网了。我们应该没这么倒霉的，一般人还是能制服的。

　　我们三个走在郊区外的大街上，左顾右盼希望能遇到个合适的人选。可是碰到的不是骑自行车的老大爷，就是骑着摩托车的小伙子。就算你抢劫了也没什么用，估计还没我们三个身上的钱多。大约半个小时后，我提议应该去市区找机会，这个地方根本遇不到有钱的。杨三说要再等等，说不准会有。市区虽然机会多，但人多眼杂容易被人发现，而且晚上经常有警车巡逻。

　　男3又开始讲述他的道理，我不太喜欢听他讲话，可你不得不承认他的话还是有一定道理的。男3说我们应该去抢劫半夜下班的小姐，因为她们每天都有价格不菲的小费会装在包里面。这就需要我们在洗浴中心或者是练歌房的外面蹲守着，或者我们直接去小姐租住的小区里埋伏着。这需要耐心和吃苦耐劳的精神，这两点都是我们现在缺乏的。大冬天的在角落里躲藏着，不能吭声不能活动不能引起任何人的注意，除非你受过这方面的训练，我想如果是警察去抢劫的话，肯定会马到成功。

　　我们没有采纳男3的建议，即便是我们采纳了，男3也不同意这样做，他也是个纸上谈兵的家伙。我们走进市区，选择没有路灯的街道，终于出现了一个目标，杨三从路边捡起一块砖头。目标是一个中年妇女，挎着一个小包走在前面。杨三把手里的砖头递给我，让我一会走上去把砖头拍在她的后脑勺上。我接过砖头想了想，对杨三说："非要把砖头拍在后脑勺上吗？"

"那你想拍在什么地方？"杨三说，"一定要把她打晕，不然大呼小叫容易被人发现。"

"后脑勺呀。"我说，"太危险了，拍成植物人怎么办？"

"你用力别太大。"杨三说，"不过也别太小，要掌握好力度。"

"这分寸太难掌握了。"

就在我们交谈的过程中，中年妇女穿过路边的小亭子走进了一个生活区里。杨三埋怨我刚才没有出手，我有点生气，这也太不公平了，如果我上去拿砖头把人打成重伤，我这一辈子就算是毁掉了。我问杨三："怎么你不上去拿砖头拍她？"

"我们已经分工了。"杨三说，"你是负责把人打晕的。"

"我是负责把人打晕，那万一我把人打傻了，谁负责呀？"

"当然是你负责呀。"杨三说，"人是你打的呀。"

"不公平，太不公平了。"

男3说："要不你们改天再抢劫？今天就当是适应一下。"

"不行。"杨三说，"说今天就今天。"

我对杨三说："我可不打人。"

"我打。"杨三说，"下次我打了人之后，你拽着包就跑。"

我们走向另一条路，男3还在讲他的大道理："其实你们太欠考虑了，应该提前做一下考察，不要以为抢劫是很随便的事情，也需要周密的部署。"

杨三说："那你说怎么部署？"

"起码你们也要搞清楚附近的白领什么时候发工资呀，在发工资的那天抢劫才会有收获。"

我说："现在都是把工资打到银行卡里。"

"不是吧，我女朋友都是发现金的。"

"你女朋友又不是白领。"我说，"作为一个餐厅服务员是没必要把工资打进银行卡的。"

"怎么没必要？"男3说，"一个月也一千多块，不是小数目。"

一旁的杨三有点听不下去了，对男3说："你他妈的能不能别只说不做呀？有本事你去抢劫的，就他妈的一张嘴在这里说，说这么多有个屁用呀，实践出真知，你他妈的又没抢劫过整天就知道上网玩游戏打怪兽，你倒是做点正事呀。"

男3说："你说这话就不够意思了，又不是我要抢劫，是你们要抢劫的。我给你们提点意见是为了你们好。再者说我是守法的公民当然不会去抢劫，我是整天没事情做可我不危害社会呀，不像你们不仅不工作还危害社会，你们就是害群之马，早应该被绳之以法。"

杨三说："你不抢劫就赶紧滚蛋，别妨碍我们发财。"

"你以为我很想替你们放风呀，妈的。"

我拉着男3说："你干什么去呀？"

"上网去。"

男3走后我问杨三要不要去抢劫，杨三说："当然要抢了，不然怎么办？"已经是夜里十一点多了，天上飘起了细碎的雪花，一个女的从路那头走过来。我和杨三慌忙把头埋进冬青丛里，等女的走过去后杨三悄声对我说："一会我过去拽住她的头发把她放倒在地，然后你拿着包就跑。"

"如果她拽着包不松手呢？"

"你就用脚踹她的脸。"

"不好吧，会很疼的。"我说，"你也别拽人家的头发，会很疼的。"

"那你说怎么办？"

"我不知道。"

"那就按照我说的去做。"杨三看了眼那女的，还没走远。在杨三准备跳出冬青的时候，我一把拉住他说："我们再想想，你别拽人家的头发我也别踹人家的脸，看看有没有别的方法。"

杨三无奈地看着我说："你对我说实话，你想不想抢劫？"

"想。"

"那就赶紧行动呀。"

"可我不想伤人。"我说，"要是把人家的头发拽掉了多不好呀，女人都爱美。我要是真把人家的牙齿踹掉了，更不好，都是成年人牙齿掉了只能去装个假牙，你自己想想，戴假牙多不舒服呀。"

"我就不明白了。"杨三说，"你现在怎么想这么多了？刚开始的时候你抢劫的劲头可很足呀，两个人才把你拉住。"

"我当时太冲动了，现在我比较理智。"

"我还是喜欢你冲动的样子。"

在我和杨三说这些话的时候，那个女的已经消失得无影无踪。雪越下越大，杨三仰起头看着夜空。黑色的夜空仿佛是白色塑料泡沫搅拌器的出口，纷纷扬扬的泡沫落下来，世界变成白的。杨三眼睛含着泪抓住我的手说："你为什么要这样？"

"我怎么了？"

"你为什么不让我去抢劫？"

"我没不让你抢劫。"我说，"我只是认为应该慎重，最好是别伤害到无辜的人。"

"抢劫怎么可能不伤害到无辜的人？"杨三说，"你实话告诉我，你是怎么想的。"

"我觉得人要将心比心。"

杨三甩掉我的手，一个人走在大街上，大片大片的雪花落在他的身上。我赶上前去问杨三要去什么地方，他悄悄抹着眼泪说："回去睡觉的。"

3.杨三是个有趣的人

之前我说过杨三是个有趣的人，我不是信口雌黄而是有证据的。杨三不善于拒绝别人，尤其是拒绝女人。去年冬天杨三身上有些钱，每天除了喝酒就是喝酒，有天晚上他喝了很多酒准备回住的地方。杨三租住在一个小区里，回去有条必经的小路，两旁有几家洗头房。杨三醉醺醺地走在小路上，洗头房里突然出来几个女的把他拽住。当时杨三只想睡觉对女人没什么兴趣，几个女的团团围住他就是不让他走。杨三没办法就问多少钱，女的说五十。杨三说价格有点贵。女的说那就三十吧。杨三说还是有点贵。女的问他多少钱才合适。杨三说十块钱吧。女的一听把杨三拉进屋子里，很快就把他的衣服脱光了。

整个过程杨三都醉醺醺的，只看到有个女的骑在自己的身体上。杨三本来没想这样的，他当时说十块钱是为了拒绝对方，没想到对方把钱看得如此淡。第二天酒醒之后，杨三回想起昨晚发生的事情有些沾沾自喜，他想自己还是很有男性魅力的。杨三这么想是因为他认为那小姐不是想赚钱只是为了和自己睡觉，忽然之间，他断定昨晚的小姐是一个视金钱如粪土的人。

杨三把这件事情告诉我，我听完之后有另一种解释。不是那小姐视金钱如粪土而是太在乎金钱，为了区区十块钱也甘于献出身体。杨三说我理解错了，他断定是因为自己有魅力。我问他还记不记得那个小姐的长相。杨三回忆了一下突然胃部不适。

通过上面的事情你会发现杨三是个包容性很强的人，不太斤斤计较。只是这有一个前提，对女人。杨三在面对我的时候有点尖酸刻薄，他觉得我拖了他的后腿。顶着风雪回到住的地方，杨三觉得如果不是我的话他就抢劫成功了。我说如果不是我的话他已经被警察抓住正在严刑拷打，杨三说绝对不可能他对自己跑步能力非常有信心。争论了一番之后，我们觉得挺没意思的，生活挺没意思的。

冬天的夜晚很漫长，我们站在窗前，看着外面的雪花飘来飘去，不一会玻璃上结了一层水汽。杨三拿起枕头把玻璃擦了擦，水汽没了，我们清楚地看到外面。天边有块很重的乌云，从西边一直延伸到东边，几乎把整个天空的边线都占据了。雪越下越大，外面几乎成了白色的，雪花堆在玻璃上，像块白纸。我看得有点累了，杨三突然态度转变说："要不你先睡觉吧。"我脱掉衣服钻进被窝里扭头看着杨三还站在窗户前没有要睡觉的迹象，我的身体在被子里缩成一团，想着杨三的那句话，感觉其实他对我也不错。我实在是有点困，一会就睡过去了。我不知道睡了有多长时间，睡梦中感觉风在我耳边呼啸着，还有很多冰凉的东西落在我的脸上，越落越多，我睁开眼发现房间里飘着雪花，地上已经有一层雪了。杨三把窗户全部打开了，风吹着雪花大股大股地朝房间里涌进来，他把双手伸出窗外，手掌里也落满了雪花。

我问杨三在做什么。

杨三回头朝我笑了笑说："玩呢，你被窝里暖和不？"

"挺暖和的。"

杨三的手还在外面放着，我发现他手腕的地方已经冻得通红，像刚炼出来的钢铁。我说："你脑子没事吧？是不是受什么刺激了？"

"没事。"杨三攥了攥手里的积雪，朝我走过来，坐在我的床边，他说，"你知道我在想什么吗？"

"不知道。"

"要不你猜猜？"

"猜不出来。"

突然杨三把我的被子掀开，把手里的雪球扔到我的身上，两只手在我的身上乱摸。

"你他妈的有病吧。"我把杨三踹到他的床上，赶紧盖上辈子，先前积蓄的热气已经全部跑掉了，不仅如此我的身上湿漉漉的，被子也湿漉漉的。

143

杨三看着我的样子笑了起来，说："爽不爽？"

"你真他妈的缺德。"

"我跟你说了多少遍了。"杨三说，"冬天睡觉要穿着衣服，别裸睡。"

"去你妈的。"我说，"我愿意裸睡。"

杨三从地上抓了一把雪，我看苗头不对开始服软："我错了，我向你道歉。"

"你还裸睡吗？"

"不裸睡了。"

"把衣服穿上。"

我起身穿上秋衣秋裤，说："这样行了吧？"

杨三看了我一眼说："睡觉吧，晚安。"

这天晚上我做了个梦，梦见自己如同一根木棍插在雪里面。我感觉不到冷，除了雪紧贴着身体有种紧迫感之外没有任何的不适。我抓起大把的雪涂抹在自己的身体上，慢慢地周围的雪开始融化。在我的身体有足够活动空间的同时，脚下的水越涨越高，我甚至有种如鱼得水的感觉。当水漫到我脖子的时候，我开始呼吸困难。当我睁开眼睛醒来的时候，发现杨三用手掐住我的鼻子。杨三站在一旁冲着我笑，我躺在床上看着他。说我是在看着杨三不如说我是在看着空气，我躺在床上还没完全从刚才的梦里醒过来，我似乎领悟出了些什么，但具体是什么我也说不清楚。

据杨三后来对我说，他以为我是灵魂出窍了。杨三所看到我的样子是这样的：我的头露在外面，头上还有几片未融化的雪。我没有任何表情，眼睛直勾勾地看着他（其实我没看他）。

　　杨三以前是个近视眼后来因为要当兵就做手术把眼睛治好了，我当时的眼神有点像眼睛散光的人。过了几秒钟，杨三以为我是不是死了，慢慢走过来用手戳了我一下。我的眼睛眨了一下，当他意识到我没死后，舒了一口气。不过我的眼睛还是在散光，杨三开始担心我是不是脑子出了问题。

　　我的脑子没出毛病也不是因为散光，用"灵魂出窍"来形容我当时的状态十分的贴切。杨三为了使我清醒过来，端着一盆凉水过来要泼在我身上。我及时清醒过来接过脸盆，杨三问我干什么呢。

　　我说："你要干什么呀？"

　　"用水泼你。"

　　"你为什么要泼我？"

　　"让你清醒一下。"

　　"我很清醒。"

　　"你刚才不清醒。"

　　"我在想事情。"

　　"想什么呢？"杨三说，"说出来听听。"

　　"想艺术。"

　　听到我的答案杨三很失望，他说："饭都吃不上了，还有空想艺术，我倒有个事情和你商量。"杨三说他想到一个赚钱的事情，倒卖蔬菜。再过几个星期就到春节了，每逢春节蔬菜的价格就会上涨，现在囤积些蔬菜到春节的时候卖出去，肯定会赚钱的。这就是杨三想到的发财之道，他的思维之活跃让我大吃一惊。

我对他说："昨天还要抢劫今天你就准备卖蔬菜，你这观念也转变得太快了。"

"你以为我想卖蔬菜呀。"杨三说，"也是没办法呀。"

杨三当然不是喜欢贩卖蔬菜而贩卖蔬菜，把贩卖蔬菜和抢劫让他选择，他更喜欢抢劫。用杨三的话说，抢劫多有趣呀。不过现在杨三不再想抢劫了，不是不想而是他发现自己不适合抢劫，或者说在没找到合适的帮手之前不适合去抢劫。

贩蔬菜再怎么说也是一个正经的行当，我为杨三弃暗投明而高兴。我对杨三说："那你就贩卖蔬菜吧。"

"我也想，不过还有个问题。"

"什么问题？"

"没资金呀。"杨三说，"起码你要先囤积蔬菜呀。"

"没钱你说这么多干什么呀？"

"废话。"杨三说，"要是我有钱的话就不用想这么多了。"

4. 大白兔奶糖

我发现自己越来越难和杨三相处了。他变得躁动不安精神极度亢奋，这几天我几乎看不到他睡觉。每当我睡觉的时候他还不睡，当我醒的时候他早就起床了。如果我们能和平相处平安无事的话，我觉得精神亢奋也不是一件坏的事情，这说明你对生活充满了热情，有许多的事情要做。但事实不是这个样子的，杨三不仅没对我秋毫无犯还想出各种办法冒犯我。

杨三在我的心中已经是一个劣迹斑斑的人。我穿鞋的时候发现鞋里面有烟头，我刷牙的时候发现牙刷的毛全部都卷了起来，而且还有一种怪味。我怀疑杨三是不是拿我的牙刷刷马桶了，这几天马桶确实干净了许多，但杨三说他没用我的牙刷刷马桶，他只是把我的牙刷不小心掉进了马桶。我问他为什么拿我的牙刷，他说是觉得我的牙刷很好看，拿起来看了看。有几天早上我醒来的时候发现是睡在卫生间里，我不相信这是灵异事件，就问杨三是不是他趁我睡着的时候把床搬到卫生间里。

杨三说："怎么可能？我怎么可能有力气搬动你的床，而且你还睡在床上面？"

"那是谁干的？"

"其实是我把你的床拖到卫生间的。"杨三抓住我的床演示给我看，"是拖不是搬。"

我怒火中烧。

杨三说："其实也不能怪我，只怪你睡觉太死了，搞出这么大的声音你都听不见。"

除此之外，每天早上当我起床的时候都发现我的衣服挂在户外。你应该知道冬天是有霜的，我的衣服每天都结满了霜，这让我每次穿衣服的时候都需要莫大的勇气。后来我学乖了，就不脱衣睡觉了。可还是没用，杨三又把我的被子挂在户外。

我不知道杨三是神经真出毛病，还是存心要戏弄我，我真是有点忍无可忍。回顾杨三对我的种种戏弄，有些我是能忍受的甚至还有些喜欢，有些却让我怒火中烧。比如早上我醒来发现床变动了位置，之前是在卧室现在是在客厅、窗户下、卫生间里等等。这没什么，我既然是自然醒就说明这并没影响我睡觉，我看着自己换了一个环境，心里还有点窃喜。这让我想起小时候，困了的时候父母就抱着我，等我睡着了就把我放在一个地方。每次醒来我就在想睡觉之前我还在大街上跑，怎么现在躺在这里了，脑子里出现了一片空白。你不得不说，有时候脑子出现空白是件很有趣的事情。有人说，记忆是痛苦的根源也是不无道理的。但是杨三把我的牙刷放进马桶里、把我的衣服挂在外面等等这种行为就有点过分。

我被杨三搞得有些强迫症，每天刷牙之前我都要仔细看看我的牙刷并用水冲洗好几遍，这种情况一直持续到现在，我总觉得有人会对我的牙刷做些手脚。可能有人说，你直接换个牙刷不就可以了？我也想这样，但是行不通，我没这么多的钱。而我后来应对杨三的方法更加彻底，我直接不用牙刷了，后果便是在我和杨三同居的最后几天里我有了口臭。

说太多杨三的劣迹也没什么用，我开始想如何报复他。我也想过把他的牙刷扔进马桶里，可惜他没有牙刷。我也想把他的被子挂在外面，可按照我对杨三的了解，就算我这样做了，他也会霸占我的被子。在我还没想出报复杨三手段的时候，他就一病不起了。那天早上我醒来之后，发现杨三还躺在被窝里，这有点反常。我摇醒杨三问他怎么还不起床。

杨三睁开眼睛说："我好像生病了。"

"你一直都有病。"

"这次是真生病了。"杨三说，"头晕目眩，好像是发烧了。"

我把手放在杨三的额头上，确实有些热，可我还是对他说："你没病，你很健康。"

"我真生病了。"杨三用手摸了摸自己的额头，说，"好像还挺严重的。"

"你是在自欺欺人。"

杨三想起身试了试根本起不来，他抓住我的手说："把我送医院去吧。"

"我今天很忙，没空。"

"我真生病了。"

"前几天你还精神抖擞。"

"我真对不住你。"杨三说，"我知错了。"

我冲着杨三笑了笑："你就装吧。"

"真不是装的。"杨三说，"要不你把你手机给我用一下，我让救护车过来。"

"不行。"

"那你帮我充上点手机费。"

"不行，我没钱。"

"我有钱。"杨三说，"在我口袋里。"

我从杨三的口袋里拿出一张百元大钞，我说："你可真行，你这么多钱还骗我说没钱了。"我本来只想和杨三开个玩笑过会就把他送到医院去，可是现在我不打算这么做了。如果说之前他戏弄我的话，还是有情可原的，可现在我从他口袋里搜出了一百块钱，这就让我接受不了。我把他的一百块钱放进口袋里就出门了，杨三躺在床上喊我的名字，我假装没听见。

当我回来的时候，发现杨三还在床上躺着，我凑过去，发现他气若游丝地呼吸着。我说："起床了，吃火腿了。"杨三没有任何的反应。我又说："还有啤酒和花生米。"杨三还是没反应。我说："烤鸭和猪头肉吃不吃呀。"杨三还是没有反应。这就有点反常，杨三已经有十几个小时没有进食了。我赶紧摇醒杨三，把猪头肉和烤鸭放在他眼前摇晃着，杨三看到之后欣喜若狂。我又对他说了些什么，他耳朵朝我嘴边凑了凑，说："你说什么我听不见。"

我又说了几句，并且用手做了些手势。

杨三还是什么也没听见，对我说："我他妈的是不是成聋子了？"他整个人完全紧张起来，差点就要从床上坐起来，只是动作只做到一半就颓然地倒在床上。

我哈哈大笑起来，说："骗你丫的，我刚才是对口形。"

杨三舒了一口气说："你这人真操蛋。"

"赶快起来吃东西吧。"

杨三看着我买的肉和啤酒，说，"你哪来的钱买这些。"

我说："用你的钱买的，你不吃我可都吃了。"

杨三指着我破口大骂，说什么那是他攒了很长时间的钱你他妈的就这样全给花掉了，什么什么的，反正杨三的样子挺恐怖的，如果他身体健康的话说不定会拿着一个锄头把我头给锄下来。只是现在我才不怕他，他身体虚弱，身体靠在床上，连起身的力气都没有。

我说："你爱吃不吃，你不吃我就全吃了。"

"吃，我不吃就太便宜你了。"我把鸡腿和猪头肉递给他，他狼吞虎咽一会全吃掉了。他的嘴里塞满了肉，看样子就知道他根本不太想吃只是不想让我吃才勉强自己吃的。我想对杨三说他根本没这个必要，因为我在外面的时候已经用他的钱大吃了一顿。杨三好不容易把东西咽进了肚子里，结果没一会他又全部都吐出来，吐了一地，气味难闻。

我说："你是直肠子呀，吃下去的东西这么快就出来？"

"我真生病了。"

"不对呀。"我说，"我给你吃的是泻药，你怎么还呕吐呀？按理说你是拉肚子才对。"

突然杨三捂住肚子对我说："快背我去厕所，我要拉……"

我刚要动手，杨三看着我说："晚了。"

杨三张开嘴趴在地上还要吐，他抬起头看着我说，"我吃不进东西去，我是真的病了。"杨三就这么盯着我，眼神有些悲伤，我敢肯定如果我上去给他一个拥抱的话，他的眼泪会立刻掉下来。可我根本没去拥抱他，因为他身上的味道实在太难闻了，吐出来的肉末沾在他的衣服上。我说："不能吃东西也未尝不是一件好事。"

房间里弥漫着食物和杨三胃液混杂的气味，我想今晚是没法在这睡觉了就去网吧。第二天我回来的时候，杨三在床上已经昏迷不醒，我用手摸了摸他的额头，烫得吓人。我赶紧给杨三的父亲打电话，我说杨三昏迷了。等杨三父亲赶到的时候我们一起把他送到了医院，他问我杨三怎么突然这样，我说我也不太清楚，我看到的时候他已经昏迷不醒了。医生说杨三是发高烧，我听了之后心里松了一口气，只是普通的发高烧而已。我问医生杨三什么时候能醒过来。医生看着我说："不太好说，目前还在昏迷中。"

过了会医生对杨三的父亲说："你要做好心理准备。"

"咋了？"杨三说，"他还能醒过来吗？"

"醒是能醒归来。"医生说，"只是他脑子可能被烧坏了。"

"什么意思？"

"也就是说，他有可能成为傻子。"

如医生所料杨三真的成了一个傻子。在他发烧的那几天里，脑浆的温度不断地攀升，直到把大部分的脑细胞煮熟了。杨三现在谁也不认识，他看着我就像看着一个陌生人一样。杨三住院期间我去看过他，我给他买了一包大白兔奶糖，杨三吃着奶糖显得很开心，奶水顺着嘴角流到衣服上，他看着我一直在笑，笑得我眼睛里的泪出来了。我没有告诉杨三的父亲我应该为他儿子成为傻子这事负责，而杨三也不会对人说起这件事，只要我不说谁也不会知道事情的真相。

第六章　前情回顾

1. 王蛊

是时候从我的角度来讲一下杨三变成傻子这件事情。很明显，杨三变成傻子直接导致我没有了栖身的地方。杨三出院之后就被他的父母带回老家照料，我自然没有继续在这个毛坯房居住的理由。一天下午，我一手提着一个背包，一手提着折叠床走出了房间，下楼后我走在大街上。我的手上没戴手套，裸露在外面，被寒风吹得渐渐失去了知觉。我就这样咬牙忍着提着东西找到了王蛊，我把东西扔在他的脚下，对他说："我没地方住了。"

王蛊站在门里面，我站在门的外面。王蛊全身上下只穿着一层薄薄的布料，我灰头土脸站着仍旧感觉到屋里面的热浪正向我的身上涌进来，我心想有暖气的房间就是舒服。

我对王蛊说："你不想让我进去吗？"

"你来干什么？"

"投奔你呀。"

"你又怎么了？"

"我没住的地方了。"

王蛊悄声对我说："我现在不方便，你晚会再过来。"说完，王蛊要把门关上，还好我眼疾手快，侧身进入了有暖气的空间里。王蛊把我拦住冲我挤眉弄眼，我不知道他要干什么。随即，王蛊把我拉进了洗手间里，关上门对我说？"我这里还有个人。"

"女人？"

"对。"

"不是黄大英？"

"嗯。"

"黄大英呢？"

"在医院加班。"

"你们分手了？"

"没有。"

"哦。"我说，"你这是背着黄大英偷情呀。"

"不能到处张扬。"

"知道了。"

王蛊进了自己的房间，我在客厅坐了一会，也没听到卧室里有声音发出来。我就推开了房间的门，王蛊坐在床上，一个女的躺在床上，两个人垂头丧气的。看到我进来，床上的女人慌忙拽过被子盖在自己的下半身上。王蛊赶紧把我推出去，问我进来干什么。

我说："你们房间没动静，我还以为你们出意外了？"

"我们能出什么意外。"

过了一会女人从房间里出来，已经穿戴整齐，她冲我点了一下头，然后对王蛊说："我先走了。"

2.偷情

我在王蛊的家中住了几天，在我住的那几天里，那个女人再也没出现过。我没有直接问王蛊为什么他没再把那个女人带回来。其实理由我能想出来，可能因为那女的不想再被陌生人看到下体，也有可能王蛊不允许这女人来了，还有可能是黄大英不加班了。有我在的这几天，黄大英一直在家里待着，没有去医院上班。这里要说明一下，我居住在王蛊的家中，他的父母还没有从外地回来。等王蛊的父母回来之后，他就和黄大英搬出去租房子住了。

王蛊问我到底要在他这里住多长时间。说实话我还真没想过这个问题，因为在王蛊这里居住实在是太舒服了，不仅有暖气还有吃的，每天黄大英都会做饭吃，就算她不做饭的话冰箱里也有吃的零食。所以说，住在王蛊的家中，真的是太舒服了，衣食无忧。

王蛊知道我没考虑要住多久后，对我说："那你现在应该考虑一下这个问题，你到底什么时候搬走？"

"我真不知道。"

"可你总不能无休止地在我这里住下去吧？"王蛊说，"你已经严重影响到我的生活了。"

"不就是打扰你偷情了吗？"

"这是一个方面，还有其他的。"

"我真的没地方可以去。"

"你回家呀。"王蛊说，"还有一个月就要过年了，你早晚要回去的。"

"那就等过年的时候我再回去。"

"起码你也要有个工作呀。"

"快过年我上哪去找工作呀？"

"那你说你想做什么？"

"还没想好，等想好了再告诉你吧。"

"好吧。"

在王蛊转身要走的时候，我对他说："你要是真受够我了，你可以在外面给我租个房子住呀。"

"他妈的。"王蛊抓住自己的头发懊恼地说，"你要不要脸？"

不可否认我确实挺让人讨厌的，其实我不想这样，我也希望得到大家的尊重，每个人都对我笑脸相迎。可没办法呀，在这个冬天我注定是遭人唾弃的。我不是没想过要干点什么，我也计划要做很多的事情，只是时机还没成熟，等时机成熟的话我肯定会大干一番。如果你仔细读过上面的章节，你会知道这时我在筹划的事情就是广告工作室。这时在我和庄客的脑海里还是广告公司或者是文化传播公司，不知不觉中，后来就变成了广告工作室。在王蛊家中居住的那几天，我整天都在勾画广告公司或者是文化传播公司的蓝图。我丝毫不怀疑自己的能力，靠着自己的勤奋和努力，公司一定会发展迅猛，不出时日我就会成为成功人士，每个人都会对我笑脸相迎对我另眼相看。那个时候的我，有地方住，有饭吃，身边也有女人。

我问黄大英为什么没去医院上班，她只是对着我笑没有告诉我。

在我的追问下，她终于松口了。

黄大英对我说："我说了你可别生气。"

"不生气。"

"是王蛊不让我去的。"她说，"她让我在家盯着你。"

"盯我做什么？"

"防止你偷东西。"

我站在原地看着黄大英这个女人，她头发披散着拥有一张砂纸般的脸，当上面这句话从她的嘴巴里说出来的时候，我感觉到人这一生要找到一个容身之所真的是很难，过一会我调整好了表情对她说："我怎么会偷东西呢，而且是王蛊的东西？"

"王蛊说你是一个没什么原则的人，什么事情都能做得出来。"黄大英又说，"况且你现在连饭都吃不上了，不要说是偷东西就算是杀人放火也是很正常的。"

"这话都是王蛊说的？"

"后面这句是我说的。"

"难道你也这么认为我？"

黄大英点了点头。

我对黄大英说："我告诉你，其实王蛊也不是个好东西。"

"无凭无据不要血口喷人。"黄大英说，"要有证据。"

我本来想把王蛊偷情的事情说出来，但想了想还是没说。王蛊说他确实对黄大英说过我是一个没有原则有可能偷他家东西的人，但是他说这话的初衷不是为了让黄大英监视我，而是为了不让黄大英去医院上班。王蛊说他这么做完全是为了让黄大英在家里待着不要到处乱跑，这样一来，他就可以随心所欲在外面和别的女人在一起。

听王蛊这么一说，我很生气，觉得黄大英很可怜。我说："你已经背着黄大英偷情了，你还要这么做，一点都不悬崖勒马。"

王蛊说他本来是要偷情的，但是并没有成功。不成功不是因为那个女人不同意和他上床，而是因为我。本来那天黄大英在医院上班，王蛊把那个女人带回家，一切就绪之后就在两个人要上床的关键时刻，我敲响了王蛊家的门。王蛊听到门响以为是黄大英回来了，下身突然就缩了回去。当他开门发现是我的时候，眼泪差点下来。

后来王蛊坐在床上，看着躺在床上的女人，准备把未竟的事业完成。可是不管怎样，他的下面再也没有硬起来，那家伙好像已经冬眠，不然就是猝死。总之就那样一副无精打采的样子，即使一个女人正躺在床上，它都视而不见。王蛊对我说，其实他的行为不算是偷情，毕竟到现在为止她还没和那个女人上床。我说："你们从来没上过床吗？"

"以前上过床，但都是几年前的事情。"

王蛊说几年前他和这个女的上床不应该归类到偷情里，因为那时候他俩是恋人的关系，上床是正常的行为。几年后王蛊想重新和这个女人上床，也就是说偷情，但一直没有成功。说到这里，王蛊看了我一眼，表达出了对我的仇恨，然后说了句："你不出现的话，我就偷情成功了。"

回首往事，王蛊上次和这个女人做爱的时候才刚满十八岁，从未尝过女人的味道。而这个女人也还是一个在校的女学生，梳着马尾辫，羞涩得很。王蛊称呼这个女人为小芳。回忆和小芳第一次上床的情形，王蛊给出了一个词：惊心动魄。两个人在没有任何经验和没有人指导的情况下，费了九牛二虎之力才把事情做完。几年后当王蛊再次见到小芳的时候，曾经的女孩已经变成了女人，站在他面前的是一个成熟的女性，身上散发着浓浓的香味，脸上化着浓艳的妆。王蛊发现小芳的身体也有了明显的变化，丰腴，丝毫没有了年轻时候的骨感。

王蛊向我澄清，是小芳对他先有了邪念。在吃饭的间隙，小芳自觉地把手伸到了王蛊的手心里，她娇柔地说："我结婚了。"

王蛊想把手缩回来，却发现小芳的手已经死死抓住了他的大拇指，她说："可是我和他之间没什么感情。"

临走的时候小芳对王蛊说："你要是想和我上床随时通知我，随叫随到。"

3.黄大英

自从小芳向王蛊发出求欢的信号之后，两个人开始了偷情的岁月。本来双方你情我愿，偷情是水到渠成的事，可是在王蛊和小芳的身上，显然不是这样的。到现在为止，王蛊还没有和已婚妇女的小芳完成一次性交。尤其是当我破坏了他们那近在咫尺的一次偷情后，小芳对和王蛊上床这件事已经不抱有太多的幻想了，这表现在当王蛊要求她出来的时候，她开始推辞，不再像她所说的那样随叫随到。和小芳相反的是，王蛊开始热衷于偷情，倒不是说他非常想和小芳上床，而是因为越得不到的东西越想得到。

为了扫清障碍，王蛊让黄大英在家里待着，这样就方便他在外面做些苟且之事。

这天王蛊给小芳打了个电话："出来吧。"

"有什么事吗？"

"偷情呀。"

"我店里挺忙的，走不开。"

"我都准备好了，这次我们肯定能成功。"

"每次你都这样说，可每次都不成功。"

"你是不是要放弃？"王蛊说，"事情都到这一步了，你怎么能退缩呀？"

"我不是不想和你偷情。"小芳说，"主要是我们真不适合偷情。"

"最后一次。"王蛊说，"如果这次还不成功的话，你做你的良家妇女，我绝不骚扰你。"

"好吧。"小芳，"只此一次，你要把握住机会。"

"我们共同把握。"

王蛊和小芳偷情不成功是因为遇到了各种突发情况，他掰着手指对我一一道来：

1.地点：小芳的私家车上；生物：小芳，王蛊，小芳的宠物狗。

事情的经过：王蛊想和小芳在车上偷情，晚饭后，小芳把车开到了郊区的一片树林旁。就在王蛊脱掉小芳的衣服，准备脱自己衣服的时候，小芳的宠物狗扑到他的胸前，咬下了他的一块肉。

2.地点：旅馆；生物：小芳，王蛊。

事情的经过：王蛊和小芳躺在旅馆的床上，刚要发生性关系的时候，旅馆暖气片的阀门突然爆裂，喷洒得房间到处都是水。

3.地点：旅馆。生物；小芳，王蛊。

事情的经过：这是一间有空调的卧室。两个人刚走进房间，王蛊便接到了黄大英的电话，小芳也接到了她丈夫的电话。两人随即离开。

4.地点：王蛊的家中；生物：小芳，王蛊，我。

事情的经过：略。

王蛊很重视这次的偷情，为此他也做了多方的准备。为了防止被人干扰，一见面他就要求小芳关掉手机。为了防止出现类似的暖气爆裂的事故，他没有去旅馆开房间，而是选择了洗浴中心。洗完澡之后，两个人走进了包间。王蛊抱着小芳说："这次不会出意外了吧？"

小芳半推半就地说："这可说不准。"

"那你说还能有什么意外？"

"比如突然有人敲门。"

王蛊慌忙扭头看着门，注视了一会。就在这时候，门响了。王蛊颓丧地看着门自言自语地说："不会吧？"

"开门。"一个男的声音。

"不用管他。"王蛊对小芳说。

"开门，警察查房。"

小芳慌忙把浴衣穿上："是警察呀，这可怎么办？"

"你怕什么呀。"王蛊说，"我不是嫖客你不是妓女。"

"可我是有夫之妇呀。"

"偷情又不犯法。"

接下来发生的事情是王蛊没有想到的，按照他的设想，等警察检查完身份证件后，他可以马上关上门把小芳的衣服全部扒光，做自己的分内之事。

开门后，王蛊的眼睛被照相机的闪光灯搞得一片模糊。照完相警察不由分说地押着王蛊和小芳往门外走，只见小芳在自己的前面已经被两个警察左右挟持，两脚悬空着出去了。王蛊的体重在这里摆着，两个警察左右

161

开弓也没把他拖出几米远，见状又来了一个警察从后面往外推他。

王蛊和小芳被带到了派出所，警察看了眼王蛊和小芳，说："你们在里面做什么呢？"

"没做什么呀。"

"没做什么是做什么？"警察说，"孤男寡女衣着暴露共聚一室。"

王蛊说："我是消费者。"

"我知道你是消费者。"警察说，"消费女人嘛。"

小芳对警察说："我也是消费者。"

"废话少说，把身份证拿出来。"

王蛊和小芳换上衣服刚走出更衣间，就被两个警察按住肩膀扭送到一个房间里。

警察看着两个人的身份证然后又看了看两个人的脸："说吧。"

王蛊说："说什么？"

"说你该说的。"

"什么是我该说的？"

警察说："你自己做了些什么你自己心里不清楚吗？"

"我不清楚。"

警察看了眼小芳，说："那你清楚吗？"

"我也不清楚。"

"好家伙。"警察笑了笑，说，"今天碰见你们这两个不知好歹的。"

警察拿出手绢把小芳的嘴巴堵了起来，问王蛊："她叫什么名字？"

"小芳。"

"不对。"

"怎么不对？"王蛊说，"这是她的昵称，我平时都这么称呼她的。"

"我问你的是身份证件上的名字，谁让你说昵称了？"

王蛊看着被堵住嘴巴的小芳，想了想，说："我忘记了。"

"现在看你还有什么好说的，连对方的名字你都不知道，还说你们认识？"

"我们确实认识呀。"

警察指着王蛊说："你是嫖客。"警察把小芳嘴里的手绢取了下来然后堵在王蛊的嘴巴里。

警察说："你知道他的名字吗？"

"不知道。"

这件事情之后王蛊和小芳再也没联系过，他们之间的最后一次偷情被警察认定为男方为嫖客女方为卖淫女而告终，这都是因为他们双方都忘记了对方的姓名。实际上，只是王蛊忘记了小芳的名字，小芳还记得王蛊的名字，只是当她发现王蛊竟然忘记了自己的名字时，她便不准备在警察的面前喊出王蛊的姓名。

我问王蛊为什么连人家的名字都不记得了。他说他也不知道怎么搞的，可能喊昵称喊习惯自然就忘记了真名。到现在为止，王蛊还在为这件事耿耿于怀。想到两个人还没真正地偷情一次，王蛊的心里就有些难过。第二天是黄大英把王蛊从警局领出来的，在回家的路上，黄大英昂

163

首挺胸走在前面，王蛊低着头走在后面。回到家中，黄大英把我从床上喊起来，塞给我一百块钱让我一天都不要回来。我拿着钱看了眼王蛊，他站在墙角，眼睛看了我一眼，什么话都没说。他就像是一个犯了错误的小孩正在被罚站，我想对他说些什么，可是还没来得及开口就被黄大英推了出去。后来发生的事情我就不太了解了，只言片语都是王蛊后来对我说的，我拿着一百块钱就去了网吧。

等我晚上回来的时候，王蛊蹲在洗手间里正在洗女人的内衣裤。我走过去说："不是有洗衣机吗？"

"手洗干净。"王蛊一直低着头，我觉察到不对劲，掰起他的头，发现他的脸上有几道抓痕和泪痕。我说："怎么还哭了？"

"到底怎么了？"我说，"是不是黄大英欺负你了？告诉我，哥儿们我帮你出头。"

黄大英穿着睡衣倚在门框上，拍手鼓掌，说："兄弟情深，令人感动呀。"

我说："你欺负王蛊了。"

"这是我们两个的事，关你什么事？"黄大英说，"你不要忘了你自己现在是什么处境，寄人篱下，你有什么发言权？在这里吃我的住我的，你有什么资格冲我大喊大叫的？"

"我吃的住的都是王蛊的。"

"连王蛊这人都是我的。"黄大英说，"还说你不是吃我的？"

王蛊默不吭声。

黄大英冲着王蛊说："不要以为你不说话就可以息事宁人，大丈夫敢作敢当，你现在羞愧难当了，当时你的行动力怎么这么强呀？说干就干，也没见你不好意思。"说完后，黄大英觉得还不太充分，就又补了一个字，"呸。"

我夹在他们两个中间，有点不知所措，这旁的王盅还无动于衷洗着内裤，那旁的黄大英双手叉着腰双眼怒睁。我说："究竟出了什么事情呀？"

黄大英说："我都不好意思说，你想想这事情连我都不好意思，可见性质多么的恶劣。"

"到底是什么事情呀？"

"好。"黄大英说，"他不说，我来说。"

突然王盅站起来，把脸盆一脚踢碎，几个大步来到黄大英的面前，两只手掐住她的脖子，说道："你别他妈的得寸进尺，我已经忍了很久了。"然后，一甩手，黄大英踉跄地倒在地上。

倒在地上的黄大英并不示弱："你还敢动手打我，像你这样的嫖客政府就应该当场把你枪毙了，还把你放出来，真是没天理。"

我看着他们俩说："我还以为是什么大不了的事情呢，原来是嫖娼呀。"

黄大英说："嫖娼还是小事呀？"

"又不是偷情。"我说，"真不至于。"

王盅怕我说漏了嘴跟着说："本来就是呀，嫖娼有什么大不了的，又不是偷情。"

黄大英蹲在地上看着我们两个突然眼泪就下来了，一边哭一边说："你们男的没有一个好东西，我真是瞎了自己的狗眼了认识你们这两个混蛋。"

黄大英想了想又哭了起来："你真是没良心呀，是你去嫖娼的，现在你还冲我使脸色，还不理我，把我的内裤洗了一半就扔在一边不管不顾了，你丧尽天良，警察应该直接把你枪毙的。"

"你他妈的再废话，我弄死你。"

黄大英憋了一会眼泪，当王蛊转头后，眼泪又喷泻而出，她泣不成声地说："你现在宁愿跟妓女做爱也不愿多看我一眼，你半年都跟我没一次性生活，我以为你是性冷淡，谁知道你的精力都用在了妓女的身上，畜生还知道肥水不流外人田，你畜生不如，不和我上床不和我做爱，谁知道便宜都让妓女占了，你怎么好意思？我不管你要给我一个交代，你要给我一个说法。"

我说："你怎么能跟妓女比呀？"

"你什么意思？"黄大英说，"难道我还不如妓女吗？"

"你比妓女强。"我说，"我的意思是，你一个良家妇女跟妓女较劲干吗呀？"

"我能不较劲吗？"黄大英说，"我的性生活这么不和谐，妓女的性生活这么频繁。"

我说："你要是这么想过性生活，你直接当妓女去。"

"这里没你说话的份。"黄大英指着我说，"你也不是什么好东西，废物堆里出来的废物，整天就知道吃闲饭，也没看你为社会创造出一点价值，你他妈的还不如妓女呢，妓女还能满足人家的性欲呢，你说你活着干什么，我要是你早找辆超速行驶的车，撞死算了。"

"你是护士，救死扶伤是你的职责，你说这话就不太合适了。"

"要是你出车祸送进了医院，让我碰见了我马上就结果了你。"黄大英说，"你这个废物。"

"还有你，你也是个废物。"黄大英指着王蛊说，"你他妈的半年都不和我过次性生活，好不容易过次性生活五秒钟内结束战斗，你还要不要脸？"

王蛊一把抓住黄大英："你不就是想要性生活吗，废什么话呀。"他们两个进了卧室，关上门，剩下我一个人站在客厅里，不知所措。

4. 胃口

我只想说性生活对女人来说是很重要的，这点在黄大英上体现得尤为明显。当天晚上云雨之后的黄大英仿佛变了一个人，容光焕发，整个人精神抖擞。她先是把房间打扫了一边，然后来到我的房间问我有没有要洗的衣服，我把床底下的几双袜子和内裤交给她，她看了我一眼欢快地跑出房间。

在黄大英洗衣服的间隙，我溜进王蛊的房间，他躺在床头上神情落寞地抽着烟。我说："这黄大英转变得也太快了吧。"

"女人都善变。"

"你的情绪有点不对呀。"

王蛊狠抽了一口烟："我觉得和她做爱有种积德行善的感觉。"

"怎么说？"

"都便宜了别人。"王蛊说，"和我没半点关系。"

"这话你说得就有点缺德了。"我说，"做爱的过程你也在享受呀。"

王盅看了我一眼，说："你觉得我现在的样子像是享受吗？"

"像是刚被一群大老爷们轮番蹂躏的黄花大闺女。"

黄大英走进来对我们说："要不要吃夜宵？"

我说："吃。"

王盅无精打采地说："我没胃口。"

黄大英走过来坐在床边抱着王盅的头抚摸着说："亲爱的，多少也要吃点，在激烈的运动之后要补充营养，这样你才能永葆青春，永远像刚才那样生龙活虎。"

"我真吃不下去。"

"不行。"黄大英拽着王盅的头发然后温柔地抚摸，说，"亲爱的，你必须要吃，不吃也要吃，因为这不是你个人的事情，而是关系到我们两个的幸福。"说完，黄大英在王盅的脸上连亲了数口。

我在一边看得汗毛都脱落了，说："我现在也没胃口吃了。"

5. 同居

天气预报说明天会有暴风雪。我把这个消息分别告诉了庄客和黄良成，想明天一起聚会叙叙旧。其实我本来也想对王盅说的，但是他的情绪不太对。自从上次和黄大英做爱完毕后，王盅就像是被阉割了一般。这几天我都没怎么和他说过话，我总觉得他成了一个危险的人物。这里的危险人物不是说他会大开杀戒伤害无辜的人，而是他会把自己弄死。本来身为朋友我应该关心爱护一下他的，要时刻守护在他的身边防止他做傻事，可是王盅有点不近人情，让我有些生气，就顾不了这么多了，即使你要去送死我也不会管。

我生气是因为我想借王蛊两百块钱，他没给我。他没说给我两百块钱也没说不给我两百块钱，我跟他说这事，他就瞪着眼看着我，一直看着我。王蛊有两百块钱但他就是不给我，这让我很无可奈何，所以我就去找黄大英。

一个星期没有性生活的黄大英，已经很难相处，这从我身上穿着的内裤和袜子所散发的臭味就可见一斑。我昨天把我的内裤和袜子给黄大英，让她帮我洗洗，我觉得她应该会给我洗的，因为她之前给我洗过，人要养成一个良好的习惯才行。我把东西递给黄大英，她双手接过我的内裤和袜子，显得特别的贤惠，然后又双手扔到我的脸上，她杀气腾腾地说："你当我是什么，是你保姆呀，你他妈的？"

我从地上捡起我的内裤和袜子，说："你不想洗，就不洗，也不用这样吧。"

"是你先得寸进尺的。"

"喜怒无常的女人可不讨人喜欢。"

"我这是真性情。"

我抱着内裤想回房间挑选一件干净点的穿在身上，但又被黄大英拦住了。她说："问你个事情。"

"说。"

"你们男的什么时候才有性欲？"

"该有的时候就会有。"

"那不该有的时候怎么才会有？"

"只能吃药了。"

"什么药？"

"春药呀。"

"什么地方有卖的？"

"你是护士。"我说，"你自己不知道呀？"

"医院里又没有这个。"

"你去成人保健品店里，应该有。"

黄大英低下头想了会，说："我不好意思。"

"你还会不好意思呀？"

"我好歹也是女生呀。"黄大英说，"要不你帮我买吧？"

"好的。"

"多少钱？"

"你要买几粒？"

"一粒。"黄大英说，"先试试效果。"

"两百五十块钱。"

"怎么这么贵呀？"

"一粒药两百。"我说，"进口药当然贵了，国产的便宜，你敢吃吗？"

"那你向我多要五十是怎么回事？"

"是我帮你买药呀，你总要表示一下吧？"

黄大英拿出两百五十块钱来递给我，我点了点钱然后装进了口袋里。黄大英跟在我的屁股后面进了卧室，我躺在床上了，她还站在旁边没有离开的意思。我说："天不早了，你站在这里做什么？"

"我还想问你呢。"黄大英说，"天不早了你还不赶紧去买药？"

"天这么晚了，一个人拿着这么多钱不安全。"我说，"我明天给你买。"

黄大英说："也对。"就在黄大英要出门的时候，她扭头问我，"你不会骗我吧？"

我拿出钱甩在床上，说："你要是不相信我，自己去买。"

我看到黄大英要把钱拿起来，立刻眼疾手快把钱又拿在手里，对她说："你放心我既然答应了你，肯定会做到的，我也是个说到做到的人。"

我给黄良成打了个电话，告诉他明天坐车来找我，有重要的事情。黄良成问我是什么重要的事情，我说到时候你就知道了。黄良成支支吾吾地说："能不能明年春暖花开的时候再见面？"

"不能。"

"有什么事呀？"

"叙叙旧，半年多没见，想你了。"

黄良成在电话那边沉默了，就这样我所处的四周突然没了任何的动静。我抬头看了看墙壁上的窗户，还亮着灯，这说明王蛊和黄大英还没有睡觉。我躺在床上，用一只手拽了一下被角，想让自己包裹得更加压实。我对着手机的话筒，说："你这几天忙什么呢？"

"没忙什么。"

"没忙什么到底是忙什么呢？"

后来黄良成还是对我说他为什么不能明天来找我而要等到春天见面，原因很简单，却和天气有着密切的关系。自从黄良成辞职后，就一直没回家而是寄宿在他表弟的家中。他是在秋天辞职的，那时的天还不是很冷，后来天越来越冷，他身上的衣服还是这么多。摆在黄良成面前有两条出路：一是买件冬天的衣服穿在身上御寒；二是，减少出门。黄良成选择的是后者，他几乎不怎么出门，实在没办法要出门的话，也是选择在冬天阳光最充足的中午。

我对黄良成说："明天你过来我给你买件衣服。"

"你怎么会有钱？"

"给你买件衣服的钱还是有的。"

黄良成想了想，说："明天有暴风雪。"

"你可以先借你表弟的衣服穿。"

"不合适。"他说，"寄人篱下的日子不好过。"

我十分能体会黄良成的处境，因为我也是寄人篱下。他和我不相同的地方在于，我的脸皮比较厚，死皮赖脸住在王蛊的家中，一点都不怕麻烦他。而黄良成住在他表弟的家中，有些束手束脚没有我这么放得开，他怕麻烦表弟，即便自己已经穷得没衣服穿了，也咬牙死撑。

我搞不懂几个月不见他怎么变得通情达理起来，知道为别人考虑。这真是不可思议的一件事情，只能用一句话来形容他：丫从良了。我追问他究竟出了什么变故，让他性情大变。开始他还咬牙不说，后来还是对我说了。我听了之后，觉得黄良成真是个孙子。他说："我也不想这样的。"

黄良成辞职后一直没有工作，他寄住在表弟家的一个小房间里。与其同住的有两个人，一个是表弟，一个是表弟的女朋友，女4。黄良成的表弟有工作，每天朝九晚五的，白天只剩下他和女4在家里。女4是个好女孩，这是黄良成对她的评价。每天女4都做好早饭等黄良成起床吃饭，中午还要从外面买酒给他喝。天长日久，日久生情，顺理成章的事情发生了，邪念在黄良成的脑海中滋长，刚开始还是个种子，每天吃着女4做的饭，种子迅速地生长。眼看情形不妙，黄良成想遏制住，便问表弟和女4的关系到了何种程度。本来如果表弟和女4的关系很亲密的话，黄良成就知难而退，谁知道恰恰相反。虽然黄良成的表弟和女4已经同居，但他们一直相敬如宾，没有发生过性关系。表弟说他和女4根本没什么感情可言，只是觉得这个女人还不错，就住在了一起。黄良成对表弟说："年纪轻轻，你怎么对感情这么随便，这么轻浮呀？"

表弟说："我一直都是如此的。"

"这样可不行。"黄良成说，"你可要对人家女4负责。"

"有什么好负责的。"表弟说，"我们又没发生过性关系。"

"那你们还同居？"

"是她要住在这里的，又不是我让她来住的。"

试探完毕后，黄良成心里一阵窃喜，第二天他以同样的方式询问女4，得到的答案雷同。女4说她和黄良成的表弟确实没什么感情，不喜欢也不讨厌，两个人君子淡如水地相处。黄良成说："男女之间淡如水，这怎么可以呀？"

女4说："按照你的意思，我应该怎么样？"

"男女之间同居一室如胶似漆才正常呀。"黄良成说，"不然你们同居做什么？"

"他有房子，和他住在一起可以省下租房子的钱。"

黄良成问："如果他没有房子的话，你还和他住在一起吗？"

"当然不会了。"

黄良成又问："如果一个男的没有房子的话，你愿意和他住在一起吗？"

"没房子呀。"女4想了想说，"难不成要租房子呀？"

"也不是永远没房子，只是暂时没房子。"

"现在房价这么高，现在没房子要等到何年何月才会有房子？"

黄良成尴尬地说："也对。"想了会，黄良成还不死心，又问："你觉得我怎么样？"

"人挺不错的。"

"可我还没工作，我也没房子。"

"我知道。"女4说，"没工作是次要的，你要是想找到女朋友的话，有房子就可以。"

我要说的是，黄良成还是良心未泯的人。虽然黄良成没有夺人（此人是其表弟）之妻，虽然表弟和女4之间没什么感情，但罪恶感已经让他寝食难安了。有天晚上，黄良成亲自下厨炒了几个菜，等表弟下班回来后，加上女4他们三个坐在一起。黄良成喝了几口白酒，借着酒劲说了很多话。关于话的具体内容，黄良成已不太记得，只记得些许的片段。他还回忆了自己多年来没有女人的悲惨生活，又讲述了自己现状的艰难，没工作没房子没女人，看不到未来的方向，不知道生活的目标，身为七尺男儿不知道能做些什么。紧接着，黄良成又开诚布公说自己确实对女4有些好感，一个女人，每天给自己做饭吃，呵护关爱自己。这些对平常人来讲没什么了不起的，但是她关怀的是一个长年不与女性接触的性压抑患者，这对其的冲击可想而知。面对黄良成的倾诉，最终表弟和女4双双落泪。

其实事情都讲明白就没什么了，但黄良成还没有到此为止的意思，他看着坐在对面已经落泪的表弟和女4说，"我知道你们对彼此都没什么感情，也没有发生过性关系，你们连和对方做爱的兴趣都没有，何必还在一起相互折磨？"此话一出，表弟和女4立刻面面相觑，异口同声地问对方："你对我没感情吗？"

女4说："你说你不和我做爱是因为你性冷淡，原来你骗我，原来你对我没感觉。"

"那你呢。"表弟说，"你说你不和我做爱是因为你有妇科病。"

女4和表弟开始相互指责起来，黄良成把酒瓶摔在地上，说："先听我把话说完。"黄良成指着表弟说，"先说说你的问题，你他妈的就是一个臭流氓，欺骗女人，明明对人家没什么感情还让人家和你住在一起，你这不是流氓是什么？你不仅流氓还一点责任心都没有，作为一个女人最宝贵的时光就在这二十几岁，你不和人家过性生活，把人家的青春全部耽误了，你他妈的是个混蛋。"

"还有你。"黄良成指着女4说，"一个女孩子家对人家没感情还和人家同居，你怎么这么不知廉耻？你说你为什么和我表弟住在一起，单纯为了他有房子住，你不用租房子，你真是下贱呀。"

两个人被黄良成骂得默不作声，过了会，他说："你们还是分手吧，不要住在一起了。"

女4开始哭起来。

黄良成呵斥道："不许哭，哭也没用，今晚就收拾东西赶紧搬出去。"

第二天黄良成起床后没有像往常一样吃到女4做的早餐，他找遍了整个房间也没发现女4的踪迹，打她的手机发现关机了。黄良成给表弟打了个电话，问女4去哪了。

表弟在电话里说："走了。"

"为什么要走呀？"

"昨晚的事情你不会这么快就忘了吧？"

"昨晚我酒喝多了，发生什么事真的不记得了。"

"你自己好好想想吧。"

我给黄良成打电话的时候，女4已经搬走了，现在只有他和表弟住在一起，发生了这样的事情他和表弟之间有了隔阂，一向不要脸的他都不好意思向表弟借件衣服穿。如果我是黄良成的话，做出这样不要脸的事情，估计连在他那里住下去的勇气都没有，可见他本质上还是不太要脸的。

黄良成在电话里把这件事告诉我的时候，我笑得差点背过气去。你不得不说黄良成还是有过人之处的，先是对自己表弟的女朋友起了色心，当觉得这事情不能再隐瞒下去的时候把两个人说哭了，本来是自己犯错最终还搞得人家伤心得要命，这还不算，他又一鼓作气气势如虎地拆散了人家，把女4赶了出去。

我说："这么缺德的事你也能做出来？"

"其实也不能怪我的。"黄良成说，"他们两个人本身就没什么感情，就不要住在一起互相折磨了。"

6. 赏雪

天气预报十分的准确，我出门的时候外面雪花漫天飞扬，密密麻麻的雪花从天空掉下来，眨眼的工夫一个人就成了个雪球。我走在街上随时用手捅开眼前的雪花，就像捅开一层层糊了纸的窗户。我走到汽车站的时候，庄客已经到了，然后我们继续等黄良成。起风了，风吹着漫天的雪花，击打在脸上，不一会我们的头上眉毛上脸上都贴满了雪花，前一秒的雪花刚在皮肤上融化，后一秒的雪花就又覆盖在上面，尔后，我们的脸皮上结成了一层冰。庄客朝我笑了笑，我看到一层冰在他的脸上裂开。庄客的笑容突然停在脸上，收不回。我看了他一眼，嘴皮发麻喊出几个字："怎么了？"

庄客用双手拍了拍自己的脸，冰渣子掉了一地，又用手来回摩擦着脸皮，说："冻僵了。"

我想迈开脚在地上走一走，却发现怎么也迈不开步子，低下头一看，发现雪已经淹没了我的脚踝。我朝庄客伸出手，要他把我拉出来。他看了我一眼，伸出脚踹在我的屁股上。我倒在雪地里，我起来的时候地上留下了一个人形的坑。我问庄客为什么要踹我，他说："没戴手套，不想伸出手来。"

黄良成到的时候，我们已经在雪地里站了有一个小时。雪还在下，没有变小的趋势。黄良成走下公交车，双手裹紧衣服，我和庄客对于他的穿戴大吃一惊，上身穿着一件薄薄的西服外套，下身穿着一件牛仔裤，脚下穿着夏天的凉皮鞋。黄良成每走一步都显得十分的吃力，十米的距离他走了有半分钟，每迈出一脚仿佛是踩在火坑里。我和庄客看得有些耐烦，就上去左右搀扶起他。他说："我的脚好像没什么知觉了。"

我们先走进一家小饭馆，要了几个菜。在他吃饭的间隙，我从旁边的服装店里给他买了两套保暖内衣。恢复正常的黄良成问我今天叫他来做什么。

我说："喊你一起来赏雪。"

黄良成二话不说出门要走。

窗外的雪花还在下着，房间里热气腾腾，我们边喝着酒边说了许多的话，这些话在后来来看没有任何的意义，但当时我们却被相互说得情绪高涨。以后什么都会有的，一切都会变好的，生活还是很美好的。相互安慰结束后，我们把目标锁定在明年，一起干番事业，出人头地。

在回王蛊家的途中，突然想起来春药还没有买。我身上还有五十块钱，便走进路边的一家成人保健品店，花了五块钱买了一粒最便宜的避孕药。在进王蛊家门的时候，我把包装拆掉，只拿着一粒药丸。黄大英借过药丸看了看，问："怎么没有包装？"

我说："走私药都是这样。"

黄大英倒了一杯水，把药放进了王蛊的嘴里。在喝药的整个过程中，王蛊表现得十分的安静。喝完药之后，黄大英说："这里没你什么事了，回你的房间吧，记得别打扰我们。"

"知道了。"

过了好一会，黄大英推开我的房间，说："你是不是把药买错了？"

"不会的，货真价实。"

黄大英拉着我去看王蛊，王蛊躺在床上已经睡了过去。黄大英说："那是春药吗？怎么像是安眠药？"

我说："那吃了春药应该会怎样？"

"当然是想做爱。"

其实黄大英和王蛊之间的问题不是一颗春药就能解决的，而是他们之间已经没有什么感情了。几个月之后当他们已经分手后，我把王蛊吃过避孕药这件事告诉了他，他的情绪很不稳定，他拽住我的衣领险些要打我，他说他一直以为自己吃的是春药，所以那天晚上她吃了药后就装睡刻意地憋着自己，担心春药发作后真和黄大英做爱。

王蛊还对我说，他早就对黄大英一点兴趣都没有了，那段时间他一直在装疯卖傻，把自己伪装成一个阉人，希望黄大英忍受不住寂寞能主动给自己带绿帽子。这样一来，他就可以名正言顺地和她分手。可是令王蛊没想到的是，黄大英确实是一个贤妻良母一点都不放荡，或者说她只是在王蛊面前表现得很放荡。当王蛊发现这一招没用后，他就不再沉默，开始大打出手，对黄大英实施暴力。事实证明家庭暴力这招还是很管用的，后来他们分手了，尽管那时候黄大英已经有孕在身，王蛊也一点不手软。

第七章　黄良成的失败史

1. 纹身和狗

上文中提到过，一个妇女因为黄良成长得像她的儿子，给了他一些钱。本来讲好是一万块钱的，钱到了黄良成的手中就变成了九千。剩下的一千块钱被妇女以个人所得税的名义扣除，这种事让黄良成耿耿于怀。我和庄客知道这件事情后，立刻换了个姿态面对黄良成。至于我和庄客究竟是何种姿态，你在抗日战争题材的老电影中就能找到模型，鬼子头目的身边总少不了阳奉阴违的翻译官。在某种程度上，黄良成就是鬼子头目，而我和庄客就是翻译官。

在黄良成有钱的那段时间里，我对他毕恭毕敬，一点都不敢得罪和怠慢。黄良成的衣物是我洗的，黄良成日常所需的烟酒是庄客跑腿买来的。除此之外，每天晚上我和庄客还负责陪黄良成喝酒，我斟酒庄客点烟。我和庄客放下姿态伺候黄良成的出发点很简单，要骗吃骗喝。不可否认，黄良成也是一个讲义气的人，有天夜里酒后的他善心大发，分别给了我和庄客五百块钱。当时我甚为感动，心想，做了一个多星期的孙子还是值得的。谁知第二天中午酒醒后的黄良成行色匆匆地对我说："房间里进贼了。"

"什么贼呀？"

"我的一千块钱不见了。"

我和庄客一听这话明白他是不想把钱给我们的，就相互使了个眼色把这事隐瞒下去。庄客说："是不是你数错了？怎么会进来贼呢？"

我说："对呀，除了你也没人知道你把钱放在什么地方呀。"

"管不了这么多了。"黄良成说，"还是报警，交给警察处理吧。"

我说："不用麻烦警察吧，你再找找看，说不定能找到的。"

"我全找遍了，的确是不见了。"

庄客说："如果真是有贼的话，作案现场你都破坏掉了，找警察也没用呀。"

"那你说怎么办？"黄良成说，"我不能眼睁睁看着一千块钱就这么不翼而飞，这可是我的血汗钱呀。"

我说："什么血汗钱呀，是意外之财。"

"这是我给别人当儿子才挣来的钱，怎么不是血汗钱？"

黄良成执意要报警，我和庄客没办法就把昨晚的事情和他说了。他一点都不记得给我们钱这码事，他把钱又拿了回去，说："我们都是多少年的朋友了，现在都在一个屋檐下住，你们怎么好意思偷我的钱呢？兔子还不吃窝边草呢。"

我说："你这就有点不要脸了。"

"谁不要脸？"黄良成说，"你们这可是偷盗的行为，我要不是念在朋友的分上，早就报警抓你们了。这几天我没请你吃饭吗？我没给你们烟抽吗？你们还惦记上了我的钱，你们还要脸不要脸？"

庄客说："以前你说过如果你彩票中了五百万就分别给我们一百万。"

"问题是我现在没中五百万。"

我讲上面这件事情是想说明，有钱使人变坏。以前黄良成是一个很

181

讲义气的人，光明磊落，值得信赖。现在不一样了，他变得猜疑，对朋友也没以前那么好。说黄良成变成有钱人也不准确，他只是有那么几千块钱，钱的数目还在逐日地减少，我想过不了多久他就会再成为一个穷光蛋，还要四处借钱过活。不过一个身上只有几千块钱的人，在我当时的心目中已经是个富翁。而且当时我和庄客唯一的生活来源就是黄良成，所以即便他对我们这般地不信任，我们也没想过要和他分道扬镳。即便是要分道扬镳也要等把黄良成的钱花光了再说，我们就抱着这样的一种心态，在他面前忍气吞声。

有钱使人变坏的例子不只是黄良成，王蛊也是个例子，以前他放高利贷的时候，油光满面，光彩照人，都不把朋友当回事。后来他把人家的耳朵割掉，高利贷也放不成，变得和蔼可亲与人为善。朋友之间贫富差距不能太大，不然就没办法交往下去。不过话说回来，有几个有钱的朋友还是好事。我也在想自己什么时候能有钱，就算变坏也在所不惜。

黄良成不想坐吃山空，他还有个心愿没有完成，那就是找一个女朋友。以前黄良成没有女人，是因为没钱，现在他有钱了没理由还没有女人。我觉得黄良成的观念也不太对，我和庄客也没钱，但也找到了女朋友。黄良成说他和我们的情况不一样，他说我和庄客长得还有个人样，而他就不一样了，相貌实在是乏善可陈。

由于长时间的不接触女性，现在的黄良成已经不知道如何和女人交往。他说这话的时候，我和庄客在旁边。我们安慰他说，这点不用担心，我们不会袖手旁观的。为了让黄良成告别单身，我和庄客结合自身的经验以及书中的知识，融会贯通，给他出谋划策。

黄良成问我和庄客是如何找到女朋友的。我和庄客想了想，也有点不清楚是如何做到的，最终我们给出的答案是四个字：两情相悦。当然两情相悦是男女交往中层次比较高的，也可以说是可遇不可求的，用在黄良成的身上就有点不合适。现在的黄良成犹如处在发情期的种牛，已经等不及缘分从天而降。

2.淑惠

　　对于黄良成找不到女朋友这件事，在第三章曾经写过，是因为他被大学时的女朋友下了诅咒。我觉得诅咒这东西不可信，也只是黄良成的一个托辞而已，是他为自己找一个台阶下。换作是我，身边的朋友都有女人，而且有的还不止一个，而我却孑然一身好几年都没和女人上过床。这么一想，我就觉得很可悲。不仅可悲，还无能。黄良成是不是一个无能的人，还不太好说，单纯就有无女人这一条，他确实很无能。

　　现在黄良成又拿被诅咒这事做挡箭牌。我和庄客劝黄良成再试一试，一两次的失败是正常的，做事情要有恒心。黄良成说他认命了。我对黄良成说："事在人为。"

　　"我该做的都做了。"

　　我觉得黄良成没有女人的主要原因是，她不尊重女性，或者说是她的心态不端正。黄良成只是想和女人上床获得生理上的快感，这太无耻了。我对黄良成说："如果你真想身边有个女人的话，就要端正态度，要动真格的，不要只想占便宜。"

　　黄良成说："你给我介绍个女的，是以后跟她结婚的那种。"

我真的给黄良成介绍了个对象，是我的初中同学。我的这个女同学叫，淑惠，人如其名。淑惠是中学的英文老师，她还从来没有谈过恋爱。上中学的时候我对她的印象十分的深刻，深刻不是说她能歌善舞是个活跃的学生，而是恰好相反。中学四年我和她说的话不超过三句，甚至说我都没怎么见过她的正面，她总是端坐在桌位上，纹丝不动，除去去厕所或者是回答老师的问题离开座位，其余的时间她就这么端坐在座位上。毕业几年之后的同学聚会上，我们坐在一起，这才是我们真正意义上的第一次交谈。淑惠还是留着中学时候的披散长发，说话的嗓音很轻，说她的声音像蚊子都是抬举她。

　　你也看出来了，淑惠和黄良成根本不是一路人，甚至说她和我们都不是一路人。你可以说我这是要把淑惠往火坑里推，可我不这么认为。人都有山高水低的时候，说不准碰到一个机遇，我们就改头换面。况且我不认为黄良成是一个道德败坏的人，对，他确实在对待男女关系这个问题上不够严肃。我觉得这完全是因为黄良成没遇见对的人，有朝一日遇到一个对的女人，他完全可以变得积极向上成熟稳重，成为一个有为青年。我觉得淑惠对于黄良成来说，就是这个对的人。

　　在他们还没见面之前，黄良成已经看上了淑惠。我把淑惠的照片给黄良成看了，他很满意，对我说："你应该早介绍我们认识的。"黄良成有自己的担忧，他说："这么优秀的一个女人能看上我吗？"

　　我说："她也不是多优秀呀，你多虑了。"

　　"不优秀你介绍给我干吗？"

　　"配你绰绰有余。"

黄良成又问："你说这么好的一个女孩子为什么没有谈过恋爱呀？"

"没遇到合适的呗。"我说，"说不定就等着你出现一见钟情生儿育女然后白头偕老。"

"她不会身体有什么缺陷，或者是性取向有问题吧。"

"你想得未免太多了吧？"我说，"没谈过恋爱说明她不是水性杨花的人，对感情的态度很严肃。"

"太保守也不太好。"黄良成说，"不容易上手。"

有时候你不得不相信一句老话，江山易改本性难移。我想把淑惠介绍给黄良成是想让他认真地对待这份感情，可现在我看着他这一脸的色相，在考虑是不是真的要把淑惠介绍给他。

黄良成也察觉到我在生气，对我说："刚才和你开玩笑的，这次我肯定会认真对待，不以上床为最终的目的，要谈婚论嫁，我一定会对她负责。"

"你想得太多了。"我说，"人家说不定还看不上你呢。"

"不可能。"黄良成说，"她没有理由看不上我，我这么优秀，如果我是女人的话我都恨不得嫁给我自己。如果她真的看不上我，只能说明她眼光不行。"

也许真的是淑惠的眼光不行，或者是还有别的原因。黄良成和淑惠见面之后，我打电话问淑惠觉得怎么样。淑惠的回答比较委婉，她说："黄良成是个好人，很适合做朋友。"

这句话有点耐人寻味，我说："做什么样的朋友？"

淑惠说："就是朋友呀。"

在我给淑惠打电话的时候，黄良成就站在我的旁边，他很紧张，手脚不停地抖动，像是帕金森氏综合征的患者。我挂掉电话，黄良成慌忙地问我淑惠对他是个什么样的印象。我把原话转述给他："你是个好人，很适合做朋友。"

"她这是什么意思？"

"从字面上看。"我说，"你留给她的印象还是不错的，想和你做朋友。"

"只是朋友呀。"黄良成说，"我要是想交朋友的话，还用得着费这么大的劲？"

"那你想怎么样？"

黄良成说："你就直接问她到底有没有和我同居的意向。"我觉得黄良成有点无理取闹，或者是他有点太心急。心急也是可以理解的，黄良成已经很久没有过性生活。我对黄良成说他还是有机会的，先和淑惠从朋友做起也是正常的。你总不能苛求一个女孩子见你的第一面就以身相许，你以为你是金城武呀？但是黄良成根本听不进我说的话，总觉得和淑惠有些凶多吉少。我问他是不是真的看上了淑惠，他说他确实是看上了这个女的。请你们留意这句话，黄良成千真万确说他看上了淑惠，不仅如此，他还说淑惠是千载难逢的好女子。只是过了没几天，黄良成就改口了，他对我说其实淑惠也没有想象的那么好，只是稍微有些姿色罢了，绝对没有倾城之容颜，也不是不可取代的。黄良成的态度变得有些太快了，但也是可以理解的。因为几天之后淑惠表明态度说她根本不喜欢黄良成这个人，他们是不可能的。不喜欢黄良成不是说他不是一个好人，其实黄良成是不是一个好人和淑惠一点关系都没有。淑惠对黄良成一点感觉都没有，感觉是个很奇妙的东西，尤其是男女之间，如果你对一个异性一点感觉都没有的话，他（她）是不是一个好人一点都不重要。

为了挽回自己的面子，黄良成对我说其实淑惠也不是一个多么好的女孩子，甚至在大街上一抓一大把。黄良成还对我说淑惠根本不像我说的那样从来没有谈过恋爱。

下面是黄良成和淑惠第一次约会也是最后一次约会的一些细节，是黄良成亲口告诉我，因为我没有向另外一个当事人淑惠求证过，所以真实性不敢保证。

黄良成在淑惠任教的学校门口，等待了半个小时。在这半个小时的时间里，他在校门口抽了五根烟，期间他曾有过闯进学校的念头但及时被门卫犀利的眼神阻止，后来他还想过要一走了之，但又想到已经等了这么长时间，就这么走掉的话有点可惜，便一直等到淑惠的出现。

淑惠朝校门口走过来的画面在黄良成脑海中其实是慢镜头的，如同你手里攥着一把塑料袋，当你把它用力朝天空扔出去的时候，它只是在空中慢悠悠地出现然后落地。淑惠当然不同于塑料袋，她是一个年轻的女子，走在阳光明媚的水泥路上。黄良成还记得，正在朝她走来的女子，穿着蓝色的牛仔裤，表情略带羞涩地走着，双腿之间几乎没有任何的缝隙。

在学校旁边的饭馆里，菜上来之前的一段时间，出现了冷场。两个人都没有说什么话，应该是双方都想说些话，但就是不知从何说起，最终造成的情形是，两个人的手里都拿着手机，不知道做些什么。菜上来之后情况也没有多少的好转，黄良成说出的第一句话是："听说你没谈过恋爱？"

淑惠笑着说："谈过一次，刚分手不久。"

黄良成又问："为什么分手呀？"

淑惠说了很多关于和男朋友分手的事情，什么刚开始交往的时候没什么感觉，后来慢慢地日久生情当对方提出分手的时候还有点难过。对于黄良成来讲，他只关注了其中的两个细节。用他的话来说，是这两个细节让淑惠是个什么样的人昭然若揭。第一个细节是，淑惠的前男友是技校毕业的学生不是大学生，淑惠觉得他的学历有点低，便要求他去进修，可是这个男的不愿意去进修。第二个细节是，当两个人交往了有两个月的时候，男的牵了一下淑惠的手，淑惠立刻就翻脸了说这个男的是耍流氓。

黄良成说这两个细节说明淑惠是个强势的人，喜欢强制别人做出改变。还有就是她也太洁身自好，都交往两个月了还不让牵手，照这样的速度发展下去什么时候能和她上床是一个未知数。黄良成对我说这些的时候，淑惠已经明确表示和他是没可能的。所以你可以理解为，黄良成是为了给自己找回面子才这样说的，这在一定程度上是诽谤。

实际上，在他们第一次约会吃饭的时候，从始至终黄良成都觉得淑惠是一个很美好的女孩。他甚至都开始幻想以后能和她生个孩子，一定也十分的可爱。在吃饭的整个过程中，淑惠一直表现得中规中矩，行为举止十分的得体。她吃饭的样子很端庄，细嚼慢咽，嘴里的食物有点多的话，就用手遮挡住嘴巴，尽量不把牙齿露出来。这搞得黄良成有点不自在，他都没吃太多的东西，只是在喝酒。

至于淑惠是怎样看待黄良成的，就不得而知了。在这里我只能按照大众的审美观描述一下黄良成，男，一米七五，中长发，少白头，单眼皮，皮肤偏白，体形偏胖，重要的场合会穿西服和皮鞋。在和淑惠见面之前黄良成很为自己的啤酒肚发愁，最终他想到的一个办法就是要收腹提胸，这样的话不仅没有了肚子，而且胸肌也显得比较大。据说女人都比较喜欢有胸肌的男人。

从事后来讲，淑惠怎样看待黄良成一点都不重要，况且他们看到的彼此也只是表面。其实经人介绍的相亲是不怎么靠谱的，其中也有成功的案例，但并不包括黄良成和淑惠。如今，他们还在追求爱情的道路上，长途奔袭，希望能有所斩获。

3. 郑王府

我们居住在北半球，这从白天太阳所处的位置可以看得出来。在夏季我基本上不会抬头看太阳，它太过刺眼，也太过炎热，我更喜欢在晚上的时候躺在床上看月亮。在我居住的房间里，我躺在那张宽大的双人床上，一歪头就能看到月亮挂在天空上。有时候月亮的周围会有几颗明亮的星星，但更多的时候月亮的周围什么都没有，只有一块黑色的天幕。

关于双人床，我还有些事情要说。当时我们三个人租住这个房子的时候，并没有明确说明谁住哪间房子。这里的三个人是：我、庄客、黄良成。我们住进这个房子的时候还是初春，但实际气候上冬天并没有结束，天气还比较冷。这个房子没有暖气，为了更好地取暖，我和庄客是睡在这张宽大的双人床上，这样的话晚上我们两个人就能多盖一条被子。大约过了一个星期黄良成也住了进来，起初他是住在现在庄客住的那间屋子里。房子是一室三厅，如果按照面积大小来说的话，我居住的房间是最大的，黄良成的房间其次，庄客的房间最小。黄良成一开始选择住在面积最小的房间是因为它的密闭性比较好。后来随着天气逐渐地变暖，黄良成就搬到了那个有阳台的面积居中的房间里，他当时和我说的是，他想在阳台上画画。但是我也没看到他动过画笔。

顺其自然，庄客就搬到了最小的房间里。他把双人床留给我还有一个原因，因为每隔一个多月黎平会过来住上一两天，理所当然要睡双人床。不过我还是觉得有点对不起庄客，因为细算下来，杨小桃和马珍加起来在这里住的时间要比黎平长。很难想象，庄客和其中的一个女的睡在那张可怜的小床上。还好后来这两个女人相继离开了庄客，在我们搬离这个房子之前，再也没有女人睡过他的那张小床。

我在想一个问题，夜晚庄客和黄良成躺在床上的话会不会看到窗外的月亮。我从来没在夜晚的时候躺在他们的床上望着夜空，不过在这里我可以想象一下。先说庄客的那个房间，简直太小了，估计也就十五平米左右。房间里有一张床、一个衣橱、一张桌子和椅子，剩下的空间就不多了，进去三个人就已经饱和。庄客房间的窗户也有点小，只有一面窗户，如果真是想在夜晚看月亮的话，要看月亮运行到何种位置。这一点和我的房间大有不同，我房间的那扇窗户简直是太大了，大得有点过分，有双人床这么大，而且我的床就紧挨着窗户，不管是月亮在天空的东边还是西边，只要我稍微起身，就能看到闪着亮光的月亮。躺在黄良成的床上看月亮的难度更大，外面有个阳台，阳台的上方有遮雨的设施。如果你真的在夜晚想看月亮的话，必须从床上爬起来，走到阳台上打开扇窗户把头伸出去。

其实夜晚躺在床上能否看到月亮，不是什么很要紧的事情，也许庄客和黄良成根本不在乎这一点。月亮能解决什么问题吗？不能。月亮能为黄良成带来一个女人吗？不能。

不说月亮了，说点别的事物，比如说汽车。这个夏天在王蛊和黄良成的身上都发生点不愉快的事情，而且还都和汽车有关系。人们习惯把汽车和女人联系在一起，比如香车美女。发生在他们身上的事情，也和女人有关。

先说黄良成。本来经过淑惠这件事后，他下定决心先减肥，把自己的啤酒肚减掉再找女人。黄良成说过找不到女人不能怪他自己，全都是父母把双方的缺点都遗传给了他。整容是不可能，但外形还是能塑造的，本来五官就不俊俏还挺着一个将军肚。只是还没等黄良成制定好减肥的计划，他在机缘巧合之下认识了一个女的。

如果按照既定的生活轨迹，黄良成根本没有认识这个女的可能性，但现在他们确实认识了。中国人都讲究缘分，黄良成觉得他和这个女的的确是有缘分。这个女人的真名黄良成不知道，到现在也不知道。名字只是一个代号并不重要，尤其是对于在灯红酒绿场合求生机的人更是如此。

读这本小说你也看出来了，我不是个善于起名字的人，所以走过场的女的称呼为女1女2……走过场的男的称呼为男1男2……以此类推，黄良成认识的这个女的就是女5。从女5这个名字你就应该知道，她和黄良成的结果如何。黄良成和女5的结果不重要的，重要的是过程。当时黄良成不这么认为，他说他其实是希望和女5白头偕老的。话说到这里，黄良成话锋一转又说："就算不能厮守终生，让我和她上次床也可以呀。"

黄良成有个朋友叫男4，初中毕业没考上高中。他们很多年没联系，最近又联系上了。这天男4给黄良成打电话出来玩，凌晨两点多他一身酒气从外面回来。当时我还没睡觉，在黄良成的房间里上网看电影。在这个凌晨，黄良成对我说了三件事情。

第一件事情。黄良成说上大学真的是没什么用，他不是平白无故说这句话的，是有证据的。证据就是男4。男4连高中都没上，现在开着一家服装店，有车有房，房产还不止一处。黄良成说这话的时候抽着烟，表情像是牙痛一样。我说怎么会有这种事情。黄良成说："妈的，我也很纳闷呀。"

"是让人很纳闷。"

"我一直在分析到底是为什么。"黄良成说，"终于让我想通了，就是因为我们上学太多了，把大好的青春都浪费在学校里了。"

"不对呀。"我说，"话说知识改变命运呀。"

"这句话很对。"黄良成说，"我本来命挺好的，上了几年学成这个样子了。"

我想安慰一下黄良成便说："上学还是好的，如果你这朋友能多上几年学的话，说不定现在成亿万富翁了。"

"我管他变成什么东西。"黄良成说，"我在想我自己，如果我初中毕业就不上学的话，就算是混黑社会的话也颇有成就了，还用得着租别人的房子住，眼睁睁看你们这帮混蛋和女人鬼混在一起？"

不只是黄良成，连我都在想到底上学有什么用，而且还是上大学。

我回忆起大学这几年我都干了些什么，唯一可圈可点的是我不是处男了。当转念一想，如果我不上大学的话，说不定早就不是处男了。

我说："你朋友难不成就这么春风得意，没点不顺心的事？"

"也有。"

"说来听听。"

"他最近正在闹离婚。"黄良成说，"刚结婚不到一个月他老婆就在外面给他戴了个绿帽子。"

人有时候要学会幸灾乐祸。我对黄良成说："你看，起码没人要和你离婚。"

黄良成说："可我连个女朋友都没有。"

第二件事情。黄良成说他见识到了什么才是真正的娱乐场所，他说之前我们去过的量贩式KTV根本都不算是什么。他是怎么描述两者之间的差距的呢，黄良成什么话都没说，实际上他是想要对我说些什么的，打个比方之类的。只是由于长时间的喝酒，他的脑子已经有点迟钝，他所掌握的那点词语根本就没办法描绘出两者之间的差距。所以，黄良成支支吾吾了一阵子什么都没说出来，只是做了一连串的表情：露牙，张大嘴巴，低头叹气，仰头。

我说我都明白。

黄良成说我根本不明白，尤其是我这种没有亲身去过的人，根本连想象都想象不到。

我不相信便对黄良成说出了几个词语：金碧辉煌，富丽堂皇，冠冕堂皇。

黄良成摇摇头说："没亲身体验一下，你是永远不会知道的。"

我对黄良成说他可以带我参观一下，但他是在现阶段根本没有这种可能性，因为一晚上的消费至少要上万。听他这么一说，我有点瞠目结舌："这不是明抢吗？"

"就是明抢，但不是真刀真枪地抢劫。" 黄良成说，"而是叫一大堆搔首弄姿的女人抢你。"

黄良成去的这个娱乐场所叫郑王府，它分为两个部分，一部分是迪厅，一部分是后宫。迪厅没什么可以多讲的，相信很多人都去过。后宫顾名思义后宫佳丽三千，这里面是否真的有三千个女人，不得而知。据黄良成回忆说，踏入后宫的地界，迎面而来的是两排模特身材的女人穿着透明度很高的轻纱裙向你鞠躬。黄良成假装昂首挺胸向前走着，但心里紧张得很，不仅是紧张而且还有激动，他的眼睛向两旁瞟着，能看到每个女人的内衣是什么颜色。走进包间后，先进来七八个女服务员。服务员的穿着和刚才的雷同，不同的是她们的服务态度，刚进门就跪坐在地上。整个晚上女服务员就一直跪坐在桌子的旁边，随时听候指令。让黄良成血脉贲张的时刻到了，突然包间里涌进来一集装箱的女人，她们是陪酒小姐。陪酒小姐如同受过严格训练的士兵，排成队列站在对面，等待首长的检阅。在场的男的都从中点了心仪的陪酒小姐，轮到黄良成的时候出了点状况。男4让黄良成点个喜欢的女人，他不好意思，这也是人之常情他以前从来没见过这样的场面，只看眼前的这种阵势，他就有点眼花，不仅是眼花，脑子也有点充血。推来推去了一会，黄良成还是不好意思自己点。男4说："你要是真不好意思，我就帮你点了。"说完男4就指着3号，3号从队伍中出列走过来。黄良成说："换一个吧，我不太喜欢3号，她有点胖。"男4让3号回到队伍里，然后让7号出列。黄良成说："再换一个吧，我也不太喜欢7号，腿不好看。"男4又让14号出列。黄良成说："我也不太喜欢14号，皮肤有点黑。"男4不耐烦了，说："让你找个陪酒的女的也这么多事，平时也没见你对女人这么多要求呀。"

黄良成说："这次不一样，要对得起你的钱。"

我知道只是上面这些文字根本没办法让你更多地了解郑王府，我也在苦恼中，该怎么向你们描绘充满神秘色彩的郑王府。这对我来说是一个难题，毕竟我都没去过郑王府。有人说我应该用夸张的修辞手法，这是一个途径，但我不想这样做，我只想实事求是地描绘，让你们更多地了解它。还有一个办法，那就是我现在就以消费者的身份去郑王府的后宫，然后再把我的真实经历转述给你们。现在这个办法似乎也不行，如你所知，现在全国上下正在扫黄，郑王府无可厚非是在这个行列中的。它现在有可能正在停业整顿，就算正在营业的话我也不想去冒险。

4. 女5

黄良成对我说的第三件事情是关于女5，女5也就是18号陪酒小姐。我单独用这一节讲女5，可见她的重要性。在郑王府，黄良成点名要女5陪酒。起初的时候黄良成还不知道女5的名字，只知道她是18号陪酒女。女5的胸前挂着一个号码牌，黑底金字，写着18号。包间里的灯光有些斑斓，所以你要看清楚一个女人的真实面貌是有些困难的，尤其是还化着浓妆的女人。黄良成是学美术的，对色彩十分的敏感。如果用一种色彩来形容女5的话，那就是绛红色。为什么是绛红色？我知道他也只是脱口而出。

而黄良成为什么要选择18号呢，不是因为身材也不是因为穿着。单纯从身材上来说的话，18号不是其中身材最出众的。从穿着上来讲的话，所有的陪酒女的穿着都是一样的，是统一的制服。其实讨论这个问题是没任何意义的，但事后黄良成还是不厌其烦地想起这个问题：为什么我会选择18号而不是其他的号码？在他看来，这不是随机的，而是受一种莫名的力量支配。

整个晚上，女5就坐在黄良成的旁边，杯子里的酒没有了，她会主动为你倒上酒，当你把烟放到嘴里的时候，她会主动为你点上烟，当你要和她碰杯喝酒的时候，她会毫不推辞地一饮而尽。讲这些都是为了说明一个问题，女5是一个很温柔的女人，或者说18号是一个很合格的陪酒女。

黄良成已经知道女5的职业是什么，相对应地女5也问他是做什么的。黄良成是这样介绍自己的：屌丝青年，从艺术大学毕业后曾想有朝一日成为令世人瞩目的画家，现在已经不再这样想了。女5说有梦想就不应该放弃。女5还说她当陪酒女也是生活所迫不是自己的初衷，她想过几年能开个服装店，卖漂亮的衣服。黄良成说他是第一次来这里，没想到就碰到了女5。女5说她已经在这里工作了一年多了，如果黄良成以后还来的话可以直接找她，就当是照顾她的生意。

黄良成说他今天晚上不应该是在这里坐着和女5喝酒的，按照自己往常的生活状态，他现在应该坐在电脑前面玩游戏。女5说她今天晚上应该是休班的，她说自己一个星期只上四天班，周一周三周五周日上班，今天是周四她不应该上班，但是她的同事突然急性阑尾炎住院。说到这里女5又说做我们这行的身体很容易出问题，熬夜酗酒抽烟对身体的危害很大。说着女5又点上一根烟要和黄良成碰杯喝酒。黄良成让女5注意身体。女5说自己是身不由己。黄良成问女5有没有考虑干别的，总不能一直陪酒。女5说她其实上个月就准备辞职的，但是出了意外不得不继续做下去。

女5为黄良成倒了一杯酒，然后又给自己倒了一杯酒，两人一饮而尽。女5说自己失态了不应该向黄良成说些自己的事情扫了他的兴致。黄良成说没什么让女5有话只管说出来。

女5说她应该上个月就辞职然后回老家开服装店的，但是一夜之间人财两空。"人财两空"的"人"是指的女5的男朋友，"财"是指的自己做陪酒这一两年的积蓄。也就是说女5的男朋友带着她的钱跑了。没办法女5只好继续当陪酒女，女5说她今年已经二十五了，作为女人黄金年龄很快就要过去，现在刚出道的小女孩都生猛无比，所谓长江后浪推前浪，不知道什么时候女5就会被淘汰。女5想在自己变得人老珠黄之前多赚些钱防身，所以她带病坚持工作。

黄良成问女5有什么病。

"贫血。"

"严重吗？"

女5说："死不了人，就是偶尔会头晕目眩。"对于女5来说生病没什么大不了，最关键的是知道自己有病还不能治疗。在一次陪酒的过程中女5晕厥过去，就去医院检查，检查的结果是贫血。女5不信任西医就去找老中医，中医给她开了很多的药方，让她回去熬药喝。女5喝了几次中药后发现自己的体重增加了，虽然不经常头晕目眩，但变胖这件事比头晕更严重。由于女5职业的特殊性，变胖意味着身材的走形，也就意味着客人点她出台的机会减少，不出台就赚不到钱。所以女5知道自己贫血也不再喝中药，带病坚持工作。

女5对黄良成说："如果你一个月之前来这里，肯定不会点我陪酒的。"

"不会的。"黄良成说，"我会点你的。"

女5看着黄良成严肃的表情说："我那时候很胖的。"

"不管胖瘦，只要是你我就点你。"黄良成看着女5，一脸的坚毅。

女5把双方的酒倒满，然后一饮而尽。

按照我之前的构思，女5在喝完这杯酒后就昏厥过去。随后发生的事情是，黄良成抱起女5把她送到租住的地方。当女5躺在自己床上的时候醒了过来，她看见黄良成坐在自己的床边上深情地望着自己，然后孤男寡女干柴烈火，两个人发生了性关系。其实我已经为女5的昏厥埋下了伏笔，不然我为什么要说女5有贫血的毛病？我完全可以说她有其他的疾病，比如说肝炎比如说梅毒之类的。相比贫血而言，女5患有肝炎和梅毒的可能性会更大，作为一个陪酒女和偶尔出台的女人，酗酒会使她的肝不好，偶尔出台会让她和各式各样的男人发生性关系，有梅毒也是理所当然的事情。当我说女5没有肝炎和梅毒只是贫血，贫血导致她经常性地晕厥，从而黄良成把她送回了住的地方，进而发生了性关系。但这只是我的构思，虽然这样更具有戏剧性，但这完全脱离了黄良成的生活。什么才是黄良成的生活呢？我认为就是性压抑性苦闷。你可以理解为我不让黄良成和女5发生性关系是为了防止她感染上肝炎和梅毒，这会使我的形象更加光明些。

退一步来讲，就算是女5昏厥了，黄良成也没可能把她送回住的地方。在郑王府有个规矩，陪酒女出台是个很严肃的事情，尤其是一个昏厥的陪酒女，黄良成断然不可能和女5在一起的。正常的程序是，女5被郑王府的工作人员送到了医院进行抢救。

凌晨的时候，黄良成醉醺醺地回到了住的地方，把关于郑王府和女5的事情告诉我。当时黄良成的口袋里还有一张纸条，上面写着十一位的阿拉伯数字，这是女5的手机号码。黄良成已经对女5有好感了，这一点都不奇怪。我在上文已经说过了，现在的黄良成犹如一头发情的种牛，见到女的都会怦然心动，何况是一个陪酒女。就在凌晨，细微的晨光透过窗子的时候，黄良成问了我一个严肃的问题，他说："你觉得我要是追求女5怎么样？"

我拍手称快，说："很好呀。"我拍手称快是因为之前黄良成就告诉过我，如果有机会的话他更愿意和一个妓女相爱。女5虽然不是严格意义上的妓女，但也相差无几。我又对黄良成说："你不要只顾自己想，要看女5愿不愿意和你在一起。"

黄良成眉毛一沉跌到了眼眶上，说："这是个问题呀。"

根本没什么公平可言，从出生就是这样子的。有些男的长得帅，根本不用费尽心思讨好女人就可以坐享其成。有些男的生来歪瓜裂枣，就算为了女的肝脑涂地鞠躬尽瘁也无济于事。黄良成从网上找到金城武的照片，端详了很长时间，他再照镜子的时候差点吐出来。

黄良成问我应该怎么办。

我说："要想和女5发生性关系首先要取悦她。"

"我没想得这么长远。"黄良成说，"我只想能进入女5的生活。"

"那你想不想进入女5的身体？"

"也想。"

这天恰好女5休班，黄良成买了些水果去找她。其实在黄良成出门之前我就知道这不是一次顺利的取悦之旅。首先黄良成根本不知道女5的住处，他必须亲自打电话问女5。实际上女5对黄良成说过她住在什么地方，景园小区。可是景园小区大得很。女5还说晚上她躺在床上透过窗户能看见女子医院的大招牌。也就是说黄良成只能通过两个办法确定女5的住处：一是打电话问女5，当时黄良成已经打了很多的电话，都是无人接听；二是黄良成可以根据女5的两个提示确定她的住处，在景园小区能看到女子医院大招牌的居民楼。后来黄良成打电话向我求救，我就过去了。黄良成指着景园小区靠近马路的那一整排楼房说："这一排楼房三层以上的房间都能看见女子医院的大招牌。"

我说："你打算怎么办？"

"挨个喊。"

"那你怎么还不喊？"

"我不好意思。"黄良成说，"你脸皮厚，要不然我喊你过来做什么？"

其实我想对黄良成说喊也没什么用的，他这次的取悦行动注定是失败的。可我还是不忍心对他说，我怎么能这么残忍地对一个正在憧憬着美好爱情的男青年说这些？这个男青年经过精心的打扮，手里提着水果，昂首挺胸站在月光下，表情中流露出对美好生活的向往。可是我忘记了一句话，早死早超生呀。

景园小区是个老生活区，街对面是一个新型的高档社区。对比之下，景园小区就像是一个穿着破裤衩的老妇人，而对面的小区就是性感的少妇。我们身处老妇人的破裤衩之下，望洋兴叹。黄良成还在不断地怂恿我大声地喊女5的名字，在这个宁静的夜晚我在衡量是不是要喊出女5的名字。在思考的过程中，我不时地抬起头看这不远处的女子医院的大广告牌，上面写满了"无痛人流""宫颈糜烂""白带增多"等医学术语。

我对黄良成说："喊也可以，我有个条件。"

"什么条件？"黄良成说，"先说好，要是借钱的话我可没有。"

"不是向你借钱。"我说："我想吃点水果补充维生素，我最近经常牙龈出血，估计是营养不良。"

黄良成慌忙抓紧手中的水果，说，"这是专门给女5的。"

"你这是见死不救呀。"

"你又没死。"

"现在是营养不良牙龈出血，再发展下去就血管硬化心律不齐，很有可能导致心脏病和脑溢血的。"

"真要是这样的话几个水果也救不活你呀。"

"你怎么就不明白呢？"我说，"我要是不帮你喊女5，你这水果也没人可送呀。"

我吃了黄良成本该送给女5的几个水果后，顺着这排居民楼一边走一边呼喊着女5的名字，她的名字在夜晚里扩散，声声不绝地扩散在夜色中。在我喊的过程中，黄良成跟在我的后面，我喊一声他就替我加油并鼓励我继续喊下去。喊了十几分钟后，这一排居民楼一点反应都没

201

有，没有一扇窗户突然亮起灯，也没有一扇窗户突然熄灭灯。总之，我的呼喊声没起到一点的效果，仿佛被夜色吞噬掉。

我之前就说过了，黄良成和女5间的事情和汽车有点关系，你们是不是等待着汽车的出现？我们可以一起设想汽车是如何出现的，有种可能是一辆汽车驶进小区里，一个男士从汽车上走下来为女5打开车门。这一切黄良成都看到了，他怒火中烧把水果扔在地上，赶上前去把车主打了一顿。在打斗的过程中，女5站在车主的一边。

实际上汽车在这天晚上根本没有出现。这天晚上的结局是，后来黄良成给女5打电话，电话打通了。黄良成说他在女5的楼底下让她下来一趟。女5问黄良成有什么事情，在电话里面讲清楚就可以了。黄良成说他买了点水果希望女5能下来拿一下。女5说她不方便下来。黄良成问为什么。女5说她生病了行动不便。黄良成一听女5生病就想上去看看她。女5说不用了就把电话挂掉了。等黄良成再打过去的时候对方已经关机了。我提着黄良成买的水果走在回去的路上，一路上他的情绪低落没有和我说一句话，只是闷着头抽烟。我一路上都在吃水果，等吃完水果后我觉得身体健康了很多。

回去之后黄良成让我帮他总结经验教训。按说经验积累到一定的程度总有成功的时候，可这话放在黄良成的身上就不准确了。黄良成说这也不能怪他，要怪就怪女人这种动物。我说："女人是什么动物呢？"黄良成说："千奇百怪，类型繁多。"

"既然这样的话就要对症下药。"我问黄良成，"你觉得女5是个什么样的女人？"

"不知道。"

"你都不了解她，还爱得要死要活的。"

黄良成说："爱情是盲目的。"

我说："女人都爱慕虚荣，这和男人都好色是一个道理的。"

"什么意思？"

"你觉得女5爱慕虚荣吗？"

黄良成想了想说："肯定的。"

"其实你想把女5搞到手说简单也简单说困难也困难。"

"你他妈的有话直说，别废话。"

"你只要满足女5的虚荣心就可以了。"

其实我根本不愿意帮人分析问题，别人搞不清楚的问题让我分析，我何德何能呀？除此之外我也不愿意排忧解难，什么是忧呀什么是难呀，这本身就说明不是轻而易举的事情。如果我能让黄良成的问题迎刃而解，那是再好不过的事情。但是依照黄良成的性格，事情没解决还更糟糕的话，他就会把所有的责任怪罪在我的头上。黄良成是个什么人呀，他就是一个忘恩负义的人。

为了捕获女5的芳心，黄良成搞来了一辆汽车。汽车是黄良成从朋友男5那搞到手的，但汽车并不是男5的而是男5叔叔的。汽车是黑色的桑塔纳，本来这天男5开着他叔叔的车是来找黄良成喝酒的。可是黄良成看到男5开着车，就没有喝酒的心思了。喝了一会酒，他让男5开着车带他去找女5，找女5不是目的，目的是要让女5看到这辆桑塔纳。黄良成在电话中讲好晚上接女5下班。

晚上十二点多黄良成接到女5的电话说她今天没客人提前下班。男5开着车带着黄良成到了郑王府，女5挎着个小包站在门口。黄良成想让女5上车，女5看了一眼那辆破桑塔纳问道："这是你的车？"

"不是。"黄良成说，"朋友的。"

女5说："这车该报废了吧。"

黄良成刚要开口看到一个男的正趴在桑塔纳的车窗上和男5说些什么，女5说："出什么事了？"黄良成走过去问那男的做什么。

那男的说："这车是你们的吗？"

"是呀。"

"我是警察。"男的说，"让你朋友从车里出来。"

黄良成说："你说你是警察我就信你呀？"

警察从口袋里掏出证件，黄良成看了一眼慌忙对车里的男5示意，让他从车里出来。在这过程中女5一直站在郑王府的门口，黄良成走过去对女5说："有点事你先走吧。"

"什么事情呀？"女5说，"有麻烦和我说一声，我和郑王府里面的保安很熟。"

"碰到警察了。"

女5一听，说："我先走了。"

这天晚上黄良成和男5是在警察局度过的，他们涉嫌酒后驾车无证驾驶，不仅如此这辆桑塔纳还是黑车，车牌也是假的。事情说大也大说小也小，第二天早上男5的叔叔就找人把事情摆平了，黄良成和男5毫发无伤走出警局。黄良成不关心这个，他关心的是女5对自己的看法。回去之后他把这件事情的始末告诉了我，我说："你要是脸皮够厚的话，还是应该再争取一下。"黄良成看了我一眼，说："以后别在我面前提女5这个人。"

第八章　木头的问题

七月份我比较烦的事情：1.我和庄客的工作室没有任何的业务；2.办公室的房子快到期了；3.又快要交房租了；4.黄良成的钱快花光了，我不能继续寄生在他的身上；5.黎平已经有段时间没来找我；6.生活一团糟。我看不到未来，不知道以后会怎么样。

1. 生不逢时

晚上夜深人静，我躺在床上想过为什么拉不到任何的业务。是我的口才不好，还是客户根本不需要我们的服务，或者是我生不逢时？

在夏天最炎热的这几天我骑着自行车在这个城市里到处穿梭，包里装满了关于工作室的介绍性文字，我不厌其烦地把它们交给各式各样的人手中。有些人和颜悦色接过纸张后开始阅读，有些人连看都不看就把我赶出去。不管是何种情况，唯一的结果是没有一家商户愿意把广告费交到我们手上。几乎所有的商铺我都跑遍了，收效甚微。

有那么几天我实在是失望至极，不知道如何是好。在黄良成的眼中，每天他醒来的时候我都不在，下午天快黑的时候我才回来。他以为我还在到处奔波，实际不是这样子的。起初的一个多月我确实是起早贪黑去联系业务，但后来我就妥协了。每天早上我还是出门，不过不是去联系业务而是去商场。商场二楼有个书店，这里的报纸杂志不仅随便翻阅而且还有空调。在这个异常炎热的夏天，空调是弥足珍贵的。差不多一整天我就泡在书店里，站着看杂志累了就蹲着看报纸，时间在看书读报中总是过得飞快。

我从文具店买了一个黑皮的笔记本，每天我都用碳素笔在上面记录下有潜在合作意向的客户信息，与此同时封皮背面的塑料壳里还夹满了名片，日积月累塑料壳都被厚厚的名片撑破。现在这个笔记本已经不知去向了，如果我想找的话肯定还能找到，我根本没想把它丢掉，所以它一定是被我放在某个地方。说实话我根本不愿意再翻看这个笔记本，起码最近几年是这样子的。我不把它扔掉是因为它承载着我那段时间的记忆，多少年之后当我垂垂老矣的时候我还要靠它回忆年少轻狂的岁月。

2. 打怪兽和养猪

七月的时候庄客接到了一个电话，对方说你们办公室半年的房租合同到期了，还要不要继续租。庄客问我还要不要继续租。我说现在连吃饭都是问题还租什么办公室呀。庄客说他也是这么想的。

我们不继续租办公室还有一个原因，那就是要拆东墙补西墙。当初我们租办公室的时候交了五百块钱的押金，过几天就要交房租了，我们连交房租的钱都没有，这笔钱刚好用来交房租。那天晚上我从害羞酒吧回来后，黄良成特地做了一桌子的菜。说实话黄良成很有当厨师的天分，不仅是外观像厨师，手艺更是如此。即便是有天分，黄良成也不经常做饭，吃饭的时候我夸赞他饭菜做得真好吃。黄良成说："好吃就多吃点吧，以后就没机会了。"我一听有些紧张，放下筷子说："听你这话你好像是要不久于人世。"

"不是。"

"难不成你在饭菜中下了毒药？"我把嘴里的菜吐出来说，"我不就是欠你的钱吗，你把我弄死了就人财两空。杀人是要偿命的，我死就死了，可你不一样呀，你还年轻呀。"

"你哪来这么多废话呀？"黄良成说，"我要是想弄死你，我早弄死你了，还给做饭吃？"

"那你什么意思？"

黄良成说："我们在这也住不长了。"

"你要搬走呀？"

"不是。"

"那你这话是什么意思呀？"

黄良成说："我没钱了，快要交房租了。"在黄良成有钱的时候，房租和网费全是他交的，现在他没钱了。黄良成说："我现在没钱了，你们还把我当朋友吗？"

"我是你的哥儿们，又不是你的女人，有钱没钱都是你哥儿们。"

"你呢？"黄良成问庄客。

"当然也把你当朋友了。"

黄良成说："虽然你说的不是真心话，可我就当你说的是真心话了。"

过了会，我问黄良成："你真的没钱了？"

"还有几百块钱。"黄良成说，"你还会给我洗内裤吗？"

"你做梦吧。"

吃过晚饭后我回到自己的房间，我在床上躺了会，觉得没什么意思就起身站在窗户前。我能看到对面居民楼的情况，不过也没什么好看的，无非就是一两个人在客厅里看电视或者是在厨房打扫卫生之类的。黄良成说他在阳台看到过女人洗澡，我就没这么好的运气。晚上没事的时候，我经常拿着望远镜站在阳台上注视着对面居民楼四层的一个窗口，但再也没有女人出现过。

在窗户站了一会，我又躺在床上想睡觉，可无论如何都睡不着。我起床点了一根烟走进黄良成的房间里，他正坐在电脑前玩游戏，我坐到他的旁边，注视着他的脸。黄良成看了我一眼继续玩游戏，玩一会又看看我。他问我有什么事情。我说没事情就是看望一下你。黄良成说我坐在他旁边影响他打怪兽。我就坐到他后面的沙发上，黄良成打了一会怪兽，回过头问我："你有什么事吗？"

我说："没什么事，就是想多看你几眼。"

"我这忙着呢。"黄良成说，"你这多影响我打怪兽。"

"怪兽这么多，你杀不尽的。"我说，"再说你又不是奥特曼，没这份义务。"

"那我要是不打的话怪兽不就更多了？你不打我也不打谁来保卫祖国谁来保卫家呀？"

"你打你的，我坐在这里又不妨碍你。"

"怎么不妨碍呀。"黄良成说，"你分我的心了。"

"你别老活在虚拟的世界里，能不能食点人间烟火呀？"我说，"我真有事情和你商量。"

黄良成离开电脑，说："有话直说。"

"你的理想是什么呀？"

"我操。"黄良成说，"希望世界和平。"

"认真点，严肃点。"

"我倒是想认真严肃，可这世界尽和我开玩笑了。"

"这是因为你先玩世不恭。"

"那你呢，最近天天出去拉业务也没见你有什么起色。"

"厚积薄发。"我说，"起码我的生活态度还是积极向上的。"

"我看你也别在这瞎折腾了。"黄良成说，"外面的世界很精彩，外面的世界也很无奈，你还是趁早回家养猪吧。"

"我还有理想呢，岂能半途而废？"

黄良成说："办公室也没了，你就别在这死撑了，还是考虑下以后怎么办吧，其实你也不用想我都替你想好了，养猪就不错，猪肉都涨价了，你要是真不想养猪种大蒜也成，只要别在这瞎耽误工夫就成。"

"那你呢，"我说，"你是养猪呢还是种大蒜呢？"

"不用替我操心。"

"你都替我的下半生计划好了，我倒是想知道你是怎么计划你自己的。"

"你真想知道呀？"

"快说吧你。"

"你先给我点上烟。"黄良成抽了口烟和颜悦色地说，"我的计划是这样的：这几天趁还能上网我先把这帮怪兽打没了，然后再考虑以后的路怎么走。你真不用替我担心，我心里有数。"

"能先不打怪兽，先说说以后的路怎么走吗？"

"其实不是我想打怪兽，主要是我们这个战队里除了我之外都是酒囊饭袋，我要是一走了之的话他们就全部战死沙场，我是战队的灵魂，怎么能临阵脱逃呀？"黄良成回到电脑前，准备继续打怪兽。我拦住他："先别打怪兽，先说说你自个。"

"你看，"黄良成指着电脑屏幕说，"都尸横遍野了。"

"先说你的人生计划。"

"先说好，我说完了你就回自己的房间。"

"行。"

黄良成说他已经全部想明白了，怪兽打完之后他就去人才市场找工作。至于找什么样的工作他还没想好，黄良成说其实也没必要担心，自己一表人才肯定会得到赏识的。有了稳定的工作之后，黄良成就找个女人结婚生子，一辈子就这么过去了。黄良成说他想明白了不是说他要为了自己的理想奋斗，而是觉得人生苦短呀什么理想呀什么抱负呀都是浮云，浮云虽然好看但没用呀，找个地方上班过着安稳的日子就挺好的，日后生儿育女共享天伦之乐。

黄良成说："听哥儿们一句劝，你也别瞎折腾了。"

"你顺便帮我做个人生规划吧。"

"我早替你想好了。"黄良成说，"养猪，现在这种人才很紧缺的。"

"那你为什么不养猪呀？"

"我不适合养猪呀。"

"那你觉得我适合养猪呀？"

"挺适合的。"黄良成说，"你不养猪的话真是可惜了。"

3.木头

木头说我不适合养猪，他说我更适合当个小白脸吃软饭。他不是无凭无据说这句话的，而是深有体会。八月份的时候，木头给我打电话说他在家待不下去了想离家出走。

我说："你快过来吧，再不过来就要死人了。"

木头说："怎么了？"

"什么也别问了。"我说，"你来的时候多带点钱。"

"那我不过去了。"木头说，"我要是有钱的话去什么地方不成？凭什么去找你呀？"

"我管你住，你管我吃。"

"我睡哪？"

我说："我的床上呀。"

"那你呢？"

"我也睡在床上。"我说，"你放心，我的床大。"

"你还是睡沙发吧。"木头说，"本来住宿环境这么糟糕，连空调都没有，还让我和你睡一张床，你要是个女人的话我还能将就一下，可你这一个大老爷们，全身上下都是毛。"

"你别这么不要脸，爱来不来。"

"那我不过去了。"

木头准备挂电话的时候我连忙说？"我睡沙发，你还是过来吧。"

"这还差不多。"

"别忘了多带点钱。"

我从来都不是一个信守承诺的人，这点木头也很清楚，但他还是带着充足的生活费来找我，这说明他良心未泯。木头是提着一个大包过来的，里面装着衣服、牙刷、毛巾之类的。天气很热，他进门之后就把衣服脱掉去卫生间冲凉水澡。我当时心里乐得跟开花一样，不是百花争艳而是枯树逢春，看木头的架势就知道他是打算长住下去的，这对我来说是天大的好事。我不是善于隐藏自己真实情感的人，木头湿漉漉地从卫生间出来的时候我想跑过去抱住他亲上几口，可是未能如愿，他一把推开我坐在沙发上对我说："下去买点啤酒来喝。"

我杵在原地说："给钱呀。"

木头扔给我五十块钱，说："快去快回。"

我提着一箱啤酒上来，满头大汗。木头又让我把啤酒泡到凉水里面，这样喝起来会更爽口。这时候庄客和黄良成都从房间里走了出来，非常自觉地拿着啤酒喝了起来。我到现在还记得当时的场景，阳光从窗户外面照了进来，房间里热乎乎的，有三十七八度。我们四个人围坐在餐桌上，每个人手里都拿着一瓶啤酒，仰起头啤酒咕咚咕咚地进了肚子里面。喝完一大口啤酒，嘴巴边上沾着白色的啤酒沫。

当然木头到来的意义不仅是让我喝上冰爽的啤酒，也不仅是解决了我的温饱问题，更重要的是他让我的心情重新愉悦起来。木头是太阳，让我拨开乌云见天日。木头是雨水，让我这株快要枯萎的植物重新生长。木头是播种机，把革命的种子播撒在我这片贫瘠的土地上。木头是灯塔，使我这片在茫茫大海中摇曳的孤舟得以靠岸。上面的比喻我都对木头说过，他听了之后觉得很快活，感觉我要是不去保险公司上班的话太可惜了。可我觉得吃木头的软饭也挺好的。

木头这次除换洗的衣物之外还带来了一本书，这是本考公务员的习题集。他把书从包里拿出来之后放在桌子上，直到他离开，这本书只被两个人翻动过，一个是我，一个是庄客，我们翻动这本是想知道里面到底写着什么东西。木头手持这本习题集对我说："这是腐败的通行证。"

木头从家里出来的理由是想换个环境看书做题，准备考公务员。木头的父母几乎是二话不说就同意了，心想自己的儿子知道上进知道读书，同时也十分大方把钱给了木头。其实木头在一个多月前就对我说过，他不想在家里住下去。作为一个二十出头的男青年，木头渴望过自由的生活，不想整天被父母管教和监督。木头说这话的时候口气低沉然后话锋一转说："你多幸福呀，在外面租房子住，多逍遥快活。"不可否认，有段时间我确实很逍遥快活的，没人管束可以随心所欲做些事情，你可以愿意几点睡觉就几点睡觉愿意几点起床就几点起床你甚至可以夜不归宿。可你又不得不说，在家里住也有好处，那就是你不用担心挨饿。在木头来找我之前，我已经有了回家的念头，没办法饥饿难当。可是木头来了，他在我眼中就是一堆食物。我要是这么说的话，有点不近人情，彷佛我和木头在一起就是为了吃口饭。情况当然不是这样的，我和木头是哥儿们是朋友，已经好多年了。

木头今年大学毕业，然后一直赋闲在家。木头比我们晚一两年毕业是因为他上了两个大学，一个是在武汉，一个是在石家庄。木头在武汉上了三年大学，然后又在石家庄上了两年大学。木头是警校的毕业生，不过也只是徒有其表。如果木头站在你面前，会给你正气凌人的感觉。但感觉总归是感觉，只能说明他长着一张国字号的脸，改变不了他内心的猥琐和下流。之前我想拉拢木头和我们一起来搞广告工作室的，但他那时候还在上学。拉拢木头的时候，我把前途说得无比光明天花乱坠就等他来上这条贼船。现在木头看着我惨兮兮的样子感慨道："幸好自己当时意志坚定没被我忽悠，不然现在连饭都吃不上了。"

可我不这么认为，我说："如果当时你挺身而出和我们一起搞的话，现在早就发财了。"

木头瞟了我一眼鼻孔扩张了一下然后又瘪下去。

我说："你年富力强绝顶聪明，我现在沦落到这么惨的境地，就是身边缺少了你。"

"你的意思是我还要对你负责呀？"

"你也不用太责怪自己。"我说，"我又不让你赔偿我，你只管我吃饭就行了。"

"操。"

我说木头猥琐下流也不是无凭无据的。拥有着一张国字脸的木头，干起猥琐的事情来确实让人难以对号入座，也让我对"相由心生"这个词语产生了怀疑。木头在石家庄上大学的时候有个女朋友，叫小昭。木头猥琐和下流的伎俩在小昭的身上得到了全面的实践，在这里我先枚举几个例子。小昭和木头交往的时候年芳十七，对未成年少女下手，此为猥琐。在和小昭交往的过程中，木头逐渐外强中干，为了逃避作为男友的责任，他便从成人性用品店买了一个塑料弹球送给了小昭，并叮嘱小昭他不在的日子里可以借此聊以自慰，此为下流。

后来弹球小昭没要，而是扔到了旅馆的垃圾桶里。木头告诉我此事后，我很生气，觉得他的行为有点铺张浪费一点都不低碳。我说既然弹球小昭不要的话，可以给我呀，我能派上用场。

小昭扔掉弹球的旅馆就在我所租住的小区门口，每次我出小区看到这个旅馆的时候都会想起弹球。木头从石家庄毕业后，小昭来找过他。大概是四五月份，具体什么时间我忘记了。当时天还有些凉，虽然已经是春天，但人们还穿着毛衣。小昭来的时候我和庄客还在兜售旅游门票，因为她的到来我们停工一天。小昭是南方人，平时她和木头说方言的时候我们根本听不懂。相对应地，当我们说方言的时候，小昭也是一脸的茫然。我对小昭印象深刻还有一个原因，因为她是木头的女朋友。我和木头认识这么多年，还是第一次看他身边站着一个女的，而且这女的是他名正言顺的女朋友。木头说他在武汉上学的时候就有女朋友，可我总不太相信。他说这是真的不是在吹牛皮，不仅如此他还说自己已经不是处男了。男的和女的不一样，女的不是处女还可以考证，你说男的不是处男了怎么去考证？

木头为了向我证明他不是处男，便对我讲起他和女朋友女6之间的事情。在木头讲这些的时候，他们已经分手。先说他们是怎么分手的吧，在和女6上床后的第二天，木头走进教室的时候，发现大家都看着他交头接耳窃笑。和木头同宿舍的哥儿们问他是不是昨晚和女6上床了。木头一口否认说没这么一回事。那哥儿们让木头别再隐瞒了，女6都已经和大家说得一清二楚了。木头这才承认说确实有这么一回事。那哥儿们说他也和女6上过床，算起来是木头的前辈。

我听了之后对木头说："女6也算不上是你女朋友呀，你们顶多算是一夜情。"

　　木头说他和女6不是一夜情，而是两夜情。本来女6是想和木头一夜情的，但是她选错了对象，没想到碰上的是一个处男。木头和女6的事情人尽皆知后，木头十分的窝火和生气，他找到女6想问清楚这一切是怎么回事。女6解释说这也不是她的初衷，都是大家怂恿的。背后大家都议论木头是个好孩子，不是不三不四的那种人。女6不这么想她认为天下乌鸦一般黑，既然木头是乌鸦就肯定是黑的，除非他不是乌鸦。大家提议说，木头是不是乌鸦可以让女6亲自验证一下。后来的事情很明朗，女6当天晚上就约木头出去喝酒，喝完酒后女6说都下半夜了就不回学校了，便去旅馆开了房间。第二天木头在旅馆醒来的时候，女6不在床上而是在学校的教室里宣布她和木头已经上床这一事实。一夜情之后木头又约女6出来，他没想到女6对感情这么儿戏竟然把两个人床第之事到处宣扬，他还说女6是自己的第一个女人希望女6能正确地对待自己。两个人交谈得十分深入和投入不知不觉已经是深夜，两人觉得现在回学校不太恰当便又在同一个旅馆开了房间。即使如此，女6还是和木头分手了。

　　说完和女6之间的事情，木头的情绪还没能平复，他叮嘱我说："这是我的耻辱，你自己知道就可以了别到处乱说败坏我的名声。"

　　我说："我是那种人吗？"

　　"是。"木头说，"你经常这样。"

　　"既然你知道我是这种人你还把事情告诉我？"

　　现在我把木头和女6的事情写在这里，我这也算是信守承诺，没有到处乱说。木头是一个好了伤疤忘了疼的人，在面对女6的事情上也是如此。女6是个荡妇，这是很明显的。可是木头还信任她，企图能感化她，还真把自己当救世主了。另外我觉得女6也有可爱的一面，现在具有奉献精神的女人不多，女6帮助木头摘掉处男这顶帽子实属不易。

4. 增高药

木头说我是吃软饭的，其实他也好不到哪里去。自从去石家庄上大学结识了小昭后，木头就开始吃软饭。上大学确实能改变人，以前上高中的时候木头是一个很节省的人，每月一百多块钱的生活费都花不掉，还会用来接济我。上了大学后，每个月一千多的生活费都不够花。基本上每个月的上旬能吃饱肚子，中旬就要吃糠咽菜，下旬要四处借债才能活过去。木头的胃病就是在武汉上大学埋下的病根，肠炎也是。木头曾想总结五年大学有什么收获，发现还真是一无所获，除却考了个驾照。

有年暑假木头在武汉没有回来，他给我打电话问我能不能借给他点钱。

我说："我没钱呀。"

"我知道。"

"知道你还向我借钱？"

"我以为会有奇迹发生。"

木头留在武汉是为了学驾照，可是没想到学校封校了，不让住在宿舍。驾照是学校组织学的，又不让学生住在宿舍里。木头他们就在外面租房子住。木头说本来他有钱花，起码吃饭不成问题，可是他的几个同

学钱不够花就都向他借钱，结果搞得大家都吃不上饭。木头他同学吃不上饭也不是因为没饭钱，而是把饭菜都花在了女人的身上。他们租的房子是平房，在巷口里。房子本身挺不错的，不仅宽敞而且院子里种着几棵参天大树，遮阴效果特别好。武汉的夏天特别热，住在平房里倒很凉爽。问题是这个巷子是个烟花巷，巷口有好几家按摩店，整天都有几个按摩女郎坐在外面。木头说，红颜祸水这句话没错。开端是由木头一个同学引起的，用木头的话来说这个男的没钱还好色。一天深夜，大家快要休息的时候，这个同学领着一个按摩女回来。刚开始大家不同意留宿这个女的，但是木头的同学说不留宿就可惜了因为他已经把包夜的钱交了。众人说既然这样你可以去旅馆开房，可这个同学说他身上的钱不够开房。没有人愿意借钱给这个人，按摩女就留宿了。木头这个同学也是久旱逢甘霖，一晚上也数不清和按摩女做了多少次，搞得第二天大家都无精打采。

后来局势就有点不受控制，越来越多的按摩女留宿。好像大家都商量好了，谁也不想吃亏，争先恐后去照顾按摩女的生意。其中，木头是最有定力的。但是大势所趋呀，尤其是他意识到如果自己再不行动的话，钱都被这帮人借没了，就顾不了这么多了。大家都没钱后开始实行共产主义，钱都交出来统一支配，一日三餐吃方便面。木头家是开饭馆的，从小没在饮食上吃过苦，肠胃都骄奢淫逸，吃了没几天方便面，他就得了肠炎病倒了。生病不可怕，可怕的是没钱治病。木头的肠炎没打针吃药全靠自己死扛过来，整个人瘦了十几斤，双眼塌陷，瘦骨嶙峋，放个屁都要扶着电线杆子生怕被产生的冲击波击倒。

以上都是往事，不堪回首。对于木头来讲，他更想回忆在石家庄的生活。在石家庄木头认识了小昭，在石家庄木头过上了衣食无忧的生活。之前木头对我说起过他交了个小女朋友，我当然不会相信，认定他是打肿脸充胖子。不过小昭从石家庄来看望木头，事实摆在眼前就不由得我不相信。小昭是南方人个头不高，胖乎乎的。小昭的胖不是肥胖而是因为年龄小有些婴儿肥。看得出来小昭很依赖木头，无时无刻不站在木头的身边。小昭有双大眼睛，盯着人看的时候，对方能看到自己的整个脑袋都在她的瞳孔上。木头和小昭经常对骂，用普通话说，如果是用南方方言的话我就听不懂了。

小昭说："你他妈的不会对我好点？"

"我他妈的怎么对你不好了？"

"我操，你就是对我不好。"

"无凭无据不要诬赖我，小心我抽你。"

"你他妈的还想要打我？"

"这是你自找的。"

"你妈妈的，狼心狗肺。"

平常木头和小昭通电话也是以骂开场。

木头说："你他妈的手机整天打不通。"

"上班呢。"

"放屁，上班还在通话当中？"

"那你他妈的也不知道来看我。"

"你他妈的现在干吗呢？"

"喝酒呢，和帅哥在一起。"

"很好呀，晚上你们可以一起睡觉呀。"

"我操你，这是你说的可别怪我。"

"你真敢这样我追杀你。"

"我已经这么做了，你来追杀我吧，我等着你呢。"

"我让你多苟活几天别不知道珍惜。"

"你什么时候来看我呀？我好想你。"

"过段时间。"

"你都说了大半年了，你他妈的再不来看我，我就找别的人去。"

"你找去吧，不要命你就去找。"

"我跟你也是冒着生命危险的。"

"你这几天都干什么了？"

"还是老样子，你呢？"

"也是老样子。"

"你什么时候来找我呀？"

"等我有钱了就去找你的。"

"没钱你也可以来。"

……甜言蜜语恕不赘言。

背地里木头对我说小昭就是个头太矮，如果个头再高点的话，可以直接把她领家里去。木头没把和小昭的事情告诉家里，是因为他父母早就给他制定了个标准，必须要个头高点，有没有相貌、身材和文化都不重要，严重点讲，是个傻大个也成。木头的父母也是用心良苦，想改变一下家族的基因，提高后代的个头。

我对木头说其实把小昭领回家也可以的，你就和父母说小昭年纪还小还没发育完全，以后还会长个的。

木头看了我一眼。

我说："就你这个头找个高个女人也不合适呀。"

"不是我非要找个高的，是家里的要求。"

"那你怎么想的？"

"其实我觉得女人还是腿长点好。"木头的眼睛一亮，坏笑着说，"看起来性感。"

父母都是望子成龙的，木头的父母也是如此，所以才费尽周折找关系让他考公务员。木头不想考公务员想直接当公务员。公务员多好呀，不仅稳定而且还有额外的收入。木头想做一个位高权重的人，钱多了也没多少用，权力才是最重要的，有权自然会有钱。这次家里已经为木头安排好了，只要他的分数到了及格线就能当上公务员。木头认为自己当公务员是十拿九稳的事情，就没太把考试放在心上。

文中说过木头的外貌，他有一张国字脸。这里我想说说木头的身高，我比他略高一点，但高一点也是高，虽然他不承认这个事实。实际上如果按照自然生长的话，木头的身高不会像现在。上高中的时候，木头的父母希望自己的儿子能有一个挺拔的身材，便买了很多进口的增高药给他吃。那些增高药我亲眼见过，包装得很精致，一盒里面却没有几颗药。药丸是椭圆形的淡蓝颗粒，午饭后木头就掏出药丸吃上几粒。起初我以为木头生病了，问他吃的什么药他也不说。我就到处宣扬说他在吃壮阳药，情急之下木头才解释说他吃的不是壮阳药而是增高药。除了吃药丸之外，他还喝药水。我曾经趁木头不在喝过一瓶药水，十分的难喝，辛辣刺激，有点像藿香正气水。自从我们知道木头吃增高药的事情后，有事没事就拍着他的肩膀说："几分钟不见你长高了。"

现在已经很难搞清楚如果木头不吃增高药的话会不会有现在的个头，也许不吃增高药的话会长得更高，这都是说不准的事情。唯一可以确认的是，增高药让木头的脑袋大了不少。吃增高药之前，木头的头长得十分的周正，和整个五官十分的和谐。吃了增高药后情况就变了，脑袋凭空扩张了一圈，发际线和眉毛之间的距离越来越远。我把这个情况反应给了木头，他照着镜子看了一圈觉得没什么不对劲。当局者迷旁观者清，木头的脑袋确实大了。我帮助木头分析说："可能是增高药吃太多，能量都憋在脑袋里出不来了。"

木头要考的职位是狱警。狱警虽然名声不太好，但可是一个美差事，不像警察那么劳累，收入和福利方面也比较可观。考试之前要体检，体检的地点是一个酒店。酒店和我们住的小区在一条街道上，步行只需五分钟。木头体检那天是我陪他去的，他说有点紧张需要有人陪。在酒店的会议室里，放着很多体检的器械。我坐在门外的椅子上等着木头，不时有很多高挑的女考生走进去，真是亭亭玉立。没过几分钟木头就出来了，我说："这么快就体检完了？"

木头没有回答我，径直往外走。

出去之后我问他什么情况。

木头沮丧地看着我："最担心的事情还是发生了。"

"怎么了？"

"没过关。"

"有脚气都不行呀？"

"不是因为脚气。"

"那是什么呀？"

"我身高不够。"

"标准是多少呀？"

"一米七。"

我幸灾乐祸地说："那也太苛刻了。"

"我早上测量的时候有一米七呀，谁知道让他们一测，就差一厘米了。"

"那可怎么办呀？"

"有什么办法呀，我连考试的资格都没了。"

5.小昭和赵媛媛

在一场大雨中我放在窗台上的几本书和杂志全都湿了，我们不喜欢在下雨的时候关上窗户，只留着纱窗，雨水渗透进来，地面上有一大堆的水迹。下雨不关窗户是因为风能吹进来，特别的舒服。下雨天你躺在床上听着世界万物被雨击打着，也是很舒服的。

租住的那段时间里，有几场大雨是在白天下的。先是乌云笼罩暗无天日，然后狂风大作，紧接着大雨倾盆，小区里的几株大树被风雨吹打得东倒西歪，从六楼看下去，像极了几颗蒲公英。庞大的树冠要极力挣脱束缚，飞到天上去。

我和木头躲在小区小吃摊的帐篷下，雨已经下了一段时间，仍旧势头不减没有停的意思。桌子上摆着几道菜，其中有辣子肉。木头在的这段时间，每餐必点这道菜，吃得我有点上火。可是我能有什么办法，吃人嘴短。木头紧缩眉头长吁短叹，和几天前的心情截然相反，起码在早

223

上体检之前他还是一个积极乐观的人，现在成了这副尊容，真是让人食欲全无。

喝了几杯啤酒之后，木头和我讨论了几个严肃的问题，涉及范围很广，可以归纳为两点：工作的问题，女人的问题。我对木头说："这些事情我都帮你想好了，你根本不用担心。"

"没有我你连饭都吃不上，还替我想好了。"

"你的人生我都帮你规划好了。"

我为木头指出两条出路，一是当司机，二是当厨师。木头有驾照，我乘坐过其两次车，对他的驾驶技术还是有一定了解的。第一次木头开着面包车冲进了国道旁边的水坑里，第二次木头开着面包车要躲避一辆停在前方的三轮车结果撞在了墙上，开车发生意外是难免的，只是三轮车是静止不动的，木头竟能撞在墙上。不过话说回来，什么都是熟能生巧。既然木头有驾照就不能浪费掉，他可以当一名货车司机跑运输。木头说他不想当司机，尤其是货车司机，那样太辛苦，不仅如此还很容易得痔疮或者前列腺炎等泌尿性疾病。我告诉木头痔疮没什么好担心的，那只是你肛门附近的静脉有些曲张，前列腺炎也没什么好担心的，清心寡欲没什么不好。

木头和我一样是个好吃懒做的人，这我早就看出来了。我对木头说他可以继承祖业，在自家的饭馆里当一名厨师。木头说他也不想当厨师，整天烟熏火燎容易得呼吸道方面的疾病。

我说："那你想做什么？"

"不劳而获。"

"你这样不行呀，要勤劳致富才行。"

"别说我了。"木头说，"说说你自己吧。"

"你不用管我。"我说，"先解决你的问题才是当务之急。"

"你想好要做什么了吗？"

"我也想不劳而获。"

"志同道合。"

雨越下越大，帐篷外面树叶落满一地。雨水顺着街道流淌着，闪闪的路灯光反衬在众人的眼里。木头还没有回去的意思，又要了几瓶啤酒。木头想不劳而获是因为有两个女的在等待着他，勤劳是可以致富但周期长，他有点等不及了。这两个女人，一个是小昭，一个是赵媛媛。自从上次小昭过来，两个人分别已有三四个月。木头和赵媛媛分别的时间就更长了，从毕业后就再没见过面。用木头的话说，他既喜欢小昭又喜欢赵媛媛，如果真要有所区别的话，对赵媛媛感情中爱情的成分更重，对小昭的感情中亲情的成分更重。木头说如果自己是阿拉伯人就好了，可以一夫两妻。不要以为木头是脚踏两只船，他是明人不做暗事，小昭知道赵媛媛的存在，赵媛媛也知道小昭的存在，大家都心知肚明。说到这里我不得不对木头肃然起敬，真是人不可貌相，看起来一本正经的人，面对两个女人的夹击还游刃有余。木头说事情没我想的那么复杂，他之所以能在两个女人之间立于不败之地讲究的就是两个字：真诚。

我不相信。

木头说："别不相信，与人交往真诚最重要，女人也不例外。"

木头说他不管是对待小昭还是对待赵媛媛，都是真诚的。只不过人无完人，他喜欢的女人的特质分布在两个人的身上，难以割舍，又不想对不起任何一方，只能这样。

"照这么一说，你还挺委屈的。"

"有苦难言呀。"木头以后想和赵媛媛结婚生子，但是又不想对不起小昭。无论是从想让赵媛媛过幸福的生活这个角度出发还是从要补偿小昭这个角度出发，木头都渴望尽快发家致富。只不过现在的问题是离家出走比较容易，发家致富就有些困难。本来木头对未来是充满信心的，能当上一名狱警，还有些前途可说。可现在，因为身高的问题，木头的仕途受到了影响。走不成仕途这条路，就没前途可言。说实话我不太想和任何人讨论工作和女人的问题，找不到解决方法的讨论是没有任何意义的，只是让自己更加的失望和沮丧。可话又说回来，一味的逃避也不是办法。总之，无计可施。

我也想过要不要找个工作，工资多少不说，起码能吃上饭。但这也解决不了根本问题，我以前也不是没工作过，过不了几天就会顿生厌恶。既然不找工作，再这样死磕下去也不是办法。我现在对自己有了清晰的认识，广告工作室是搞不下去了，因为我根本不具备坑蒙拐骗的能力。说到底，主要还是因为我做人有底线。在这个年头，底线越低或者压根没底线的人才能成功。

我望着木头说："你教教我怎么变成个坏人吧。"

"你不用学，你本来就是个坏人。"

"那怎么才能像你这样无恶不作呢？"

木头指着四周说："到处都是正确答案。"

我更想知道木头是如何成功周旋在两个女人之间。据他所说，是因为他是个真诚的人。我也是一个真诚的人，可我连区区的黎平都摆不平。可能问题不是出在我的身上，是出在对方的身上。我想问清楚，小昭和赵媛媛是什么样的人。木头说一句两句也说不清楚。看得出来他不是说不清楚而是不想对我说，他现在对我保持警惕，担心对我说些不该说出去的话。我对木头保证我不会随便乱说。木头说："你觉得我还能相信你吗？"

"我怎么了？"

"小昭流产的事情是不是你说出去的？"

"不要栽赃陷害。"

"你他妈的还在这里跟我装。"木头说，"这事情我只对你一个人说了。"

"你敢做就要敢当。"我说，"是不是你让小昭怀孕的？"

"那你也不能到处乱说。"

"是你要告诉我的。"

"妈的，我以后什么事情也不告诉你了。"

"我错了。"我说，"说说赵媛媛和小昭吧。"

"不说。"

"那我看看照片吧。"我说，"我会看相的。"

"你先给我看看。"木头说，"你要是说得准确，我就给你看照片。"

木头双手揉搓了一阵脸，然后不苟言笑把脸对准我。不知道的还以为木头在派出所户籍科办理身份证，我就是照相机的镜头。我说："本来挺好的一张脸，都让你搓起褶皱了。"

"那我再揉回来。"木头又揉了揉自己的脸。

"不行。"我说，"揉过头了。"

"你哪来这么多废话，赶紧的。"

我盯着木头的脸打量了一番，手掰着他的下巴像是看牲口的牙口一样观摩。

"到底怎么样？"

"相由心生这句话还真没错。"我说，"你还真不是个东西。"

"去你妈的。"木头起身要走。

我把木头拦住："你走了谁结账呀？"我稳住木头，"刚才开玩笑，这次是严肃的。"从面相上来看，我给出的评语是：宅心仁厚，正直善良，将帅之才，必成大事。

"还有呢？"

"命犯桃花。"

木头说："看不出来你还真会看相。"他掏出钱包递给我，赵媛媛和小昭的照片都在他的钱包里放着，只是位置不同，小昭的在明赵媛媛的在暗。我看着赵媛媛的照片然后又抬头看了眼木头，叹了口气。

木头问："叹什么气呀？"

"惋惜呀，扼腕叹息呀。"我说，"这么好的女人让你糟蹋了。"

木头一把夺过钱包。

"还没看完呢。"

"不用看了。"

"你现在怎么气度这么小？"

"不是气度小，是你嘴太贱。"

"那你也可以说我呀，我保证不生气。"

"我没你这么缺德。"

我现在终于搞清楚木头为什么可以游刃有余地穿梭在两个女人之间了，不是因为他有超常的智慧和无人与之媲美的魅力，而是因为这两个女人是小昭和赵媛媛。假设替换其中的任何一方，木头就会生活在水深火热中被折磨得死去活来，这是毋庸置疑的。现在让我来分析一下小昭和赵媛媛。我见过小昭，即使我不见她本人，从照片传达给我的信息，她是一个小孩，而且还是一个具有很强依赖性的女人。如果追根求源来讲的话，小昭有点缺少父爱。这样的秉性决定了小昭不会轻易离开木头，即便木头还爱着其他的女人，权衡利弊后小昭还是会在木头的身边，对她来讲，有个可以信任和包容自己的男人是无比可贵的。与此同时小昭也具有奉献精神，另一种说法就是比较冲动和莽撞，你也可以说是年龄局限了她，我更认为这是天性使然。在小昭光滑细嫩的手臂上刻着一个字，那是木头的代号。我不得不说那个字非常的丑陋，扭扭斜斜墨绿色的字。木头说小昭刺青的时候他并不知情，当他知道后还批评了小昭。当然木头很感动，说实话小昭也够傻的，毕竟木头没打算和她长相厮守。小昭刺青的背景是木头告诉她还有赵媛媛的存在，木头其实已经向小昭摊牌了，他爱着的是赵媛媛，虽然他也无法割舍小昭，但是两者间总有个取舍，不然婚姻法不肯。小昭哭着对木头说两情相悦又岂在朝朝暮暮。小昭的原话不是这么讲的，不过意思是这样的。小昭不愿意离开木头，也就接受了赵媛媛存在这个事实。

从面相上来看，赵媛媛是个性格温和的人。不过从眼神中能看出来，赵媛媛有倔强的一面。我问过木头，他到底和赵媛媛的关系到了何种程度。木头含糊其辞地说已经十分亲密，也就是说已经上过床，而且还不止一次，有两次。

木头说他对赵媛媛所做的一切都是经过她同意的，绝对没勉强过她，因为强扭的瓜不甜。赵媛媛知道小昭的存在是听别人说的。有一年木头过生日，小昭买了一块手表送给他。晚上木头和几个朋友吃饭庆生的时候，小昭也在场。吃完饭之后众人都走了，只剩下木头和小昭两个人。木头骑着辆摩托车载着小昭在夜晚城市的街道上奔驰着，半路上摩托车坏了，深夜的街道上行人稀少，木头拖着摩托车小昭跟在他的后面。木头对我说起这件事情的时候，非常的痛心疾首，他觉得自己很无能，半夜三更让小昭跟着他一起吃苦。其实早在晚上吃饭的时候，木头就开始憎恨自己，因为是小昭结的账。再怎么说木头也是一个男人，还有那么点尊严，这样一来搞得自己很没面子。小昭可不管这么多，她觉得给自己喜欢的男人花钱是天经地义的事情。

赵媛媛向木头询问小昭，木头没有刻意隐瞒而是实话实说。赵媛媛在这方面表现出了女人罕见的气量，说："没关系的，你们要是合得来可以交往。"所以木头后来也一直和小昭交往着。在赵媛媛对木头感情这方面，我有些疑虑。木头说我不用怀疑，赵媛媛是真心喜欢他的。

6. 男6

故事都分为三个部分：开始，过程，结局。爱情故事亦是如此，不管大家对木头和小昭的爱情故事感不感兴趣，我决定讲出来。大家就别奢望当成教科书来研读了，根据我多年受教育的经验，教科书上更多的东西是哄骗人的，带你进入一个既定的模式，让你在现实面前碰得头破血流却束手无策。谨记一句话：纸上谈兵没有任何意义。如果还有人想从木头身上学到引诱少女的经验，你多半会失望。越是年幼的女生越不容易被引诱，她们更相信一见钟情。这样的观念不会轻易动摇，敢爱敢恨说的就是她们。不过也不排除见风使舵的女生，这样的人死不足惜。

木头和小昭是在洗浴中心认识的，那天晚上两个人扮演的角色不同，木头是顾客，小昭是足疗技师。小昭对木头是一见钟情，这是众所周知的事情，也怪小昭表现得太明显，一点矜持也没有。本来给木头做足疗的另有其人，小昭主动请缨把这活包揽了下来。在足疗的过程中，给木头的朋友做足疗的技师都已经完工了，小昭还不知疲倦按摩着木头的脚丫子。木头抬头看了看四周，说："还没结束吗？"

小昭笑着说："再等一会。"

闲谈中木头知道小昭的老家在贵州，小昭也知道了木头是附近警校的学生。当木头一行要走的时候，小昭手里拿着一张纸和一支笔跑到他的面前，问他能不能留下手机号。木头讲到这里的时候有些自鸣得意，向我描述说小昭的样子像是见到了自己的偶像，十分的激动，两只手有些颤抖。当木头把手机号写在纸上后，小昭羞红着脸跑掉了。晚上木头回到学校宿舍后，小昭便打来了电话。

接下来的事情就顺理成章了，小昭经常喊木头出来玩，有钱的时候木头就出来，没钱的时候就推辞掉，刚开始是这样的。后来两个人的关系更近一步，木头因为身上没钱推辞不出来的时候，小昭也非要让他出来不可。

对木头来讲小昭出现得恰如其分，和生不逢时恰好相反。当时木头正处在感情的真空期，这样说还有点含蓄，直接点来讲自从到石家庄求学以来，木头身边没有女人，或者说经历过武汉那场恶心透顶的恋爱后，他一直流离失所。你不能说木头没有进取心，刚来石家庄他就盯上了赵媛媛，可惜一直报国无门。人是群居动物，如果要加个定语的话就是容易嫉妒的群居动物。木头有个巧舌如簧的舍友，已经和个少妇勾搭在一起。每个人都有自己的生活，这无从去评说。但他这个舍友道德比较败坏，逢人便说自己和少妇之间的风流韵事。身处在这样的环境下，木头觉得自己也应该有一番作为，小昭是个机会。

起初木头对小昭有些误会，以为她不是单纯的足疗技师。这也不能怪木头多想，主要是小昭的工作场所让人不得不产生怀疑。经过一段时间的接触，木头发现小昭和自己想的不一样，就有点不忍下手了。本来如果小昭不是个好女孩的话，木头就决定浅尝辄止一下。可现在的情况是小昭对他的感情是出于真心的，这样一来自己就不能太衣冠禽兽。

木头在小昭的宿舍留宿过几次，刚开始他们是去旅馆，后来熟悉了就没这么讲究了。但是在小昭的宿舍留宿也不是随心所欲的，要在小昭的其他舍友夜班的时候才可以。木头不太习惯在小昭的宿舍留宿，不是因为环境不好，而是另有隐情。一是小昭宿舍的隔音效果不太好，做爱的时候两个人总是有所顾忌，小昭想喊出来但觉得不好意思，不喊出来总是不尽兴，明明已经高潮了却得不到预期的欢乐。木头也有些不服气，本来自己付出了努力却得不到应有的回报。

他对小昭说："你应该喊出来。"

"我不好意思。"

"你不好意思，有人好意思。"木头在这里指的是小昭的闺蜜。小昭在做爱的时候不好意思喊出来，她的闺蜜却不是这样，每次都喊得尽心尽力，生怕没人知道自己正在逍遥快活。归根结底，都因为墙体隔音效果不好。

二是小昭的闺蜜是个豪放的女人，每次在宿舍留宿的时候。小昭的闺蜜都对木头说："一会我们比赛，看看谁做的时间长，叫的声音大。"做指的是木头和小昭闺蜜的男朋友，叫指的是小昭和其闺蜜。

我说："那你们谁赢了？"

"妈的。"木头说，"她那男朋友还算是人吗，简直就是禽兽。"小昭闺蜜的男朋友是练健美的，全身都是肌肉。每次木头和小昭做完爱之后，隔壁还在鬼哭狼嚎。这让木头脸面扫地，每次去小昭宿舍留宿的时候就有思想包袱。要不说木头是个有头脑的人，硬来不行只能智取。有次做完爱之后，小昭狐疑地看着木头说："你今天很反常呀。"

"怎么了？"

"你这次很厉害呀。"

"我一直都很厉害的。"

"这次不同寻常呀。"在小昭的追问下，木头从口袋里掏出了一盒药。木头说这不是壮阳药没有副作用，是中药制剂。先不说这，说说小昭的闺蜜。后来她和那个健美先生分手了，这让木头很意外，性生活如此和谐不应该分手的。

小昭说："那个健美先生也是徒有其表，实际上是个快枪手。"

"那还叫得这么坏？"

"他们是在放毛片。"

木头发现女人是欲壑难填的动物，不说其他的，单单说在性这方面。木头说刚开始和小昭做爱的时候还有安全措施，后来小昭觉得不舒服就不用，顺理成章小昭经历了怀孕和流产。但小昭并没有吸取教训做爱的时候仍喜欢轻装上阵，木头觉得照这样下去，自己再次成为人父是必然的。没想到的是，可能永远不会再有这天了。

在和小昭的交往过程中，木头没有放松对赵媛媛的关心呵护。接着就有了两个人去旅馆开房这一幕，在此之前两个人进行推心置腹的谈话。

赵媛媛说："我有男朋友。"

"这我知道。"木头说，"你喜欢他吗？"

"不喜欢。"

"我也有个女朋友。"

"你喜欢她吗？"

"喜欢。"木头说，"可我更爱你。"

木头和小昭最后一次见面是在木头从我这里走了之后。说实话面对木头的离去，我有些依依不舍。原因不仅是没人请我吃饭了，这其中多少有些感情的成分。木头从我这里走后没几天，就收拾行囊去了石家庄。木头这次出行要去成都、武汉、太原三个城市参加公务员考试，计划中是没有石家庄的，但是他还是要去，不为别的只为小昭。

在去石家庄之前木头已经察觉出小昭有些反常，但他还是决定亲自去验证一下。验证的结果和木头预想的基本符合，可见男人的直觉也比较准。木头说小昭的反常表现在几个方面：1.小昭不经常给木头打电话了；2.半夜木头给小昭打电话的时候，她经常在外面喝酒，问她和谁在一起，小昭都是含糊其辞；3.小昭不再计划来找木头，也不要求木头来石家庄找她。所以晚上木头站在石家庄火车站给小昭打电话的时候，小昭表现出来的不是惊喜，或者只有惊吓没有喜悦。

小昭说："你怎么来了？"

"来看你呀。"

"你怎么不提前说？"

"给你个惊喜。"

"我还在上班呢。"

"我去洗浴中心找你的。"

"别过来。"小昭说，"你在宿舍等我吧。"

这时木头还以为小昭不让他去洗浴中心是关心他怕他太累，真实的原因是已经有个男的接小昭下班。这个男的是男3。小昭下了夜班回到宿舍，两个人没有小别胜新婚的冲动。小昭的电话响个不停，她索性关机了。木头说："你还是接电话吧。"

"不接。"

"有什么事情还是说清楚比较好。"

小昭说有个男的（指男6）在追求她，但她没有同意。小昭还说男6每天都去接她下班请她吃饭。这时候有人敲门，一边敲一边呼喊小昭的名字。木头指着门说："是男6吧。"

"对。"小昭说，"别开门。"

木头没有听小昭的话，把门打开了。站在木头面前的人身高马大像块黑塔堵在门框上，他冲进门问小昭为什么不接他的电话。小昭看了看男6又看了看木头，什么话也没说。男6穷追不舍，小昭把他往门外面推，可不管她如何用力去推，对方纹丝不动。

局面有些尴尬，三个人都心知肚明。男6和木头都知道必须有个人退出，不然就成了聚众淫乱。木头看得出来男6是抱着必死的决心而来，他的行为举止已经说明了一切。男6先是质问小昭，得不到明确答案后，他开始自残，先是用头撞墙然后从口袋里掏出一把匕首说要给自己放血。男6把匕首对准脖子上的动脉，木头和小昭看了看他没有上前去阻拦的动向。男6把匕首放下说："不能再这样下去了，不然我可真自杀了。"

木头表现得十分镇定，其实也没什么可以激动的。小昭没错，男6也没错，木头也没错，任何人都没错，现在的情况是只要木头和男6其中一个退出就能打破僵局。

木头问男6："你真心喜欢小昭吗？"

"真心的。"男6说，"我能为她去死。"

"别整天要死要活的，死解决不了任何问题。"

"对。"

"你能带给小昭幸福吗？"

"能。"

"你凭什么呀？"

"我是富二代。"男6说，"我有车有房。"

"那我祝你们幸福美满。"木头拿起行李要走。

小昭站起来抓住木头的手说："你不要走。"

男6抱起小昭说，"松手。"

"不要走。"小昭死死拽着木头的衣服，泪水已经在脸颊上肆意纵横。

木头向门口走着，一脸的决绝。

男6抱起小昭扔到一边，说："我会让你幸福的。"

"去你妈的，你滚蛋。"

"别发脾气了。"

木头走出去后，还能听到小昭声嘶力竭地哭喊着让他不要走。小昭跑了出来，又拽住木头的手。男6故技重施把小昭抱起来，对木头说："你快走吧，小昭交给我了，你放心走吧。"

木头走在大街上，越想越觉得自己有点窝囊，但是转念一想这也是为了小昭。后来木头又想男6真的能让小昭幸福吗？可不管怎么样也应该比小昭跟着自己强。这天晚上木头没有住旅馆，在大街上走了一整夜。他的脚步一刻也没停，好像一停下来心里就有个东西要蹦出来为非作歹。对于木头当时的心情，他对我有个言简意赅的概括："觉得自己像个傻逼。"

第二天木头坐火车去了太原，他本来想见赵媛媛一面的，可是中途他改变了主意。然后木头又去了武汉和成都。在武汉火车站木头被人骗了四五百块钱，本来木头想给我买个手机的，结果到手的只是一个手机模型。在成都的时候木头生了一场病，上吐下泻。总结来讲，木头的这次出行是祸不单行。至于公务员，木头已经不太放在心上了。这不是说木头已经无欲无求，而是他明白了一个道理，腐败的人也是经过精挑细选的。命中注定木头是个好人，因为好人没好报。现在木头继承祖业，在自家饭馆里当跑堂。

第九章　　内外交困

我现在内外交困。

1. 王蛊

先说王蛊，我和他已经很久没见面了。见面也没什么意思，只能相互替对方发愁。我是在晚上接到王蛊电话的，当时我正骑着自行车在大街上闲逛。我先顺着路向西骑，到了一座桥上然后顺着河面向北骑，经过一片建筑工地后又向东骑，恰好一段公路正在维修，竖起了蓝色的防护墙。我没有下车，顺着路边的一条小道骑了过去，拐到了一条小路上。我比较喜欢这条路，全部都是树荫。我放慢速度在路上骑着，在博物馆前面的广场停下，在想要不要去步行街吃点东西。我不喜欢自己去吃饭，尤其是在夏天的烧烤摊上，别人都是一群一群的，我自己一个人显得有点单调。不过没办法，主要是我想吃点肉，我已经好长时间没吃肉了。我拿出手机想给黄良成打个电话，不过把他叫出来也没什么意思，无非还是那点破事，整天待在一起，彼此毫无新鲜感。此时此刻，我希望身边能有个女人。我自己一个人去了步行街，在一个烧烤摊坐了下来，点了十块钱的烤肉和一瓶啤酒，我就这么坐着把东西全部吃完，大约用了半个小时。已经是晚上八点多了，我还不想立刻回去，在想骑车去什么地方，结果出来的时候下起了小雨，越下越密，有变成大雨的倾向。我骑着车准备回住的地方，就在这时候王蛊给我打了个电话。

我说："干什么呢？"

王蛊说："在喝酒。"

"什么事你说吧。"

"有个事让你帮忙。"

"什么事？"

"我喜欢上一个女的。"

"又换了？"

"这个跟以前不一样。"王蛊说，"我打算和她过一辈子的。"

"上次你也是这么说的。"

"这次不一样。"

"上次你也说过不一样。"

"你他妈的听我说。"

"说吧。"

"这女的前男友骚扰她，我要教训一下他。"

"那你教训吧，别忘了替我踹他一脚。"

"你知道的，我现在还是缓刑期，不能动手的。"

"你什么意思？"

"你帮我教训呀。"

"怎么又是这种事情？"我说，"你能不能老实点，不要整天拈花惹草？"

"操。"王蛊说，"你必须去。"

"我不去。"

"你他妈的这点小事都不帮，你是不是哥儿们？"

"是哥儿们你还要我去干犯法的事？"

"不犯法，你捅他两刀就成。"王蛊说，"刀都给你预备好了。"

"那你怎么不去捅？"

"我要是能去捅的话就不找你了。"王蛊有点气急败坏，"操。"

"我不去。"

"你忘了以前我怎么帮你出头了？"

"没忘。"

"你报恩的时刻到了。"

"我不报。"

"行，你他妈的够意思。"王蛊在电话那边停顿了一会，然后说，"你记住，以后我们没有任何的关系，我有困难绝对不找你了，你有麻烦也别来求我，好不好？"

"好。"

"这可是你说的。"

"这是你他妈说的。"

"不管是谁说的，就这样决定了，好不好？"

"好。"

"是你说好的。"王蛊说，"你别忘了。"

"是你先他妈说好的。"

我挂掉电话。我站在路边上身全是雨水，雨还在下着。什么才是怒火中烧？现在我就是这个样子，我骑上车子，尽管身体中一股股的怒气让我的肌肉组织绷得紧紧，估计银针都扎不进来，可实际表现出来的却是我浑身无力。车子慢悠悠地在街上前行着，雨水打在身上我也全然不知。在我的眼前是细细麻麻的水线，有灯光照耀的话就更加的明显，就像猪八戒进入了盘丝洞，到处都是蜘蛛网。

我回到住的地方，坐在客厅的沙发上抽了一根烟。在这过程中黄良成从房间走出来，说："外面下雨了呀。"我点点头。过了会庄客也走了出来，看了我一眼对我笑了笑。我把视线转到别的位置，继续抽烟。用句煽情的话来说，我觉得自己内心被掏空了。妈的，最让我不惑的是，我的心竟然是被一个男的掏空。这段时间就算是黎平对我冷漠之极我也没如此的难受，我坐在沙发上，一点站起来的念头都没有。我先是回忆和王蛊这几年的交往，前后七八年，就这么散伙了。难不成七年之痒在男人之间也奏效？我又不是同性恋。就算是同性恋搞到散伙的地步还是因为女人，这听起来就光怪陆离。更可气的是，我连王蛊喜欢的这个女人是谁都不清楚，这才几天不见他就又陷入了你死我活的境地。总结来说，这天晚上我都没睡安稳。直到第二天王蛊给我打来电话。

"我昨天给你打电话了吗？"

我说："你不记得了？"

"昨晚喝多了，早上起来我记得好像是给你打电话了。"

"你他妈的全忘了呀？"

"真忘了。"王蛊说，"昨晚我都喝吐血了。"

"你他妈的怎么不去死呀？"

"我都吐血了，你是不是应该先关心我一下？"

"你要是把自己弄死也算是做了件光宗耀祖的事。"

"我昨晚都和你说什么了？"

"你自己好好想想。"

"我真不记得了。"王蛊说，"刚才我爸给我打电话说我昨晚给他打电话让他帮我去砍人，还说他要是不帮我去砍人的话我就和他断绝父子关系。"

"这种缺德事你也干得出来？"

"喝多了。"王蛊说，"我都和你说什么了？"

"你就像对待你爸那样对待我。"

"真的呀？"

"真的。"

"我还真够混蛋的。"

"你才知道呀？"

"你没当真吧？"

"我他妈被你气得一夜都没睡觉。"

"我爸也被我气得一夜没合眼。"王蛊说，"差点没真和我断绝父子关系。"

"你和那女的怎么回事呀？"

"什么女的？"

"你说要和她过一辈子的。"

"我胡说八道呢。"

2. 鲜血

说说黎平。

我们是在冷战，这是我唯一能想到形容我们之间关系的词语。至于分手，我觉得还没到那种程度，毕竟我没对黎平做过任何过分的事情，同时我也相信黎平。可是一定出问题了，我和黎平交往了半年多，按说还没过热恋期，细算下来的话我们聚少离多，同住的夜晚没有半个月。

其实我上面的说法也不对，某一方是不是犯错和冷战没什么必然的联系，尤其是在恋爱关系中。有可能一方觉得索然无味不想继续玩下去了，只是他（她）不想提出分手或者是想把这个责任推卸给对方，所以就采取冷战，看看谁的耐心更强。黎平是这种阴险的人吗？如果换在以前，我肯定会断定她不是这种人，但依据现在的情况就不太好讲。你谈过恋爱就会知道，你和自己的男（女）朋友如果几天或者几个星期没交往，就会产生一种陌生感，对方在你眼中就变得有点莫测。我和黎平已经几个星期没有实质性的交往，在这期间我给她打过很多电话，话题多半纠缠在你今天忙什么了，你午饭吃的什么，你晚饭吃的什么，你还好吗，你几点睡的觉，你又是几点起床的。黎平的答案始终如一，没忙什么，和往常吃的一样，和往常吃的一样，我还好，按时睡觉，按时起床。最令人失望的还不是答案，而是黎平的语气，枯燥无味没有任何的感情色彩在其中，完全是敷衍。我在想自己是不是应该问些有趣的问题或者是讲个笑话给她听，这些我都一一尝试过，没有任何的用途。

关于冷战，我有经验可循。美国和苏联冷战期间，是拿着核战争来相互恐吓。

你不老实我就把核弹头扔给你。

你要是把核弹头扔给我，我就也把核弹头扔给你，我们谁都不要活。

最终双方都老老实实的。冷战的结束是其中的一方解体，我当然不想我和黎平中的任何一方解体，也不想彼此之间相互恐吓。爱情如果真到了这种程度，就没任何的趣味可言。

黎平是个什么样的人呢？

性格：冷漠，自以为是，自闭，泼辣，缺少人道主义关怀。

外貌：皮肤白皙，微胖，长发，五官扁平。

之前黎平在我的印象中可不是这样的。

性格：温柔，善解人意，可爱，知书达礼，是个充满爱心的人。

外貌：皮肤白皙，微胖，长发，五官扁平。

不知道黎平现在的体重有没有变化，是否在五十公斤左右徘徊还是突飞猛涨进入了一个新的领域。我觉得黎平变瘦的可能性比较大，冷战是很伤身体的，就像习武之人要对一个目标出手突然心怀慈悲把力又收了回来，打出去的杀伤力有多大，你收回来的力对自身的伤害就有多大。所以我和黎平就如同是两个身怀绝技的高手，要向对方出手但都不忍心，用出去的力都伤了自己。这是自虐，也是两败俱伤。可以预见的是，有一天当我和黎平面对面站着，刚要张口和对方说句话，只见鲜血从嘴里喷薄而出，一命呜呼。

血从口中喷出来是什么样的情景，我还真的不清楚，武侠影视剧上口吐鲜血不足为信。这时候我想起了王蛊，他经常说自己喝酒喝吐了血，想必应该知道口吐鲜血是什么样子。我给王蛊打电话询问这事，他说他也不清楚，虽然他经常喝酒喝到吐血的程度，但一觉醒来所有的事情就全部忘记了，自己吐血还是旁人告知的，他一点印象都没有。

我说："我请你喝酒你再喝吐血一次给我看看。"

"凭什么呀？"

"我就是想看看口吐鲜血是怎么回事。"

"你脑子有病呀？"

"你别有心理负担，我请你喝酒，你放开了喝，喝到吐血为止。"

"妈的。"王蛊说，"你怎么不吐血呀？"

"我不会呀，我要会的话就不麻烦你了。"

"我不吐。"

"你为什么不吐呀？"

"废话，血是我的，我不愿意吐。"

"你就当是义务献血行不行？"

"操。"

王蛊挂掉了电话，就在我拿着手机不知所措的时候，黄良成走过来对我说："你想看人吐血？"

"是呀。"

"找我呀。"

"你？"

"你忘了，"黄良成说，"我也喝吐血过。"

"事不宜迟，你快吐血给我看看。"

"又不是女人来月经怎么能说来就来？"

"那你怎么才吐？"

"要喝多了酒才行。"

"你这是想让我请你喝酒呀。"

"也不能这么说。"黄良成说，"主要还是为了让你看看吐血是怎么回事。"

"那你等着。"我回来的时候提着两箱啤酒，我把酒放在桌子上对黄良成说，"你快喝吧。"

"你没买点菜回来呀？"

"说好的请你喝酒的。"

"你可真抠门。"

在我的注视下，黄良成在半个小时之内喝光了一捆啤酒，总计九瓶。他红光满面躺在沙发上，我说："能吐血了吗？"

"还差点。"

我帮他打开一瓶啤酒，递给他："继续喝，别停下。"

接下来的半个小时黄良成又喝光了一捆啤酒。他慵懒地躺在沙发上，不时打着酒嗝。

我说："能吐血了吗？"

"按照惯例应该能吐了，难道我的酒量又涨了？"

"你到底能不能吐血呀？"

"能。"

"你是不是馋酒了，存心骗我？"

"没骗你，我真喝吐血过。"黄良成说，"要不你下去再买一捆酒，我保证吐给你看。"

我看了他一眼，极其不情愿地准备下楼。

黄良成说："你顺便买点下酒菜回来，我保证给你吐个肝脑涂地。"

我已经认栽了，所以买回来的一捆啤酒是我和黄良成一块喝的。黄良成一边吃着菜一边喝着啤酒，当喝到第三瓶的时候，他站起来捂住嘴往洗手间里冲，在冲的过程中他不忘召唤我过去。他双手抓住马桶边，整个脸对准马桶，酝酿着："快了快了。"

我蹲在一边认真看着。

黄良成不负众望哗啦啦地吐了起来，吐完之后身体一软躺在边上。我对着马桶看了又看，除了白色的秽物没有红色的血液。我说："没看见有血呀。"

"等等。"黄良成捂着自己的肚子说，"血是最后吐出来的。"

过了会黄良成对着马桶又哗啦啦地吐，吐完之后叹了一口气说："终于把血吐出来了，不容易呀。"

我对着马桶瞧，有几片血丝在秽物上面飘着。

"你这也叫吐血？"

"是呀。"黄良成指着几片血丝说，"绝对是血。"然后又冲着马桶吐了一口，又是几片血丝。

我用力吸了一口吐在马桶里。

黄良成看了一眼说："你也吐血了，比我吐的还多。"

"我这是牙龈出血。"

我不知道黎平的身体状况如何，但是黄良成的身体状况我还是了如指掌的。黄良成说他确实吐血了，虽然吐的血量还不如我牙龈出血，但他明确指出他吐的的确是血。不仅如此，黄良成还认为血是来自他的肺部。他觉得自己的身体糟糕透了，经常胸闷和咳嗽。他把胸闷的原因归结为心脏出了问题，睡觉的时候经常呼吸骤停，把自己憋醒。他把咳嗽的原因归结为肺部出了问题，每次咳嗽他都感觉自己的肺部在一片一片地脱落，横亘在树杈形状的肺气管中。可是令人奇怪的是黄良成的体重不仅没降低还在不断地升高，要知道他每天几乎不怎么吃饭。他不是不想吃饭而是不觉得饿，每次他要吃东西是因为一天都没吃东西了再不吃就有点不像话，而不是因为饥饿才要吃。我也很纳闷黄良成饭不吃却还长胖。

3. 三个女大学生

木头在我这里住了几个星期，后来就走掉了。木头在的时候，有几个夜晚我们去小区的另一个出租房里打牌。出租房里住着三个刚毕业的女大学生，她们三个是大学同学，从学校出来之后合租了这套房子，正在四处找工作的阶段。三个人里面有个是小元，其余两个我已经忘记了名字。小元是我大学同学的学妹，同学让我关照一下她。所以小元提着大包小包的行李来的时候，是我去火车站接的她。晚上她就在我的床上睡的，我睡在客厅的沙发上。小元说过两天她还有两个同学要过来。我扫视了一下四周说："住不过来了，混居不太好吧。"

"想得美。"小元说，"我们在这个小区租个房子。"

"那多不好呀。"我说，"你那同学漂亮不？"

"还行。"

"还是混居吧，共赢。"

小元的两个同学把行李寄放在我们这的那天，庄客和黄良成显得格外激动。背地里我已经和他们两个商量好了，如果货色不错的话可以考虑。这么谈论女生有点不尊重，其实我们是非常尊重女性的，没有她们，我们生不如死呀。庄客和黄良成对我的提议十分的不屑，说什么自己已经清心寡欲了。只是实际表现出来的并非如此，人还没到他们就凑钱买了个大西瓜，并把西瓜切成好多片摆在客厅的桌子上。两个人正襟危坐在沙发上不时地看表，又不时地问我怎么人还没有到。还有一点，两个人都穿得十分的正式，衬衣西裤，就差有个领带和领结。我穿着裤衩背心在房间里走来走去，不时嘲笑他们两个是衣冠禽兽。

黄良成说："你赶紧换件衣服去，穿得这么邋遢。"

"我没光屁股已经很不错了。"

庄客也说："我们穿得正式是对人的尊重，体现屌丝青年的光辉形象。"

"就是呀。"黄良成说，"我们费尽心思，让你一个裤衩背心全破坏了。"

我随手拿起桌子上的一块西瓜要啃，就在我要下嘴的时候，黄良成一把夺过来："不是给你吃的，要吃自己下去买。"

"你这就有点重色轻友了。"

"我本来就这样。"一边说黄良成一边啃着西瓜。

庄客说："你怎么吃起来了？"

"这块西瓜被他污染了，不吃就浪费了。"

庄客随手递给我一块西瓜，我接过西瓜刚要感谢他，紧接着庄客又把西瓜夺过去一边啃着一边说："这块西瓜也是被污染的。"

说好中午人到，等到下午夕阳落山的时候小元和她的两个同学才来到。小元说火车晚点了，当她们敲门的时候，西瓜已经被我们吃光，庄客和黄良成躺在沙发上已经睡着了。小元和她两个同学进来了没几秒钟，庄客和黄良成就进了各自的房间，出来的时候穿着裤衩背心。他们两个笑容可掬地对我们说："我们还有点业务要谈，先走了。"他们出门的时候我跟了出去，说："你们就这样走了？"

"那还要怎样？"

"说好晚上你们请吃饭的。"

黄良成说："人长成这个样还吃什么饭呀？"

虽然住在一个小区里，自此之后黄良成和庄客再也没见过小元的两个同学。我和木头去过她们住的地方，三个人一个人住在一个房间里。我们去的时候都是在晚上，她们三个穿着短裤，露出大腿，可是毫无疑问没有引起我和木头的兴致。我们五个人打扑克，小元其中的一个同学反应有些慢，出牌就更慢了，经常受到我们的嘲笑。不过她的性格很好（或者是她的反应确实很慢，根本没意识到我们的嘲笑），从来没发过火。然后我们就众人拾柴火焰高，更加肆无忌惮地嘲笑她。我们四个人当中，我嘲笑她的次数最多，但后来据小元说她对我的印象还非常好，认为我是一个好人。我想了想大概是她误解了我，我一般都是说反话的，她铁定是把我嘲笑她的话当好话了。

一般情况在她思索怎么出牌的时候，其他三人都在催促她。我凑在她身边说："不急，天亮还早着呢，你慢慢想。"当她经过一番痛苦的抉择终于要出牌时，我慌忙拦住她，说："要不你再认真想想？牌出了可就不能反悔了，你可要想清楚呀，你别着急，我们大家都等你。"然后她果真把牌收了回去，再仔细思量到底要打哪张牌。我说："要不我帮你看看出哪张牌吧？"

"好的。"

我把她的牌看得清清楚楚（这时候其余三人已经笑得人仰马翻），

然后说，"你这副牌，出哪张都一样，用得着想来想去吗？"

"不用想吗？"她两双小眼天真地看着我。

我说："要不你再认真想想，我们大家都心平气和等你。"

有时候我也帮她出头，在众人埋怨她的时候，我就一脸正气地对众人说："你们怎么这样呀？不就是出牌慢点吗？人家又不是故意的，要是人家能快出牌的话早就快点出牌了，你以为每个人的智商都一样呀？要百花齐放嘛。"然后我又把脸对准她，说："你别生气，您老慢点出，看你的样子就知道你握了一手的好牌，瞧你那胸有成竹的样儿。"我又对众人说，"人家这是慈悲为怀，慢点出牌是不想弄死我们，让我们多活些时辰。"我又把脸对准她，说，"不过话说回来，你还是给我们几个来个痛快点的，让我们早死早超生吧，虽然好死不如赖活着，可你这是让我们生不如死呀，你就快刀斩乱麻吧，真不用手下留情，跟你打牌是我们的荣幸我们都知道，已经跟您老切磋过，我们这也算是牌技不济死而无憾。"

有时候她也偶尔冒出一句："我是不是打牌很慢呀？"

我接话说："您老可别这么说，虽说你出牌是慢了点，可也不是特别的慢，能一边打牌一边注视着你的言谈举止和一笑一颦我们很知足，再者说了一个小时我们打完一次牌，这能叫慢吗？大伙评评理。"

众人笑着说："不慢，真不慢。"

她手捧着满满的一副牌一边笑一边深思熟虑到底出什么样的牌才保险。

后来她们三个都找到了工作，小元在一家招聘公司当客服，每天

251

抱着一沓电话号码挨个打电话。只不过实习期还没结束她就辞职不干了，当天晚上她给我打了个电话心烦意乱一起出来散步。在小区里住了大半年的时间我还没在里面散过步，这天晚上才发现小区里还有个人造湖，只是湖里面没怎么有水，湖底塞满了枯枝烂叶。我们顺着小区走了一圈，在这个过程中路的两边都坐着些乘凉的大妈们。

我问小元为什么辞职。

小元说："那个经理太差劲。"

"怎么，他对你性骚扰了？"

"这倒没有。"

"我觉得也不太可能。"

"你什么意思？"

"我是说光天化日怎么可能这么无法无天。"

"我午休的时候玩了会电脑，他骂我。"

"他怎么骂你了？"

"他让我想玩的话回家玩。"

"你怎么说的？"

"我立马拿起手包就走。"小元说，"经理问我要干吗去，我说我回家玩电脑去。"

"你真拽。"

小元开始抱怨说做客服真是没意思，整天给客户打电话，客户都不理你，碰上脾气不好的还会骂人。我这几天就忙着到处打电话了，就这样一刻不停电话都没打完。

"那这几天的工资给你了吗？"

"实习期没工资的。"

"刚上班都这样，没人性。"

"你怎么不上班呢？"

"我之前上过，没意思就不上了。"

"真羡慕你。"

"羡慕我什么呀？"

"不上班呀。"

"我劝你还是上班吧，像我这样的屌丝青年有苦难言。"

"你不上班怎么生活呀？"

"这是重点。"我说，"找朋友借钱呗。"

"那你朋友挺多的吧？"

"现在没朋友了。"

"为什么呀？"

"借钱不还谁还搭理你呀？"

"换作我的话我就理你。"

"真的吗？"

"真的。"

"那你借给我一百块钱吧。"我说，"我一天都没吃饭了。"

小元拿出一百块钱给了我。

我说："先说好，这钱给了我就别指望我能还给你。"

"没指望你还。"

小元另外两个同学找到的工作分别是，广告设计员和旅馆收银员。

反应比较慢的女孩找到的工作是广告设计员，也是她们三个当中唯一的工作和学业相关联的。还有一点，她取得这份工作主要是她亲自许诺不要工资才被聘用的。她实际的工种是打扫卫生，几天之后就被辞退了。另一个同学的工作地点是小区门口的那家旅馆，木头和小昭曾居住过。当了几天收银员后，她就主动辞职了，因为旅馆的老板一直色迷迷地看她的大腿。尔后她们三个人集体情绪低落，发现大学里学的东西到了社会上没有半点的用途。

在这期间，我曾以身作则给她们上了一堂生动的教育课，本来我想让她们看到我这个反面教材，重燃起对生活的信心，以饱满的热情去找工作，勤劳致富。出乎意料的是她们集体堕落，压根不再想工作的事情，决定把身上的钱花光之后就卷铺盖走人。我有点难过，她们的举动传达给我一个信息，作为反面教材我还是很成功的。

几天之后，小元给我打了个电话。她气如游丝地对我说："你来看看我吧。"

"你怎么了？"

"我一天都没吃饭了。"

"那你怎么不吃饭呀？"

"我不想出去。"小元说，"你给我送点饭上来吧。"

"不太好吧。"我说，"还是让你女同学给你带点吃的吧。"

"她们都去济南了。"小元说，"就剩我自己了。"

"那我更不能去找你。"我说，"孤男寡女多不好呀。"

"你快来嘛。"小元娇滴滴地说，"我快饿死了。"

"你还是自己下来吃点饭吧。"

"那好吧。"小元依依不舍地挂掉电话。

过了几分钟，小元又打来电话，语气消沉不死不活，"我想了想，你还是来看看我吧。"

　　"怎么了？"

　　"我真快要饿死了，你不能见死不救呀。"

　　"你有时间给我打电话怎么就没时间下来吃点饭？"

　　"我难受。"小元说，"难受死了，你再不来我可真要死掉了。"

　　"你想吃什么？"

　　我给小元买了两个肉夹馍。小元打开门面色红润一点都不像将死之人，她接过肉夹馍狼吞虎咽起来。我本想立刻就走的，她让我坐下喝点水。我呆坐在沙发上，小元坐在我的身边吃着肉夹馍。我有点不知所措，小元披散着头发，双腿盘坐在沙发上。她一边吃着东西一边含情脉脉地看着我，看得我有点发慌。我随即站起来在客厅里走来走去，又走到窗户前，把整个脑袋伸到窗户外面，七八米高的半空中风比较大，吹到皮肤上还称得上干爽。窗户外面的晾衣杆上放着几件衣服，有些短袖和内衣裤，花花绿绿。小元住的地方没有电风扇，更别提空调了，除了几个硬纸板没有任何纳凉的机械，再加上这几天天气燥热，空气中飘浮着黏稠的汗渍味。我穿的短袖已经被汗浸湿，这是小元告诉我的，她还让我去洗手间冲个凉水澡。不过我没去，我只是尽量把身体伸向窗外，希望凉风能吹到我。

　　当时我大汗淋漓有两个原因，一是天气闷热，二是小元。小元让我感觉燥热，她灼热的目光，她燥热的皮肤，还有她是活人，是个发热体。我目光所及的小元，在我的眼中都是热的。小元穿着短裤，两根大腿就这么裸露着。她的皮肤不白，或者说平常展现在外面的皮肤是不白

255

的，有点黑，这天她穿的短裤格外短。所以我看到她大腿根部的皮肤是白的，和其他地方的皮肤有显著的差别。

小元打开电视说："我们看电视吧。"

电视节目都很无聊，在我看来是这样的。如果你是个中国人的话，你就会知道在下午三四点这个时段，几乎全部的电视节目都是关于电视购物的，一帮大呼小叫的傻逼在电视机里像打了兴奋剂一样，他们的目的只有一个就是蛊惑人们去购买他们所推崇的产品，不用脑子想你就知道，这都是骗人的勾当。骗人的把戏还在电视上播出，这表明有为数众多的人在不停地上当受骗。有时候你真搞不清楚这些人的脑子是怎么长的，就如同我现在目光空洞地看着电视节目，搞不清楚身边的小元的脑子是怎么想的。她吃完肉夹馍双腿还盘在沙发上，双腿叉开朝着我，盯着我莫名其妙地笑，而且还向我身边挪动着。她的一举一动在我眼睛的余光中一清二楚。

我有点坐不住，不只是因为电视节目太无聊，还因为身边的小元已经把头靠在我的肩膀上。我当时想把她的头推开，可又一想这样有点不礼貌。我们保持这样的姿势看了一会电视，在这里我还要再重复一遍，节目真他妈的无聊，还不如摆积木好玩。如果现在有堆积木在我眼前的话，我会毫不犹豫地去玩积木，而不是看节目。趁着看节目的时间，我又想了想小元把脑袋放在我肩膀上这个问题。很明显，小元把头放在我的肩膀上导致我很不舒服，不仅承担了一部分她身体的重量，而且由于肌肤接触我感觉闷热。我不是个没心没肺的人，小元的脑袋在我的肩膀上，使得我不能随便乱动身体。我的身体是我自己的，是由我做主的，就在这时候我的身体一部分由小元做主了，我越想越觉得自己有点吃亏。

小元有点得寸进尺，她的双手抱住我的腰，我还蹲坐在沙发上，旁若无物。我现在记起来了，当时我没在第一时间制止小元把脑袋放在我的肩膀上，是因为我觉得当时的氛围比较暧昧，一男一女同居一室，一个女的把头放在一个男的肩膀上，也是合乎情理的。我是个察言观色的人，也知道适者生存，总之我很听从氛围的指引，所以在当时暧昧的环境下，小元对我采取的一些举动我都听之任之。

　　不过你要知道，什么也要适可而止才成。我对小元说："真闷热呀，看来是要下雨了。"

　　"嗯。"

　　"你不觉得热吗？"

　　"不觉得。"

　　"我觉得很热。"

　　"那你去洗澡的吧。"小元说，"我等你。"

　　"你靠得我太近了。"我说，"太热。"

　　小元从我的身上挪开，我立刻站起来："我先走了。"

　　小元拉住我的手说："别走呀。"

　　我挣开她的手，她顺势躺在沙发上。我向门走去，小元光脚向我跑来。就在我打开门要走的时候，小元抓住我的手不让我走。

　　"你留下来陪陪我吧？"

　　"我还有事。"

　　"天要下雨了。"小元说，"你先别走了。"

　　"这不是还没下雨吗？"我话音刚落，密集的雨水打在玻璃上，形成几条小水溪。

"真下雨了。"

"没事。"我说，"我喜欢淋雨。"

小元死死抓住我的手，说："你别走呀。"

"我很忙的。"

"是不是我漂亮些你就不会走了？"

我看着小元突然觉得词语穷尽。

小元盯着我说："我猜对了吧？"

"我很忙的。"我快速地跑下楼梯。走出楼梯口的时候，我抬头看了眼天空，一块乌云刚好从我的头顶经过，颜色很深，深成了一块墨斑。就在我准备在雨水中快速奔跑的时候，发现口袋里的手机不见了。我想一定是小元趁我不注意的时候拿出来的，小丫头还真是深谋远虑。我重新爬楼敲开了小元的门，小元站在我的面前，冲我不怀好意地笑。

"我手机忘这里了。"我在沙发上搜寻了一番，没发现手机的踪迹。

"在这里呢。"小元拿着我的手机朝我摆摆手。

"给我。"

"不给。"

"那就别怪我不客气了。"

小元笑着说："我就等你对我不客气。"

我上前夺手机，小元拿着我的手机藏来藏去，就是不给我。

见状不妙，我一个反擒拿把小元制服，夺过手机。

我开门要走，小元拉住我的手说："别走。"

"我很忙的。"

"外面雨下得这么大，等雨停了再走吧？"

"我真的很忙。"

"求你了。"小元说，"陪陪我吧？"

"我真特别忙。"

"是不是我漂亮些，你就留下来了？"

"你问过我一次了。"

"是不是呀？"

4. 黎平

这场雨一直下到晚上八点多，风还在继续刮着，吹得翠绿的树叶满地都是，让人怀疑秋天是不是要提前到来。小区广场上有个烧烤摊，我和黄良成坐在这里，他说今天不喝啤酒了。

我说："你戒酒了？"

"天冷喝点白的。"黄良成说，"驱寒。"

我看着黄良成在想是不是要把下午小元的事情说出来，衡量再三我还是没说。这种事情真不知道如何开口，况且我不能确定小元是否真的要对我做些什么。也许是我想得太多，小元只是想留下我陪她看电视。再者说小元也没明确地对我说要和我上床，如果我真把她拉着我的手不让我走理解成她想和我上床，就有点不要脸了。越这么想我越想知道小元到底是怎么想的，可我又不能直接问她，你是不是想和我上床呀。我不喜欢这么猜来猜去，拐弯抹角话里有话非常没意思。

我理想中的情况是这样的：

①女的：我要和你上床，你愿不愿意？你就不要再犹豫了，老娘我早就盘算你很久了，就算是你今天不从了老娘，早晚都会落在我的手里。

男的：话都说到这份上了，事不宜迟，速战速决。

②男的：我要和你上床，你同不同意？其实问你都显得多余，荒郊野外也由不得你了，我劝你还是早点从了吧，省得吃些皮肉之苦。

女的：不要这么嚣张，胜负床上见分晓。

③女的：我要和你上床，现在争取一下你的意见，如果你同意的话就拿出实际行动来，如果不同意的话就直说我再把衣服穿上，我们各走各路。

男的：我不同意。

女的（穿好衣服）：买卖不成仁义在，幸会。

④男的：我要和你上床，我已经注意你很久了，你的私生活也挺混乱的，就不要装矜持了。你要是对我有意思的话，我全力配合你。如果对我没兴趣的话，也请你直说，不要欲擒故纵，我很忙没工夫陪你假正经。

女的：我也观察你很久了，发现你确实让我难以接受。其实我不挑食的，可见你是多么让人难以下咽。

男的：感谢你直言相告，很高兴能认识你，再见。

我把自己的想法和黄良成分享了。

黄良成拍手称赞："和我想的一样。"

我说："难怪你没女人。"

"为什么？"

"女人都是靠哄骗的。"我说，"你一点缓冲都没有，就想上床，你以为你是金城武呀？"

"黎平为什么和你上床？"黄良成说，"你是按照刚才的说法做的吗？"

"当然不是了。"我说，"我可是动了真感情的，不是随便玩玩的。"

"我也想动真感情，我也不想随便玩玩呀。"

就在我和黄良成为女人的问题争论不下的时候小元给我打来电话，问我在做什么。我说在小区里吃饭。小元说她饿了想吃饭问我能不能给她送点饭上去。这次我学乖了无论如何也不会自投罗网，便对她说你要是想吃饭就自己下来，我们等你。

我对黄良成说："一会小元过来，你可以问问她，女人到底是怎么想的。"

"她是女人吗？"黄良成说，"女身男相。"

"背后说人坏话不好。"

"我是实话实说，就允许她长成这个样子还不许我说说她了？"黄良成说，"你是不是对她有意思呀？"

"没。"

"那就是她对你有意思。"

"嗯。"

"那你怎么想的？"

"什么怎么想的？"

"要不要和小元上床呀？"

"当然不要了。"

"算你还有点品位。"

小元下来后见到一桌子的烤肉，心情大好，两只手拿着烤串，一边吃一边说："真好吃。"

"那你就多吃点。"

喝了几口酒后，小元突然对我们说："我可难受了。"

"吃撑着了。"我说，"那你少吃点。"

"不是。"

"那你难受什么呀？"

小元难受是有原因的。小元大学里的男朋友是男7，毕业前夕小元觉得两个人不合适就提出了分手。前几天小元坐火车去潍坊找男7，从淄博到潍坊坐火车有两个小时的车程，火车在中午到站。小元在火车站给男7打电话，电话无人接听。小元认为可能是男7有事情，就在火车站等。她从中午一直等到晚上，期间给男7打了无数次的电话，都没人接听。言情小说里狗血的情节开始出现在小元的脑子里，她焦急万分认为男7一定是在来火车站接她的途中出了车祸，一命呜呼。除此之外，小元觉得没有其他的可能性，她的内心十分痛苦。

画外音。小元在讲述的过程中，对我们说她对男7已经没有感情了，以前在大学里他们确实有感情，不然她也不会为了他怀孕和流产。至于小元对男7的感情是如何变淡，小元说说来话长就没详细说。

而她这次去潍坊找男7不是想挽回这段感情，只是觉得生活有些无聊，最主要是男7请求她过去，小元一想去一次也未尝不可。

小元一个人在火车站，一直等到晚上十点多，男7的电话终于打通了。在电话接通的瞬间，小元的眼泪夺眶而出，她声音颤抖地问男7："你出什么事了？"

男7说："我什么事也没出。"

"那你为什么不来接我？"

"我本来就没打算去接你。"

"那你为什么让我过来？"

"是你自己要过来的。"男7还说，"这一切都是你咎由自取。"

小元哭得更大声了。

男7说："哭也没用，这是我对你的报复，你罪有应得。"

挂掉电话后，小元站在火车站空荡荡的广场上，天上皓月当空，她想了想自己的行为，眼泪就止不住流了下来。小元刚开始是站着哭，哭着哭着觉得有点累，就坐在一个石头上接着哭。哭声引来了一个老年男子，男子站在旁边注视着小元，上去问她："姑娘，你怎么了？"

小元只顾着哭，没有回应。

老年男子凑过来说："出什么事和我说，我可以帮你的，我就在附近住。"

小元哭着抬起头看了眼老年男子说："我想自己待会。"

"你要是遇到了难处我可以借给你钱，多了没有四五百我还是有的。"

小元说："真不是钱的事。"

在我和黄良成陪着小元吃饭外加喝酒的这天晚上，听小元讲她的故事不是最重要的，起码对我来讲是这样的。我知道，对于小元来讲，她去潍坊见前男友男7这件事是很重要的。小元说她那天晚上是在火车站过的，一直等到早上七点多才坐上驶往淄博的火车，在火车上她看着外面的景色奋力往身后跑去的时候，心情好了一些。回来之后的几天小元闭门不出，等她的两个同学都去济南找工作后，她饥饿难当才想起给我打电话让我给她送饭。整件事情就是这样的，对我来讲还远不如此。对小元来说，她的潍坊之行是痛苦难当的。可我不这么想，我觉得整件事情都十分的有趣，不仅有趣还十分的可笑。

小元后来又说了一句话，她觉得自己还是喜欢男7的，不过经过这件事情后已经由爱生恨。

对我来说，今天晚上更重要的事情是黎平。当黎平的名字（其实是她的外号，麻子）出现在我手机屏幕上的时候，我的心一紧，然后有些惊慌失措，我站起来向外面走了几步，然后回头看了看黄良成。我谨慎地接起电话，轻声说了句："喂。"我这么紧张是因为冷战以来，黎平第一次主动给我打电话。

黎平声音慵懒地说："你在干什么呢？"

我张望了一下四周然后迅速跑到一个僻静的角落说："在住的地方呢。"

"是吗？"

"是呀。"突然一辆三轮车从我身边疾驰而过，发出轰隆隆的声音。

"怎么你那边这么吵？"

"是手机信号不好吧。"

"接着编。"黎平说，"我都看见你了。"

"你来了吗？"我张望了下四周说，"你在什么地方？"

"先说你在什么地方。"

"你都看见我了，还问我？"

"给你个坦白从宽的机会别不懂得珍惜。"

"我在小区里和黄良成喝酒呢。"

"你他妈的过得很逍遥自在呀。"

"没呀，其实这段时间我很痛苦的，借酒消愁。"

"你和谁喝酒呢？"

"黄良成。"

"还有呢？"

"没了。"我含糊了一会说，"还有一个女的。"

"你他妈的趁我不在还和女的一起喝酒？"

"没呀，我是给黄良成介绍对象。"我说，"你在哪呀？快点出来吧。"

黎平在电话那头嘿嘿笑了起来："我在青岛呢。"

"妈的，你骗我。"

"是你先骗我的。"

我说："听口气你心情不错呀，是不是原谅我了？"

"你有什么可以原谅的？"

"也对，我又没做什么对不起你的事情。"

"你还不思悔改呀？"

"那我到底做错什么了，让您老生了这么长时间的气？"我说，"你提醒一下我。"

"我生日是多少号来着？"

"你的生日你自己都忘记了吗？还问我？"

"少废话，我生日是几号？"

"我想想。"我说，"就在嘴边，你突然这么一问我还真有点记不得，你等等，我肯定记得。"

"你就跟我在这装吧。"黎平说，"前段时间我过生日你也没问候我，也没给我买礼物。"

"你不会就为这点事跟我冷战吧？"

"这还叫小事吗？"

第十章　　一次复杂的逃亡

　　如果你在看这篇小说，那就把我当成你的朋友。不管你是抱着什么样的心态，实际上我已经把你当成朋友。既然我们是朋友，那就无所不谈。我们就谈一下死亡吧。我有过轻生的念头，就是和黄良成庄客他们住在一起的时候冒出来的。当时是深夜，我躺在床上想着自己糟糕的生活，又看了眼窗外，有股跳出窗外的冲动。六层楼的高度，如果一切顺利的话，我应该会死掉。不过死亡的过程肯定没那么痛快，忍受点痛苦也是难免的。寻死是需要一意孤行和勇气的，如果你一时半会说服不了自己的话，就把自己设定为一个无恶不作的人，我要是不死的话还有更多无辜的人遭殃。然后你就跳下去。我寻死只有一种情况，就是结束自己的痛苦。可你也知道，我没跳下去。我走到窗户边，伸头看了看，下面有个草坪，还长着一棵树，甚至下面一户人家还有个遮阳板。我在脑子里短暂设想了下，我跳下去的话，首先要把遮阳板砸个大洞，然后落在树枝上，最后才跌在草地上。不死了，不仅死不了还要断条胳膊断条腿，留下后遗症也不是没有可能的。

　　你看，我轻生的时候还前怕狼后怕虎，哪是寻死的人？我现在还苟活于人世，都得益于我是一个懦弱的人。

　　当时我的生活有多糟糕呢？你如果在场的话，多半会劝慰我说其实也没那么糟糕呀。是呀，现在想想也没那么糟糕呀，不就是没钱吗？我二十出头大好年华，身体健康还有个疼我的女朋友，何苦寻死呀？其实

267

你看到的都是表面，我感到绝望沮丧无趣，不是因为别的，是看不到未来，不知道自己能做些什么，生活在我眼中一文不值，周围的一切似乎和我都没什么关系，不管是人还是物体，他们都存在着，但就是和我没有任何的关系。既然都和我没什么关系了，我还活着做些什么？什么也不能做，做什么也没意思，那还不如去死。

我没死掉，甚至连尝试近距离接触死亡的行动都没实施。以我现在所处的位置回顾我轻生的初衷，发现什么都有一个寻找的过程，你不知道要做些什么，那你就去寻找，你不知道做什么才有意思，那你就什么都尝试一下，你看不到未来那你就先看看明天的太阳是不是会从西边出来。虽然我这么说，但也不保证我以后就不会寻死。

1. 跳楼自杀

上文提到我有过跳楼的念头，只是一闪而过。与我相比，黄良成的动手能力更强，他真的从六楼跳下去了。早上我还在睡觉，手机响了，是黄良成打来的。我很恼火，你应该明白被人吵醒是很搓火的。我立即把手机扣掉，紧接着手机又响了，还是黄良成。我接起电话口气粗暴地说："烦不烦人呀？"然后把手机扣掉。我看了下时间，八点多。黄良成的这种伎俩我已经司空见惯了，他这几天脑子出了问题。按照医学上的说法应该是神经衰弱，他经常凌晨醒来就再也睡不着，然后就跑来骚扰我，说他看到一条龙飞进来在窗前徘徊。黄良成看见龙是前几天的事情，这几天他又说看到麒麟爬在床头盯着他看，又或者是猫头鹰站在脚边微笑，更离谱的是他看见一个裸体的女人蹲在床上撒尿。

所以说这天早上我看到黄良成打来电话，第一反应是他又梦见了什么东西。我把房间的门关得死死的就是为了防止他进来骚扰我，可百密一疏没想到神经衰弱的人竟然还会用手机。

手机又响了。没等我说话，黄良成气喘吁吁地说："别挂电话，我有重要的事情告诉你。"

"说吧。"

"我在楼底下。"

"那怎么了？"

"我跳楼了。"黄良成说，"我刚才从六楼跳下去了。"

"你怎么没死呀？"

"我也奇怪呀。"黄良成说，"说不定过一会就死，你下来看看我吧。"

"别闹了。"

"没跟你闹。"黄良成说，"不信你走到阳台看看。"

我走到阳台，往下看，发现黄良成整个人趴在平地上，一只手拿着手机，一只手正朝我招手。我跑到楼下蹲在黄良成身边说："你怎么了？"

"我刚才从阳台跳下来了。"

"真的假的？"

"真的。"

"那你没事吧？"

"好像是没事，但按说是有事的。"

"你先起来行不行？"

"不行。"黄良成说，"我怕一动就死掉，你有没有医学常识呀，受到巨大撞击的人是不能随便移动的。"

"你感觉疼不疼呀？"

"没感觉。"

"是不疼还是麻痹了？"

"说不清楚呀。"

"你真的从阳台上跳下来了？"

"真的。"

"我不信。"我说，"那你怎么没死呢。"

"我也不知道呀。"

"你肯定逗我玩。"我说，"你赶紧起来吧。"

"你怎么就不信呢？我真是从六楼跳下来的。"

"那你为什么要跳下来呀？"

"一念之差。"黄良成整个人贴在地上，头看着我说，"你说我会不会死呀？"

"你不想死为什么要跳楼呀？"

"我是一时冲动。"

"要不我叫救护车吧？"

"先等等。"黄良成说，"我觉得自己好像一时半会死不掉。"

"你要是死不掉就赶紧起来吧。"

"急什么呀，我先考察考察自己的身体状况。"

接下来的时间里，黄良成开始逐渐地活动自己的身体，首先是脚然后是腿、屁股、胸膛、胳膊和脑袋，等一切活动完毕后，他爬起来拍了拍身上的尘土说："我没事了。"

我说："你是跳楼了吗？"

"你怎么就不信呢？"黄良成说，"我真跳楼了，从六楼跳下来的。"

"那你怎么会毫发无伤？"

"我也搞不清楚呀。"

"你丫骗我，你肯定是骗我，我操，你真卑鄙，我他妈才不信你从六楼跳下来了。"

"信不信由你，我真的是从六楼跳下来的。"

"那你为什么要跳楼呀？"

"说来话长。"

关于黄良成从六楼跳下不仅没死还毫发无伤这件事，有几种说话。先听一听关于他本人的，黄良成说他肯定是从六楼跳下去了，在跳下去的瞬间他万念俱灰觉得自己的一生就这么过去了，他这倒霉沮丧一事无成的一生就要终结，然后过了短短两三秒钟，也许时间更短短到他根本没时间来回忆自己的整个人生，其实也没什么好回忆的。黄良成掉在草地上，是前身先着地，他眼前一黑然后眼睛睁开用了几秒钟回味刚才的经历，然后他掏出手机给我打了电话。起初我问黄良成为什么没死，他说自己也不清楚。大约半小时后在我的穷追猛打之下，黄良成说出了自己不死的原因，是因为神灵暗中保佑他。我当然不信这种说法，黄良成想了想又说，是因为在他下落的过程中，突然一只大鸟飞了过来拖住他的身体。至于大鸟，黄良成还进行了详细的描述，鸟特别大，如同庄子书中所写的大鹏。"大鹏展翅恨天低"中的大鹏，黄良成说是大鹏救了他一命。这种说话我当然也不予理睬，黄良成生气地说："我讲的你都不信，你还问我做什么？"

"不是我不信，是你没说实话。"

"我说的都是实话。"

关于黄良成从六楼跳下毫发无伤这件事，我的观点是他在骗人，根本不存在跳楼这件事。真实的情况应该是这样：这天早上和往常一样神经衰弱患者黄良成又失眠了，他躺在床上再也睡不着，等到天亮的时候他意识到应该向我开个玩笑（开玩笑是个体面的说法，真实的黄良成是嫉妒我这个很安稳睡觉的人类）。然后黄良成跑到楼下面，躺在草地上给我打电话告诉我他跳楼这件事。

"不是这样的。"黄良成说，"我铁定是跳楼了。"

"那有目击者吗？"

"没有。"

"那还有什么好说的？"

"可我真的是跳楼了而且还没死。"

"不是我不相信你。"我说，"是你的事情根本没办法让人相信，若不然你把这件事告诉其他人，看看他们是什么样的反应。"

黄良成拿出电话，把自己从六楼跳下没死的事情告诉了三个人。这三个人和黄良成的关系分别是：他多年没联系的初中同学，他借钱不还的女同学，陌生人。

初中同学听完黄良成的经历后停顿了一下说："这么多年不联系，你就为了和我说这件事情？"

"对。"

"你真无聊。"对方挂掉电话。

女同学听完后说："废话少说，我的钱你什么时候还我？"

"我现在没钱。"

"没钱你还不去死？"

"没死成。"

"六楼摔不死你，你可以选个高点的地方跳呀。"

陌生人说："我们认识吗？"

"不认识。"

"那你死不死和我有什么关系？"

"你不觉得我从六楼跳下去没死很奇怪吗？"

"神经病。"

你也知道，后来我还是相信黄良成跳楼这件事。我相信黄良成可不是因为"真理往往掌握在少数人手中"这句话，而是有原因的。在大众都认为黄良成脑子有病的时候，我认为他没病，他不仅没病而且还是个富有冒险精神的人。我相信黄良成是因为他最终向我讲出了他跳楼的理由，你要明白，我可不是一个容易被蒙蔽的人。

和往常一样，黄良成失眠了，他醒来之后躺在床上就再也睡不着。天空逐渐出现亮光，黄良成站在阳台上看到空中一股雾气飘浮过来，还有鸟叫的声音。晨曦中，黄良成想到一个十分严肃的问题，关于自杀以及人在自杀的时候会想到什么。他从来没想过自杀，现在突然想起来。黄良成想的自杀不是说自己要去自杀，单纯指自杀这件事。人在什么样的状态下才会自杀？人在自杀的时候会想些什么呢？据说自杀的人是因为生活中遇到不能解决的事情陷入困顿，又或者是自己信奉的价值体系突然崩溃，总之自杀是人类摆脱困境的一种手段。黄良成想那我现在跳下楼死掉了世人会怎样看待我的死亡？是认为我自杀还是认为我是意外身亡？如果我被认定是自杀的话那死之前我也没遇到无法解决的事情，既然如此是不是人们对自杀的看法会有些改观？可是我现在没自杀呀，如果我想改变人类对自杀的看法我就应该自杀才行，而且还必须要死掉，可是我人已经死了，谁会知道我是如何想的？众人难免会误认为我遇到不能解决的事情才自杀的，可我真不是这样，我只是要单纯自杀而已。黄良成越想越觉得问题一环套一环，自己深陷连环计中，既然思考是如此痛苦的一件事，何不死掉得到解脱？

他打开一扇窗户站在阳台向下看了一眼，觉得楼下的风景真美好，一阵风吹过来，凉飕飕的。后来的事情，你们都知道，黄良成从六楼跳下去，不仅没死，还完好无损。我已经相信黄良成跳楼这件事了，但对他完好无损这事还心存疑虑，我建议他再跳一次楼，让我开开眼。

黄良成不同意，他变了，以前他可不是这个样子，以前他喜欢跟人较真来显示自己的独特之处，不然他也不会把筷子插进自己的手掌。对于黄良成的改变我是这样看的，之前他一直神经衰弱所以做的事情都不靠谱，大难不死后他的神经恢复了正常行为举止也循规蹈矩了。不过我内心还是有些失落，黄良成没之前可爱了，他成了芸芸众生中的一员。

2.庄客

黄良成想要找工作，他劝我也找份工作，可是我没听他的。不要再问我为什么不想找个工作，即使有好的工作我也不会去做，何况根本没有什么好工作。在我的眼中但凡是份工作就没有好坏之分，都是一样的无趣。所以黄良成让我陪他去人才市场的时候，我没去。中午黄良成回来的时候，显得十分的高兴。我问他是不是找到工作了，他说还没有。黄良成没找到工作不是因为工作难找，而是因为他根本没找。他只是在人才市场转了一圈，就回来了。进门的时候，黄良成的手中拿着几张人才市场的报纸，他把报纸扔到桌子上，对我说："找工作实在是太简单了，简直是轻而易举。"

"都有什么工作呀？"

"应有尽有。"黄良成说，"服务员，搬运工，业务员。"

"那你怎么没找个工作？"

"不着急。"黄良成说，"我要好好思考一下从事什么工作。"在去人才市场之前，黄良成认为找份工作是件很复杂的事情，去过之后才发现远不是自己想的那样，工作遍地都是，如果自己愿意的话马上就能上班。既然这样黄良成就不打算马上找份工作，他给自己制定了时间表，一个星期后就上班，在上班之前要好好玩玩，充分放松一下。

工作好找，问题是合适自己的工作不好找。黄良成不这样想，他的要求不高，做什么都可以，比如说当个餐厅的服务员，当个搬运工，或者是当个业务员。当然这是他之前的想法，在发现工作如此好找后，黄良成的要求随之高了起来。当服务员肯定是不可以的，我怎么也算是大学生，而且都二十好几的人了，怎么能去端盘子？起码也要当个餐厅经理。我对黄良成说："你没经验呀。"

"经验可以编造。"

在秋天到来的时候，黄良成也没找到工作，不仅如此，整个冬天他也没找到一份工作。按照这篇小说的写作程序，我不应该告诉你们冬天的事情，因为小说将会在秋天结束，但是为了保证黄良成这个人物命运的完整性，还是有必要写出来。你们就不要把这当作小说来读，因为事情都是真实发生过。黄良成没有找到一份合适的工作，他本来是想当餐厅经理的，可是没有一个餐厅需要他。就在这时候黄良成被狗咬了，而且还不是平常的狗，是藏獒。一条藏獒把黄良成胳膊上的一块肉咬了下来，吃进了肚子。黄良成的手臂恢复正常已经是冬天，他一个人住在一间小屋子里，没找到任何的工作。黄良成找到工作已经是第二年的事情，在一个五星级酒店当服务生。

黄良成虽然没找到工作，但他去人才市场不是一点用处都没有，他从人才市场带回来的报纸让庄客找到了一份工作。为此，庄客还特地请我们喝了一次酒。在喝酒的过程中，庄客对我们说他过不了多久会搬出去住。我们问他搬去什么地方，庄客说还不一定，有可能去公司宿舍也有可能在另外一个地方租房子住，不管哪种情况他都不会和我们继续住下去。虽然庄客说这些话的时候表情很忧伤，但我却怎么也忧伤不起来。因为根本没什么可以忧伤的，难不成只因为庄客说话时略带忧伤的口气，我就要忧伤一下？连黄良成都知道庄客的忧伤是装出来的，他要搬走，为了向我们表示出依依不舍的样子才语气忧伤，实际的情况并非如此。庄客的搬走，对我们双方都是一件再好不过的事情。我们彼此已经厌倦了在一起的日子，我们也不可能永远住在一起，有人搬走是迟早的事情。

在庄客没找到工作的时候，我和黄良成就已经商量让庄客搬走。那段时间庄客整天沉迷于唱歌中，严重影响了我们的生活。有天黄良成实在是受不了了，找到我，让我劝庄客收敛点。

我没去。

黄良成提议说真不行的话就把庄客赶走，他说这是件一举两得的事情，空出房间我们可以转租出去。我想了想觉得这是一个好办法，可我们没把庄客赶走。主要原因是，我和黄良成都是讲义气的人，别人可以不仁我们不能不义。

庄客找的工作是在一个工厂当车间工人，月薪是一千五。工厂在郊区，庄客上班的第一天就发生了意外。事情是早上发生的，下午的时候我才知道这件事情。我接到电话说庄客死掉了，刚开始我还不相信，可后来看见尸体，我就相信了。庄客死的时候还没从住的地方搬走，他的衣物和行李还在房间里堆放着。黄良成觉得庄客的死十分有趣，他刚找到一份工作，准备开始新的生活，结果就死掉了。庄客的死在一定程度上让黄良成有点不想找工作。一个生活在你身边的朋友突然有天死掉了，你会是什么样的感受？我的感受是好像自己的一件东西被人拿走了，心里出现了一个空缺，在一段时间里我都觉得有点茫然。脑子里一直闪现着庄客的音容笑貌，我陷入了回忆之中，从前我们经历的点点滴滴冒出来，一个如此鲜活的生命就这么消失了，一个整天在你眼前晃荡的人再也不会出现了。你会出现幻觉吗？有那么几天我还真的有些幻觉，感觉庄客的死不是真的。不过话说回来，任何的事情都会过去，时间会冲淡一切，逐渐地，生活又回到了正常的轨道。

庄客的房间空置了出来，不过没有人搬进去。在我们离开之前，我和黄良成都没再走进去。多数的情况下，我站在门前，向里面看着。床已经空了，只剩下一块木板。桌子上也没有了任何东西，有层尘土在上面。窗户上还挂着一块布，是庄客买的窗帘，本来他买的是一块被单，后来用来当窗帘。庄客死后的事情还有很多，其实他的死也只是我们生活中的一部分，远不是我们生活的全部。

3.心肌梗塞

在我写庄客死这件事情的时候，我接到了黄良成的电话。本来这和小说是没任何关系的，小说是虚构的，黄良成的电话是真实的。但我觉得有必要写出来，为了一个共同的主题：死亡。

上文说过现在黄良成在一个酒店当服务生，生活稳定了下来。就在他以一种平和的心态面对生活的时候，一个人的死亡让他陷入了思考中，他觉得生命是如此的脆弱，人生是如此的荒诞。你活在世界上，但根本把握不了任何事情。你是如此的渺小，在巨大的命运面前毫无招架之力。黄良成说他觉得生活毫无意义可言，你感受到的都是浮云，你生活在现实世界中，却根本左右不了任何的事情。你只是在屈从，只是在随波逐流，你看似在思考，可思考带来不了任何的改变。未来有不确定性，你不知道下一秒会发生什么，可以预见的是，你终将会消亡掉，得到的终将会失去，得不到也终将如此。

黄良成说他现在的脑袋特别的清晰，从来就没如此清晰过，他彷佛能看穿整个世界，世界在他的面前就是一块玻璃，透过玻璃他能看到更远的地方，只是更远的地方也是虚无一片，看似没有终点实则空无一物。黄良成问我：“宇宙到底有没有尽头？”

我说："你觉得呢？"

"有就有，没有就没有吧。"黄良成说，"和我没什么关系。"

"那你还思考这些做什么？"

"不思考能做些什么？"

我说："你可别觉得活着毫无意义。"

"本来就没什么意义。"

"还是有意义的。"

"有什么意义？"

"等我想明白了再告诉你吧。"

我看着窗外，远处是一座建筑物，再远处是天空和云朵。天的尽头有光亮，明亮异常，过会光线暗淡，房间里的一切随之变暗。我看着眼前的变化，感觉自己好像悟到了些什么，至于是什么，又是说不清楚的。我只是看着光线在变化着，眼前的事物还是如此，却和前一秒有些不同。至于有什么不同，我也说不清楚。我就这样陷入了一段沉思中。

黄良成觉得生活毫无意义，是因为他近距离接触到了一次死亡。死者是黄良成的同事，他们同居一室，早上他发现对方死在了床上，除了没有呼吸和脉搏之外，和平常没有任何的不同。黄良成把手放在对方的身上，已经没有任何的体温，像是集市上的一块猪肉。就在睡觉之前他们还喝了点酒，相谈甚欢，现在这个人已经死掉了，去了一个你不知道的世界里，躺在床上的只是一副皮囊，只是一大块的机体组织。尸检发现，死者是因为心肌梗塞死掉的。

什么是心肌梗塞黄良成不是太了解，通俗易懂来讲，就是心脏堵塞，心脏不能跳动。黄良成说心肌梗塞并不是一件坏事，尤其是在睡梦中，你是感觉不到任何疼痛的。说这些话的时候，黄良成是有目的的。如你所说，死者在睡觉之前喝了酒，酒是黄良成提议要喝的，然后人就死掉了。

　　当然这些事情黄良成只告诉了我，其他的人都不知道。也就是说现在黄良成有把柄在我的手里，如果我不是一个善良的人，我完全可以控告他是个杀人犯。杀人是要讲动机的，这简单，我本来就是写小说的，胡编乱造我拿手。黄良成和死者在生活中出现了矛盾，比如说死者一直用着黄良成的洗发膏，他怀恨在心，就要找机会弄死他。当然这么来讲的话，黄良成未免有点小肚鸡肠。又会让人误解黄良成的精神不太正常，所以在编造动机的时候，要合乎情理，不然就变成了你是在为黄良成开脱罪行，要知道神经病杀人不负责任的（当然根据我国国情，这也不是绝对的）。

　　黄良成知道对方心脏有毛病，便故意让他喝酒。结果，人就死掉了。现在我把这些告诉你们，如果你们生活困难想要敲诈勒索的话，可以找黄良成，不过话说回来，他的生活也不太宽裕。

　　现在黄良成对我说如果要选择一种死亡方式的话，他就选择心肌梗塞，不仅没有任何的痛苦而且时间也快，几分钟的时间你就会一命呜呼。过了会他又说，心肌梗塞死掉，也算是前世修来的福。你不要以为黄良成想寻死，他虽然觉得人活着没有任何的意义，可他也知道好死不如赖活着。有一天晚上黄良成喝着酒给我打电话说他要戒酒。

　　我问他为什么。

　　黄良成说："我可不想心肌梗塞死掉。"

“那你想怎么死？”

“我还没活够呢。”

庄客不是心肌梗塞死掉的，他的死比较复杂。庄客第一天去上班，可是连工厂的大门都没进去就被保安拦了下来。保安问庄客是干什么的。庄客说是来上班的。保安不相信庄客的话，指着自己胸前的牌子说：“你有牌子吗？”

“什么牌子？”

“工作牌呀。”

“没有。”庄客说，“我这是第一天上班，还没领。”

“没牌不能进去。”保安说，“这是规定。”

“我不进去怎么领牌？”

保安想了想，然后说：“这是你的问题，反正没牌就不能进工厂，我就管这么多，别的我管不了，也不归我管。”

“你有病吧？”

“没病。”

“你脑子有病。”庄客要闯进去，保安拦住他。这里要描述一下阻拦庄客的保安，身体瘦小，保安制服穿在他的身上显得有些大。听声音你还能发现，这个保安还处在变声期，声音难听如同乌鸦。想想一下，这个小保安在阻拦庄客的时候，他们发生了肢体冲突。小保安不是庄客的对手，虽然他双手环抱着庄客，虽然他的裤腰上挂着一个橡胶棍，最终还是被摞倒在地。保安不服气拿出通话机喊来了几个保安。随后发生的事情是，庄客被带到门卫室后面的暗室里，被群殴了十几分钟。庄客被发现的时候，从嘴角流出来的血已经凝固住，暗红色。

庄客的死当地报纸也进行了报道，只是将其化名为王凯。至于庄客真正的死因我也是通过报纸知道的，颅动脉破裂，颈骨折。参与殴打的保安已经被刑拘，案件还在进一步地取证调查。

4. 乌青《有一天》

说实话，我还想多写点关于庄客的事。可一时又不知道要写些什么，他已经死了，尸体已经焚烧完毕装进一个瓷罐里面。庄客不是个传奇的人物，也没干过什么惊天动地的大事。他只是个普通的青年，还是一个屌丝青年，就在他找到一份工作要上班的时候，死掉了。在他死之前正在为两件事情操心，一是找份糊口的工作，二是找个女朋友。这两件事都半途而废了，在死之间庄客躺在沙发上对我说，他在等待第七个女朋友的出现。在庄客二十几年的生涯中，他谈过六个女朋友。现在这些女的不知身在何处，大概还不知道庄客已经死掉了。

你们应该看过不少的小说，死亡是常见的，不仅是在现实中，小说中亦是如此。在我的小说中你又读到了一个人的死亡，其实你们不用太悲伤，实际也没什么好悲伤的。庄客与你们不沾亲带故。要不我给你们讲个笑话吧，我是在小说家乌青的小说集《有一天》里读到的，思来想去还比较有意思。

说有个男人和一头猪沦落到荒岛，那男的很想搞，但是岛上除了那头猪就没别的可搞的了，他就想搞那头猪，可是他总是抓不到那头猪，他就每天拼命地满岛追猪，一直追了好几年，终于没有追到，有一天，天空出现一道彩光，降下了一个超级美女神仙姐姐，女神说，上帝被你的事迹感动了，派我来帮助你，你可以向我提出任何的要求。那人跪在女神的脚边，泪流满面，说，你帮我抓那头猪吧。

5.警察和高利贷

庄客死后的一段时间，我和黄良成的生活比较无聊，心里也十分的空虚，总感觉身体中有个东西被人抽走了，做什么也都没什么兴致。黄良成本来是要找工作的，结果庄客的死让他又不想找了。这天晚上我和黄良成坐在沙发上，又一次感觉到空虚，空荡荡的房子里，有股风在到处走来走去。我没感觉到有风，当时黄良成说他感觉到了。

我看着空荡荡的房子，心里有点发毛。

黄良成说："好像是庄客来了。"

"装神弄鬼。"

"有可能真的是鬼。"黄良成喊了声，"是庄客吗？"

没有回音。过了会黄良成说："我们是不是应该为庄客做点什么？"

"做什么？"我说，"帮他报仇？"

"现在是法制社会。"黄良成说，"我们要相信政府。"

"你还相信政府呀？"

"庄客已经死了，我们要更加珍惜生命。"

"有办法了。"黄良成想到了要为庄客做些什么，那就是把他的死讯告诉他之前的女朋友们。我觉得这个提议挺不错，只不过我们根本不知道庄客那六个前女友的联系方式，只能放弃。

空虚中我们打开电视，电视上正在上演韩剧。我和黄良成都靠看韩剧打发时间了，可想而知我们是多么的无聊和空虚。黄良成说这个电视剧他看过，叫《阁楼男女》，还比较有意思。黄良成又说他喜欢电视中的女主角，特别的有意思。

我说这个女主角已经死掉了。

"真的吗？不会吧？"

"真的，刚死不久。"

"你看过这个电视剧呀？"

"没看过，我不过是对娱乐圈的潜规则比较感兴趣。"

"她怎么死的？"

我说："自杀。"

"用的什么方式？"

"不清楚，有可能是服毒也有可能是上吊，说不定是割脉。"

"真是可惜了。"黄良成盯着电视屏幕，泪掉了下来。

我说："你也别太伤心。"

"能不伤心吗？这么好的一个女人，就这么香消玉殒了。"

"庄客死也没见你哭过。"

"庄客又不是女人。"

许多年后当黄良成回忆起这个看韩剧的夜晚，会发现这在他的一生中是至关重要的。不仅是黄良成，我也是如此。《阁楼男女》中的男主角因为赌博欠了一屁股的债，黄良成一边看着一边说："大学生赌博的不少呀。"

"不知道。"

"肯定不少，电视里都演了。"

后来黄良成向大学生放高利贷就是看韩剧来的灵感。我起初不同意觉得他缺乏市场调查，黄良成说根本不用什么市场调查，不论是从艺术的角度还是从现实的角度，向大学生放高利贷完全是有市场，因为大学生赌博成风。黄良成说的艺术角度指的是韩剧《阁楼男女》，现实角度指的是他自己，早年上大学的时候，他就因为赌博债台高筑。

黄良成问我要不要一起干，他觉得这是朝阳产业很有市场前景，虽然现在神州遍地都是放高利贷的，可是大学生的市场还没人涉足，要抢占先机，先下手为强。

我很犹豫，因为空白的市场，一般有两种可能性，要不就是前人涉足过但都死得很惨，要不这是禁区不能涉足。

黄良成说："我们也算是慈善事业，为大学生排忧解难。"

"不缺德吗？"

"肯定不缺德。"

"既然是慈善事业，我肯定责无旁贷。"

你可以说黄良成是法律意识淡薄，可我更觉得他的好心被人当成了驴肝肺。当我和黄良成把印制的面向大学生投放高利贷的宣传资料散发到周边大学的每个角落后，我们别样的生活开始了。这段生活只有两个关键字：逃亡、饥饿。

黄良成接到了一个电话，对方说："你是黄良成吗？"

"对。"

"是你在大学里放高利贷？"

"是的。"黄良成很兴奋扭头对我说，"来生意了。"

黄良成说："你是要贷款吧？"

"不是。"

"那你要干什么？"

"你知不知道放高利贷是犯法的？"

"你谁呀，管这么多？"

"我是警察。"对方说，"我们接到举报说你们在大学里放高利贷，这是违法的，我劝你们还是投案自首，不要越陷越深。"

"你知道我住哪吗？"

"不知道。"

"那我凭什么要自首呀？"

"这是给你一次机会，别不懂得珍惜。"

黄良成挂掉电话，对我们说："我们被警察盯上了。"

"他什么意思呀？"

"说我们违法了，要我们自首去。"

"你去吗？"

"不去。"黄良成说，"哪有自投罗网的道理？"

我的电话又响了，我说："你好。"

"是黄良成吗？"

"不是。"

"认识黄良成吗？"

"认识。"

"他在吗？"

"在。"

"让他接电话。"

"你是谁？"

"警察。"对方说，"他妈的，敢挂我的电话。"

我把电话交给黄良成，说："警察。"

"不好意思，我刚才手机没电了，不是有意挂你电话。"

"别给脸不要脸，赶紧来自首。"

"好的。"

"让你同伙一起过来。"

"我现在在外地，明天就回去自首。"

我说："你真去自首呀？"

"想得美。"黄良成说，"我现在是缓兵之计。"

黄良成电话又响了："是黄良成吗？"

"是。"

"你借的高利贷快到期了，知道吗？"

"知道。"

"提醒你一下，快点还钱。"

"知道，知道。"

黄良成挂掉电话看着我说："腹背受敌呀。"

"谁打来的？"

"高利贷，催我们还钱。"

这里要说明一下，当黄良成决定要在大学里放高利贷的时候，才发现我们根本没有本钱。无奈之下黄良成就向高利贷借了一万块钱，本来他的设想是非常好的，借高利贷的钱然后再向大学生放高利贷，多么巧

287

妙。可是一个月快过去了，前期的宣传费用都投了进去，可是没有一个大学生咨询贷款的业务，好不容易接到一个电话，还是警察打来的。现在高利贷催着还钱，警察也让我们去自首。我建议黄良成还是去自首，有困难找民警，黑社会是惹不起的，还是去警局避避难比较好。黄良成不赞同，他觉得乖乖去警局自首是对自己的一种侮辱，万一传出去的话也没脸做人。

我说："有什么没脸做人的？谁的一生还不犯点错误呀？"

"不是因为这。"

"那是因为什么？"

"你都不抵抗一下，就自首，也太没英雄气概了。"

"那还不上高利贷怎么办？"

黄良成说："要不我们逃亡吧？"

"还让不让人活了？"我说，"刚要发家致富。"

"我们又没杀人放火，只是放高利贷。"黄良成说，"况且还没放出去。"

对于逃亡我并不陌生，在小说的开端，我就和王蛊进行了一次逃亡。现在我又面临一次逃亡，所不同的是第一次逃亡的时候我是个守法的公民，而这次我和黄良成都触犯了法律，而且腹背受敌。上次的逃亡，虎头蛇尾，我的态度也很不端正。这次逃亡，我想有个完美的结果，不要半途而废。回顾我这二十几年的人生，我从来没认真地完成过一件事，就算是做坏事，也不尽心尽力。这次我想改变一下自己，对以往的自己挥手说再见。我要成为一个有毅力有恒心能持之以恒的人，现在摆在我的面前的是逃亡这条路。我叮嘱自己不能像以往那样不善始善终，一定要坚持到底。我把自己的想法和黄良成分享，希望我们能达成一致，齐心协力。黄良成看着我像是看着他自己，说："我们不能让人看不起，我们要争气，要做得漂亮点，不能让那帮警察和放高利贷的瞧不起。"他握住我的手，把头放在我的肩膀上，我拍了拍他的后背，说："兄弟齐心，其利断金。"

黄良成说："我感觉胸中有股力量，无比强大，我从来没像现在这样对生活有信心。"

"我也是。"

连夜我们收拾好行李，跑掉了。逃亡的过程恕不赘言，天亮的时候我们来到一座大山的脚下。黄良成看着三角锥一般的山，说："好久没爬山了，去山顶看看吧。"秋高气爽的季节，适合登山。山顶的周围盘旋着一大团云彩，说黑不黑说白不白，就像是脚下的土地。让人感觉天空中又是一块新的天地。其实经过一夜的徒步，我的双腿已经有些酸疼，不过我还是想爬山，不为别的，就为了看得更远一些。我和黄良成现在越来越感觉到目光短浅是多么的不好，我们走到现在这步田地就是因为鼠目寸光。

山坡上的植被不多，只有几株松树还略带绿色，其他的都是荒草。爬了没几步我和黄良成觉得要轻装上阵，就把行李放到了山坡的一块石头上，为了防止被人拿走，我们找来很多枯草把行李遮盖住。太阳不断地往西移动着，山顶上方的云朵一半变成了白的一半变成了黑色的。山看起来不高，但实际爬的时候却怎么也爬不到顶，等我们爬到山顶的时候，太阳已经走到云彩的背面去了，我们在山顶上站着，稀疏的阳光从乌云的背面射下来。四面八方的风吹着我们，我们叉腰站在山顶上举目

289

远眺，所看到的不过是缩小了的世界。

在山顶的时候我想到了黎平，脑海中出现了她的脸，或者是眼前蔚蓝的天空出现了她的脸。我知道，我有些思念黎平，可是这能代表什么？我没找出一个理由来说服自己联系黎平，作为一个逃亡的人，我根本不指望身边有个女人陪伴着。这根本还没到亡命天涯的时候，我和黎平也不是所谓的亡命鸳鸯。我只是一个失败者，是个一事无成的人。

下山的时候行李找不到了，到处的景色都是一样的，荒草连连。黄良成说："找不到就算了。"

"我想也是，里面只有些衣物。"

走着走着我们迷路了，这座山真的就像是一个锥子，每个面都是一样的。

黄良成说："迷路就迷路吧，反正我们也不知道要去什么地方。"

"我想也是，就只顾往前走。"

又走了几个小时，我问黄良成："你带水了吗？"

黄良成说："我不是让你带水吗？"

"你没说。"

"我说过的。"

"操。"我说，"没水怎么办？总不能喝自己的尿吧？"

"喝自己的尿多恶心呀。"黄良成说，"要不你喝我的尿吧？"

"更恶心。"

我们走进了山谷里，顺着山谷往前走，发现一座石桥，我们爬上石桥，看到桥头有个交通牌。上面写着，距市区还有二十公里。前面有个岔路口，一条通往市区，一条通往未知的地方。

我们坐在桥头上，一身的疲倦。

黄良成看着我说："我们有点疏忽大意了，准备不充分。"

"是呀。"我说，"太冲动了。"

"我们应该准备点吃的喝的，哪有像我们这样不计后果逃亡的？"

"我算是明白了。"我说，"干什么事情也不能只靠一腔热血，要用脑子。"

黄良成看着我说："我们不能这样逃亡下去了。"

"你有什么好的建议？"

"我们中间要有一个背黑锅的才行。"黄良成说，"不能两个都逃亡。"

"本来就是嘛。"我说，"放高利贷是你的想法，高利贷也是你借的，你是应该去自首。"

"话不能这么说。"黄良成说，"当时我这么做的时候，你也是赞成的。"

"我表面上赞成，骨子里是不赞成的。"

"那你怎么不早说？"

"我不想扫你的兴。"

"算了。"黄良成说，"过去的事情就不提了。"

"还是展望未来吧。"

"我们中间必须有一个自首的。"黄良成说，"这个人必须讲义气，具有奉献精神，不怕严刑拷打。"

"对。"我指着岔路口说，"我们眼前有两条路，自首的走大路，另一个走小路。"

“好的。”

我们站起来一同走向小路。

黄良成说：“你走错了，你应该走大路的。”

“没错，你才应该走大路。”

“不对，刚才不是说好了吗，讲义气的具有奉献精神的走大路。”

“对呀，所以我才走小路呀。”

“我一向都不讲义气的。”黄良成说，“我要是去自首的话，肯定会把你供出来。”

“我也一样，我是个卑鄙小人，肯定会把你干的那些事情全招的。”

“你是什么人我还不了解吗？”黄良成说，“为了朋友两肋插刀，你肯定不会出卖我的，你应该走大路的。”

“你还是不了解我。”我说，“其实我的爱好就是出卖人，你还记得你上学的时候在宿舍抽烟被老师逮住了吗？”

“记得。”

“其实那就是我告的密。”

黄良成踹了我一脚：“他妈的，那真是你干的？”

我回敬了他一下：“就是我干的。”

“亏我一直把你当兄弟，你还出卖我。”

“所以你应该去自首的。”

“不去。”黄良成说，“你他妈的都出卖我了，我还给你背黑锅？”

“都是过去的事情了，不要这么斤斤计较。”

"反正我是不会去自首的。"

"那我也不会。"

6. 饭馆

我和黄良成一前一后走在小路上，我不时往后看，希望他能够幡然悔悟走大路，可这情况一直没出现。我们就这样走着，一副骨头架子和一个脑袋，从昨天到现在我还一点东西也没吃，已经饿得双眼发晕。黄良成的情况也差不多，走一步退一步，双腿摇摆着。

突然前面出现了一个面馆，我欣喜若狂加快脚步，几乎是一头撞进去的。我刚坐下，黄良成也走了进来，坐在另一张桌子上。一个女服务员从里屋走出来，我说："还有吃的吗？"

"你有钱吗？"

"当然有了。"我说，"你看我像是没钱吗？"

"像。"

"废话少说，有吃的吗？"

服务员说："我不知道。"

"拿菜单看看。"我看着菜单说，"牛肉炒饭。"

黄良成说："我也是。"

服务员说："对不起，没有了。"

我又看了下菜单，说："米线有吗？"

"对不起，也没有了。"

我又看了下菜单，说："砂锅呢？"

"也没有。"

黄良成说："那你们这里有什么呀？"

"我去看看。"说完服务员走进了里屋，过了会她走出来不好意思地说："什么也没了。"

"馒头有吗？"

"也没有。"

我说："你这是饭馆吗？"

"是。"

"那你平时都吃什么呢。"黄良成说，"随便来点就好。"

服务员说："厨师不在，店里什么东西都没有了。"

我说："那厨师什么时候能回来呀？"

"不知道。"

黄良成站起来刚要走，一头栽倒在地上。

服务员说："他怎么了？"

"饿晕了。"我刚要站起来去扶黄良成结果发现头晕目眩，我知道体内的血糖正在直线走低，摇摇晃晃的我对眼前身形已经扭曲的服务员说："不要见死不救。"

我躺在地上，眼睛一时还没有闭上。服务员蹲在我的身边看着我，一脸的茫然。我想说些什么，可什么也没说出来。我想我可能会饿死，可一想到自己是在一个饭馆里，应该是不会饿死的。我面带微笑，等着看明天的太阳。

后　记

作为一部青春类的小说，我不认为它会有多么重要的地位，甚至并不显眼。当然作为我生活中的好友，它具有类似日记的功能，贴切又失真地记录了我们一年多的生活状态。我们不是什么大人物，蝇虫之辈，即便时间一晃过去了四五年，在社会中的地位仍旧没有多大的改观，反而离我们当初的设想相距甚远。热血青年已近而立，我时常在想，自己怎么就如此脚踏实地活到了现在，名利暂且不提，除却结婚生子，还活得好好的，怎么就不波澜壮阔一点呢？我称这就是现实生活，它一点都不虚无浮夸，眼前所见便是。

谈谈小说的诞生过程。2010年我和女友（如今的老婆）客居青岛，她在一家小规模的广告公司当总监，算是一个小白领。我的一本小说在签了出版合同后，我决心专职写作。我们寄居在八楼的小阁楼里，白天女友去上班，我在房间里打字，以差不多每天两千多字的速度，从初春写到深秋。在这期间我没有任何的收入，顺利将女友的生活水准拉低。现在我仍旧没工作，稿酬渐渐多了起来，有些专业作家的样子，而我的老婆从一个曾经二线城市的小白领蜕变成了住在农村整天奶孩子的妇女。她为了我的职业理想放弃了自己，这么说也可以，是不是给你一种悲壮的感觉呢？实际上居家过日子谈不上谁对不起谁，这是相互改变的过程，况且我也不觉得一个白领有什么好当的，在农村奶孩子远离城市的乌烟瘴气，倒是陶渊明式的。这是我的一家之言，总之还是要感谢老婆的支持。

现在来看，这篇小说和我如今的写作有些距离，但也不觉得像有些人觉得自己年轻作品拿不出手，羞于见人在另外层面上不就是承认现在的成功吗？这太矫情了。从读者的角度讲，这个小说更通俗和有可读性。而且编辑老师帮我起的这个小说名，恰如其分。

有个细节，写这个小说的时候，我后脑勺的位置有一块斑秃。医学上讲是肾血不足精神压力过大，不过两年后头发又长出来了。而前几天的早上，我躺在床上睡觉，老婆惊呼道："你的后脑勺又斑秃了！"那刻我躺在床上，感觉自己处在一个非常不利的位置，并且自问道：怎么又这个样子呢？我感觉，自己活得简直糟透了。

2014年5月4日